a relíquia

Edição com texto integral. Inclui notas explicativas para os termos não usuais.

O livro é a porta que se abre para a realização do homem.

Jair Lot Vieira

EÇA DE QUEIRÓS

a relíquia

VIALEITURA

Copyright desta edição © 2017 by Edipro Edições Profissionais Ltda.

Título original: *A relíquia*. Publicado originalmente em Portugal em 1887 pela Typographia de A. J. da Silva Teixeira.

Todos os direitos reservados. Nenhuma parte deste livro poderá ser reproduzida ou transmitida de qualquer forma ou por quaisquer meios, eletrônicos ou mecânicos, incluindo fotocópia, gravação ou qualquer sistema de armazenamento e recuperação de informações, sem permissão por escrito do editor.

Grafia conforme o novo Acordo Ortográfico da Língua Portuguesa.

1ª edição, 1ª reimpressão, 2019.

Editores: Jair Lot Vieira e Maíra Lot Vieira Micales
Edição de texto: Marta Almeida de Sá
Produção editorial: Carla Bitelli
Capa: Marcela Badolatto | Studio Mandragora
Preparação: Denise Gutierres Pessoa
Revisão: Tatiana Tanaka e Thiago de Christo
Editoração eletrônica: Estúdio Design do Livro

Dados Internacionais de Catalogação na Publicação (CIP)
(Câmara Brasileira do Livro, SP, Brasil)

Queirós, Eça de, 1845-1900.
   A relíquia / Eça de Queirós – São Paulo : Via Leitura, 2017.

   ISBN 978-85-67097-51-0

   1. Romance português I. Título.

17-06948	CDD-869.3

Índice para catálogo sistemático:
1. Romances : Literatura portuguesa : 869.3

VIA LEITURA

São Paulo: (11) 3107-4788 • Bauru: (14) 3234-4121
www.vialeitura.com.br • edipro@edipro.com.br
@editoraedipro   @editoraedipro

*Sobre a nudez forte da verdade
– o manto diáfano da fantasia.*

a relíquia

Decidi compor, nos vagares deste verão, na minha quinta do Mosteiro (antigo solar dos condes de Lindoso) as memórias da minha vida – que neste século, tão consumido pelas incertezas da inteligência e tão angustiado pelos tormentos do dinheiro, encerra, penso eu e pensa meu cunhado Crispim, uma lição lúcida e forte.

Em 1875, nas vésperas de Santo Antônio, uma desilusão de incomparável amargura abalou o meu ser: por esse tempo minha tia dona Patrocínio das Neves mandou-me do Campo de Santana, onde morávamos, em romagem[1] a Jerusalém: dentro dessas santas muralhas, num dia abrasado[2] do mês de *nissan*,[3] sendo Pôncio Pilatos procurador da Judeia, Élio Lama legado imperial da Síria e J. Cairás sumo pontífice, testemunhei, miraculosamente, escandalosos sucessos; depois voltei – e uma grande mudança se fez nos meus bens e na minha moral.

São estes casos – espaçados e altos numa existência de bacharel como, em campo de erva ceifada, fortes e ramalhosos sobreiros cheios de sol e murmúrio – que quero traçar, com sobriedade e com sinceridade, enquanto no meu telhado voam as andorinhas, e as moitas de cravos vermelhos perfumam o meu pomar.

Esta jornada à terra do Egito e à Palestina permanecerá sempre como a glória superior da minha carreira; e bem desejaria que dela ficasse nas letras, para a posteridade, um monumento airoso[4] e maciço. Mas hoje, escrevendo por motivos peculiarmente espirituais, pretendi que as páginas íntimas em que a relembro se não assemelhassem a um *Guia Pitoresco do Oriente*. Por isso (apesar das solicitações da vaidade) suprimi neste manuscrito suculentas, resplandecentes narrativas de ruínas e de costumes...

De resto esse país do Evangelho, que tanto fascina a humanidade sensível, é bem menos interessante que o meu seco e paterno Alentejo; nem me parece que as terras favorecidas por uma presença messiânica ganhem jamais em graça ou esplendor. Nunca me foi dado percorrer os lugares santos da Índia em que o Buda viveu – arvoredos de Migadaia,

---

1. Romagem: o mesmo que romaria, peregrinação religiosa a um santuário.
2. Abrasado: muito quente.
3. *Nissan*: sétimo mês no calendário civil judaico, que se inicia com a primeira lua nova no período de colheita de cevada em Israel.
4. Airoso: digno, honroso.

outeiros⁵ de Veluvana, ou esse doce vale de Rajagria por onde se alongavam os olhos adoráveis do Mestre perfeito quando um fogo rebentou nos juncais, e ele ensinou, em singela parábola, como a ignorância é uma fogueira que devora o homem, alimentada pelas enganosas sensações de vida que os sentidos recebem das enganosas aparências do mundo. Também não visitei a caverna d'Hira, nem os devotos areais entre Meca e Medina que tantas vezes trilhou Maomé, o Profeta Excelente, lento e pensativo sobre o seu dromedário. Mas, desde as figueiras de Betânia até às águas caladas de Galileia, conheço bem os sítios onde habitou esse outro intermediário divino, cheio de enternecimento e de sonhos, a quem chamamos Jesus Nosso Senhor; e só neles achei bruteza, secura, sordidez, soledade⁶ e entulho.

Jerusalém é uma vila turca, com vielas andrajosas,⁷ acaçapada entre muralhas cor de lodo, e fedendo ao sol sob o badalar de sinos tristes.

O Jordão, fio d'água barrento e peco⁸ que se arrasta entre areais, nem pode ser comparado a esse claro e suave Lima que lá baixo, ao fundo do Mosteiro, banha as raízes dos meus amieiros; e todavia vede! Estas meigas águas portuguesas não correram jamais entre os joelhos dum Messias, nem jamais as roçaram as asas dos anjos, armados e rutilantes, trazendo do céu à terra as ameaças do Altíssimo!

Entretanto, como há espíritos insaciáveis que, lendo duma jornada pelas terras da Escritura, anelam conhecer desde o tamanho das pedras até ao preço da cerveja, eu recomendo a obra copiosa e luminosa do meu companheiro de romagem, o alemão Topsius, doutor pela Universidade de Bonn e membro do Instituto Imperial de Escavações Históricas. São sete volumes in-quarto, atochados,⁹ impressos em Leipzig, com este título fino e profundo – *Jerusalém passeada e comentada*.

Em cada página desse sólido itinerário o douto Topsius fala de mim, com admiração e com saudade. Denomina-me sempre o "ilustre fidalgo lusitano"; e a fidalguia do seu camarada, que ele faz remontar aos Barcas, enche manifestamente o erudito plebeu de delicioso orgulho. Além disso o esclarecido Topsius aproveita-me, através desses repletos volumes, para pendurar ficticiamente, nos meus lábios e no meu crânio, dizeres e juízos ensopados de beata e babosa credulidade – que ele logo rebate e derroca com sagacidade e facúndia!¹⁰ Diz, por exemplo: "Diante de tal ruína,

---

5. Outeiros: pequenos montes.
6. Soledade: solidão.
7. Andrajosas: rotas, danificadas.
8. Peco: que não se desenvolveu, que definhou.
9. Atochados: atulhados, muito cheios.
10. Facúndia: eloquência.

do tempo da Cruzada de Godofredo, o ilustre fidalgo lusitano pretendia que Nosso Senhor, indo um dia com a santa Verônica...". E logo alastra a tremenda, túrgida[11] argumentação com que me deliu.[12] Como porém as arengas[13] que me atribui não são inferiores em sábio chorume[14] e arrogância teológica às de Bossuet,[15] eu não denunciei numa nota à *Gazeta de Colônia* – por que tortuoso artifício a afiada razão da Germânia se enfeita assim de triunfos sobre a romba[16] fé do meio-dia.

Há porém um ponto de *Jerusalém passeada* que não posso deixar sem enérgica contestação. É quando o doutíssimo Topsius alude a dois embrulhos de papel, que me acompanharam e me ocuparam, na minha peregrinação, desde as vielas de Alexandria até as quebradas do Carmelo. Naquela forma rotunda[17] que caracteriza a sua eloquência universitária, o doutor Topsius diz: "O ilustre fidalgo lusitano transportava ali restos dos seus antepassados, recolhidos por ele, antes de deixar o solo sacro da pátria, no seu velho solar torreado!...". Maneira de dizer singularmente falaz[18] e censurável! Porque faz supor à Alemanha erudita que eu viajava pelas terras do Evangelho – trazendo embrulhados num papel pardo os ossos dos meus avós!

Nenhuma outra imputação me poderia tanto desaprazer e desconvir. Não por me denunciar à Igreja como um profanador leviano de sepulturas domésticas; menos me pesam a mim, comendador e proprietário, as fulminações[19] da Igreja que as folhas secas que às vezes caem sobre o meu guarda-sol de cima dum ramo morto; nem realmente a Igreja, depois de ter embolsado os seus emolumentos[20] por enterrar um molho d'ossos, se importa que eles para sempre jazam resguardados sob a rígida paz dum mármore eterno, ou que andem chocalhados nas dobras moles dum papel pardo. Mas a afirmação de Topsius desacredita-me perante a burguesia liberal – e só da burguesia liberal, onipresente e onipotente, se alcançam, nestes tempos de semitismo e de capitalismo, as coisas boas da vida, desde os empregos nos bancos até às comendas da Conceição. Eu tenho filhos, tenho ambições. Ora a burguesia

---

11. Túrgida: inflada, intumescida.
12. Delir: desvanecer; envaidecer.
13. Arengas: discursos ou orações proferidos em público.
14. Chorume: opulência.
15. Bossuet: Jacques-Bénigne Bossuet (1627-1704), teólogo francês, um dos principais teóricos do direito divino.
16. Romba: obtusa, estúpida.
17. Rotunda: circular, esférica.
18. Falaz: que ilude, que engana.
19. Fulminações: sentenças eclesiásticas.
20. Emolumentos: lucros eventuais.

liberal aprecia, recolhe, assimila com alacridade[21] um cavalheiro ornado de avoengos[22] e solares:[23] é o vinho precioso e velho que vai apurar o vinho novo e cru; mas com razão detesta o bacharel, filho d'algo, que passeie por diante dela, enfunado[24] e teso, com as mãos carregadas de ossos de antepassados – como um sarcasmo mudo aos antepassados e aos ossos que a ela lhe faltam.

Por isso intimo o meu douto Topsius (que com seus penetrantes óculos viu formar os meus embrulhos, já na terra do Egito, já na terra de Canaã) a que na edição segunda de *Jerusalém passeada*, sacudindo púdicos escrúpulos de acadêmico e estreitos desdéns de filósofo, divulgue à Alemanha científica e à Alemanha sentimental qual era o recheio que continham esses papéis pardos – tão francamente como eu o revelo aos meus concidadãos nestas páginas de repouso e de férias, onde a realidade sempre vive, ora embaraçada e tropeçando nas pesadas roupagens da história, ora mais livre e saltando sob a caraça[25] vistosa da farsa!

---

21. Alacridade: vivacidade; grande alegria.
22. Avoengos: antepassados.
23. Solares: terrenos herdados de nobres.
24. Enfunado: soberbo, inflado.
25. Caraça: semblante, fisionomia.

1

Meu avô foi o padre Rufino da Conceição, licenciado em teologia, autor de uma devota *Vida de santa Filomena* e prior da Amendoeirinha. Meu pai, afiliado de Nossa Senhora da Assunção, chamava-se Rufino da Assunção Raposo – e vivia em Évora com minha avó, Filomena Raposo, por alcunha a "Repolhuda", doceira na rua do Lagar dos Dízimos. O papá tinha um emprego no correio, e escrevia por gosto no *Farol do Alentejo*.

Em 1853, um eclesiástico ilustre, dom Gaspar de Lorena, bispo de Chorazin (que é em Galileia), veio passar o São João a Évora, à casa do cônego Pitta, onde o papá muitas vezes à noite costumava ir tocar violão. Por cortesia com os dois sacerdotes, o papá publicou no *Farol* uma crônica, laboriosamente respigada[26] no *Pecúlio de Pregadores*, felicitando Évora "pela dita d'abrigar em seus muros o insigne prelado dom Gaspar, lume[27] fulgente[28] da Igreja e preclaríssima torre de santidade". O bispo de Chorazin recortou este pedaço do *Farol* para o meter entre as folhas do seu breviário;[29] e tudo no papá lhe começou a agradar, até o asseio da sua roupa branca, até a graça chorosa com que ele cantava, acompanhando-se no violão, a xácara[30] do conde Ordonho. Mas quando soube que este Rufino da Assunção, tão moreno e simpático, era o afilhado carnal do seu velho Rufino da Conceição, camarada de estudos no bom Seminário de São José e nas veredas teológicas da universidade, a sua afeição pelo papá tornou-se extremosa. Antes de partir de Évora deu-lhe um relógio de prata; e, por influência dele, o papá, depois de arrastar alguns meses a sua madraçaria[31] pela alfândega do Porto, como aspirante, foi nomeado, escandalosamente, diretor da alfândega de Viana.

As macieiras cobriam-se de flor quando o papá chegou às veigas[32] suaves d'Entre-Minho-e-Lima; e logo nesse julho conheceu um cavalheiro de Lisboa, o comendador G. Godinho, que estava passando o verão com duas sobrinhas, junto ao rio, numa quinta chamada o Mosteiro,

---

26. Respigada: compilada.
27. Lume: saber, perspicácia.
28. Fulgente: resplandecente, brilhante.
29. Breviário: livro de orações que os sacerdotes rezam diariamente.
30. Xácara: canção narrativa de origem árabe.
31. Madraçaria: vida de ociosidade.
32. Veigas: campos cultivados.

antigo solar dos condes de Lindoso. A mais velha destas senhoras, dona Maria do Patrocínio, usava óculos escuros, e vinha todas as manhãs da quinta à cidade, num burrinho, com o criado de farda, ouvir missa a Santana. A outra, dona Rosa, gordinha e trigueira, tocava harpa, sabia de cor os versos do *Amor e melancolia*, e passava horas à beira da água, entre a sombra dos amieiros, rojando[33] o vestido branco pelas relvas, a fazer raminhos silvestres.

O papá começou a frequentar o Mosteiro. Um guarda da alfândega levava-lhe o violão; e enquanto o comendador e outro amigo da casa, o Margaride, doutor delegado, se embebiam numa partida de gamão, e dona Maria do Patrocínio rezava em cima o terço, o papá, na varanda, ao lado de dona Rosa, defronte da lua, redonda e branca sobre o rio, fazia gemer no silêncio os bordões e dizia as tristezas do conde Ordonho. Outras vezes jogava ele a partida de gamão: dona Rosa sentava-se então ao pé do titi,[34] com uma flor nos cabelos, um livro caído no regaço; e o papá, chocalhando os dados, sentia a carícia prometedora dos seus olhos pestanudos.

Casaram. Eu nasci numa tarde de sexta-feira de Paixão; e a mamã morreu ao estalarem, na manhã alegre, os foguetes da Aleluia. Jaz, coberta de goivos,[35] no cemitério de Viana, numa rua junto ao muro, úmida da sombra dos chorões, onde ela gostava de ir passear nas tardes de verão, vestida de branco, com a sua cadelinha felpuda que se chamava Traviata.

O comendador e dona Maria não voltaram ao Mosteiro. Eu cresci, tive o sarampo; o papá engordava; e o seu violão dormia, esquecido ao canto da sala, dentro dum saco de baeta verde. Num julho de grande calor, a minha criada Gervásia vestiu-me o fato[36] pesado de veludilho preto; o papá pôs um fumo no chapéu de palha; era o luto do comendador G. Godinho, a quem o papá muitas vezes chamava, por entre dentes, "malandro".

Depois, numa noite de entrudo,[37] o papá morreu de repente, com uma apoplexia,[38] ao descer a escadaria de pedra da nossa casa, mascarado d'urso, para ir ao baile das senhoras Macedos.

Eu fazia então sete anos; e lembro-me de ter visto, ao outro dia, no nosso pátio, uma senhora alta e gorda, com uma mantilha rica de renda

---
33. Rojar: roçar.
34. Titi: titio.
35. Goivos: plantas da família das crucíferas, cujas flores são aromáticas.
36. Fato: conjunto de roupas.
37. Entrudo: os três dias anteriores à Quaresma.
38. Apoplexia: hemorragia cerebral.

negra, a soluçar diante das manchas de sangue do papá, que ninguém lavara e já tinham secado nas lajes. À porta uma velha esperava, rezando, encolhida no seu mantéu de baetilha.[39]

As janelas da frente da casa foram fechadas; no corredor escuro, sobre um banco, um candeeiro de latão ficou dando a sua luzinha de capela, fumarenta e mortal. Ventava e chovia. Pela vidraça da cozinha, enquanto a Mariana, choramigando, abanava o fogareiro, eu vi passar no largo da Senhora da Agonia o homem que trazia às costas o caixão do papá. No alto frio do monte a capelinha da Senhora, com a sua cruz negra, parecia mais triste ainda, branca e nua entre os pinheiros, quase a sumir-se na névoa; e adiante, onde estão as rochas, gemia e rolava, sem descontinuar, um grande mar d'inverno.

À noite, no quarto de engomar, a minha criada Gervásia sentou-me no chão, embrulhado num saiote. De quando em quando, rangiam no corredor as botas do João, guarda da alfândega, que andava a defumar com alfazema. A cozinheira trouxe-me uma fatia de pão de ló. Adormeci: e logo achei-me a caminhar à beira dum rio claro, onde os choupos,[40] já muito velhos, pareciam ter uma alma e suspiravam; e ao meu lado ia andando um homem nu, com duas chagas nos pés e duas chagas nas mãos, que era Jesus Nosso Senhor.

Passados dias, acordaram-me, numa madrugada em que a janela do meu quarto, batida do sol, resplandecia prodigiosamente como um prenúncio de coisa santa. Ao lado da cama, um sujeito risonho e gordo fazia-me cócegas nos pés com ternura e chamava-me "brejeirote". A Gervásia disse-me que era o senhor Matias, que me ia levar para muito longe, para casa da tia Patrocínio; e o senhor Matias, com a sua pitada suspensa, olhava espantado para as meias rotas que me calçara a Gervásia. Embrulharam-me no xale-manta cinzento do papá; o João, guarda da alfândega, trouxe-me ao colo até à porta da rua, onde estava uma liteira[41] com cortinas d'oleado.[42]

Começamos então a caminhar por compridas estradas. Mesmo adormecido, eu sentia as lentas campainhas dos machos: e o senhor Matias, defronte de mim, fazia-me de vez em quando uma festinha na cava, e dizia: "Ora cá vamos". Uma tarde, ao escurecer, paramos de repente num sítio ermo onde havia um lamaçal; o liteireiro, furioso, praguejava,

---

39. Baetilha: tecido de lã mais fino que a baeta.
40. Choupos: árvores da família das salicáceas.
41. Liteira: antigo veículo suspenso por varas e carregado por homens ou animais de carga.
42. Oleado: tecido que foi impermeabilizado por algum tipo de óleo.

sacudindo o archote[43] aceso. Em redor, dolente e negro, rumorejava um pinheiral. O senhor Matias, enfiado, tirou o relógio da algibeira[44] e escondeu-o no cano da bota.

Uma noite, atravessamos uma cidade onde os candeeiros da rua tinham uma luz jovial, rara e brilhante como eu nunca vira, da forma duma tulipa aberta. Na estalagem em que apeamos, o criado, chamado Gonçalves, conhecia o senhor Matias, e depois de nos trazer os bifes ficou familiarmente encostado à mesa, de guardanapo ao ombro, contando coisas do senhor barão, e da inglesa do senhor barão. Quando recolhíamos ao quarto, alumiados pelo Gonçalves, passou por nós, bruscamente, no corredor, uma senhora grande e branca, com um rumor forte de sedas claras, espalhando um aroma d'almíscar. Era a inglesa do senhor barão. No meu leito de ferro, desperto pelo barulho das seges,[45] eu pensava nela, rezando ave-marias. Nunca roçara corpo tão belo, dum perfume tão penetrante: ela era cheia de graça, o Senhor estava com ela, e passava, bendita entre as mulheres, com um rumor de sedas claras...

Depois, partimos num grande coche que tinha as armas do rei, e rolava a direito por uma estrada lisa, ao trote forte e pesado de quatro cavalos gordos. O senhor Matias, de chinelas nos pés e tomando a sua pitada, dizia-me, aqui e além, o nome duma povoação aninhada em torno duma velha igreja, na frescura dum vale. Ao entardecer, por vezes, numa encosta, as janelas duma calma vivenda faiscavam com um fulgor d'ouro novo. O coche passava; a casa ficava adormecendo entre as árvores; através dos vidros embaciados eu via luzir a estrela de Vênus. Alta noite tocava uma corneta; e entrávamos, atroando[46] as calçadas, numa vila adormecida. Defronte do portão da estalagem moviam-se silenciosamente lanternas mortiças. Em cima, numa sala aconchegada, com a mesa cheia de talheres, fumegavam as terrinas; os passageiros, arrepiados, bocejavam, tirando as luvas grossas de lã; e eu comia o meu caldo de galinha, estremunhado e sem vontade, ao lado do senhor Matias, que conhecia sempre algum moço, perguntava pelo doutor delegado, ou queria saber como iam as obras da câmara.

Enfim, num domingo de manhã, estando a chuviscar, chegamos a um casarão, num largo cheio de lama. O senhor Matias disse-me que era Lisboa; e, abafando-me no meu xale-manta, sentou-me num banco, ao fundo duma sala úmida, onde havia bagagens e grandes balanças de

---
43. Archote: tocha.
44. Algibeira: pequeno bolso interno à roupa.
45. Seges: antigas carruagens de duas rodas.
46. Atroar: fazer estremecer.

ferro. Um sino lento tocava à missa; diante da porta passou uma companhia de soldados, com as armas sob as capas d'oleado. Um homem carregou os nossos baús, entramos numa sege, eu adormeci sobre o ombro do senhor Matias. Quando ele me pôs no chão, estávamos num pátio triste, lajeado de pedrinha miúda, com assentos pintados de preto; e na escada uma moça gorda cochichava com um homem d'opa[47] escarlate, que trazia ao colo o mealheiro[48] das almas.

Era a Vicência, a criada da tia Patrocínio. O senhor Matias subiu os degraus conversando com ela, e levando-me ternamente pela mão. Numa sala forrada de papel escuro, encontramos uma senhora muito alta, muito seca, vestida de preto, com um grilhão[49] d'ouro no peito; um lenço roxo, amarrado no queixo, caía-lhe num bioco[50] lúgubre sobre a testa; e no fundo dessa sombra negrejavam dois óculos defumados. Por trás dela, na parede, uma imagem de Nossa Senhora das Dores olhava para mim, com o peito trespassado d'espadas.

– Esta é a titi – disse-me o senhor Matias. – É necessário gostar muito da titi... É necessário dizer sempre que sim à titi!

Lentamente, a custo, ela baixou o carão chupado e esverdinhado. Eu senti um beijo vago, duma frialdade de pedra: e logo a titi recuou, enojada.

– Credo, Vicência! Que horror! Acho que lhe puseram azeite no cabelo!

Assustado, com o beicinho já a tremer, ergui os olhos para ela, murmurei:

– Sim, titi.

Então o senhor Matias gabou o meu gênio, o meu propósito na liteira, a limpeza com que eu comia a minha sopa à mesa das estalagens.

– Está bem – rosnou a titi secamente. – Era o que faltava, portar-se mal, sabendo o que eu faço por ele... Vá, Vicência, leve-o lá para dentro... Lave-lhe essa ramela, veja se ele sabe fazer o sinal da cruz...

O senhor Matias deu-me dois beijos repenicados.[51] A Vicência levou-me para a cozinha.

À noite vestiram-me o meu fato de veludilho; e a Vicência, séria, d'avental lavado, trouxe-me pela mão a uma sala em que pendiam cortinas de damasco escarlate e os pés das mesas eram dourados como as

---
47. Opa: veste usada em cerimônias religiosas.
48. Mealheiro: pequeno cofre.
49. Grilhão: corrente de ouro geralmente usada para prender um relógio.
50. Bioco: mantilha usada para cobrir a cabeça.
51. Repenicados: que vibraram, que emitiram som.

colunas dum altar. A titi estava sentada no meio do canapé,[52] vestida de seda preta, toucada de rendas pretas, com os dedos resplandecentes de anéis. Ao lado, em cadeiras também douradas, conversavam dois eclesiásticos. Um, risonho e nédio,[53] de cabelinho encaracolado e já branco, abriu os braços para mim, paternalmente. O outro, moreno e triste, rosnou só "boas noites". E da mesa onde folheava um grande livro de estampas, um homenzinho, de cara rapada e colarinhos enormes, cumprimentou, atarantado, deixando escorrer a luneta[54] do nariz.

Cada um deles vagarosamente me deu um beijo. O padre triste perguntou-me o meu nome, que eu pronunciava Tedrico. O outro, amorável, mostrando os dentes frescos, aconselhou-me que separasse as sílabas e dissesse Te-o-do-ri-co. Depois acharam-me parecido com a mamã, nos olhos. A titi suspirou, deu louvores a Nosso Senhor de que eu não tinha nada do Raposo. E o sujeito de grandes colarinhos fechou o livro, fechou a luneta, e timidamente quis saber se eu trazia saudades de Viana. Eu murmurei, atordoado:

– Sim, titi.

Então o padre mais idoso e nédio chegou-me para os joelhos, recomendou-me que fosse temente a Deus, quietinho em casa, sempre obediente à titi...

– O Teodorico não tem ninguém senão a titi... É necessário dizer sempre que sim à titi...

Eu repeti, encolhido:

– Sim, titi.

A titi, severamente, mandou-me tirar o dedo da boca. Depois disse-me que voltasse para a cozinha, para a Vicência, sempre a seguir pelo corredor...

– E quando passar pelo oratório, onde está a luz e a cortina verde, ajoelhe, faça o seu sinalzinho da cruz...

Não fiz o sinal da cruz. Mas entreabri a cortina; e o oratório da titi deslumbrou-me, prodigiosamente. Era todo revestido de seda roxa, com painéis enternecedores em caixilhos floridos, contando os trabalhos do Senhor; as rendas da toalha do altar roçavam o chão tapetado; os santos de marfim e de madeira, com auréolas lustrosas, viviam num bosque de violetas e de camélias vermelhas. A luz das velas de cera fazia brilhar duas salvas[55] nobres de prata, encostadas à parede, em repouso, como

---

52. Canapé: tipo de assento longo com encosto e braços.
53. Nédio: lustroso.
54. Luneta: óculo apoiado apenas no nariz; monóculo.
55. Salvas: bandejas onde se colocam taças.

broquéis[56] de santidade; e erguido na sua cruz de pau-preto, sob um dossel, Nosso Senhor Jesus Cristo era todo d'ouro, e reluzia.

Cheguei-me devagar até junto da almofada de veludo verde, pousada diante do altar, cavada pelos piedosos joelhos da titi. Ergui para Jesus crucificado os meus lindos olhos negros. E fiquei pensando que no céu os anjos, os santos, Nossa Senhora e o Pai de todos deviam ser assim, de ouro, cravejados talvez de pedras: o seu brilho formava a luz do dia; e as estrelas eram os pontos mais vivos do metal precioso, transparecendo através dos véus negros, em que os embrulhava à noite, para dormirem, o carinho beato dos homens.

Depois do chá, a Vicência foi-me deitar numa alcovinha pegada ao seu quarto. Fez-me ajoelhar em camisa,[57] juntou-me as mãos, ergueu-me a face para o céu. E ditou os padre-nossos que me cumpria rezar pela saúde da titi, pelo repouso da mamã, e por alma dum comendador que fora muito bom, muito santo, e muito rico, e que se chamava Godinho.

Apenas completei nove anos, a titi mandou-me fazer camisas, um fato de pano preto, e colocou-me, como interno, no colégio dos Isidoros, então em Santa Isabel.

Logo nas primeiras semanas liguei-me ternamente com um rapaz, Crispim, mais crescido que eu, filho da firma Telles, Crispim & Cia., donos da fábrica de fiação à Pampulha. O Crispim ajudava à missa aos domingos; e, de joelhos, com os seus cabelos compridos e louros, lembrava a suavidade dum anjo. Às vezes agarrava-me no corredor e marcava-me a face, que eu tinha feminina e macia, com beijos devoradores; à noite, na sala de estudo, à mesa onde folheávamos os sonolentos dicionários, passava-me bilhetinhos a lápis, chamando-me seu "idolatrado" e prometendo-me caixinhas de penas d'aço...

A quinta-feira era o desagradável dia de lavarmos os pés. E três vezes por semana o sebento padre Soares vinha, de palito na boca, interrogar-nos em doutrina e contar-nos a vida do Senhor.

– Ora depois pegaram, e levaram-no de rastos[58] à casa de Caifás... Olá, o da pontinha do banco, quem era Caifás?... Emende! Emende adiante!... Também não! Irra, cabeçudos! Era um judeu e dos piores... Ora diz que, lá num sítio muito feio da Judeia, há uma árvore toda d'espinhos, que é mesmo d'arrepiar...

---

56. Broquéis: escudos ou brasões de formato circular.
57. Em camisa: sem mais peças de roupa além da camisa.
58. De rastos: arrastado.

A sineta do recreio tocava; todos, a um tempo e d'estalo, fechávamos a cartilha.

O tristonho pátio de recreio, areado com saibro, cheirava mal por causa da vizinhança das latrinas;[59] e o regalo para os mais crescidos era tirar uma fumaça do cigarro, às escondidas, numa sala térrea onde aos domingos o mestre de dança, o velho Cavinetti, frisado e de sapatinhos decotados, nos ensinava mazurcas.[60]

Cada mês a Vicência, de capote e lenço, me vinha buscar depois da missa, para ir passar um domingo com a titi. Isidoro Júnior, antes de eu sair, examinava-me sempre os ouvidos e as unhas; muitas vezes, mesmo na bacia dele, dava-me uma ensaboadela furiosa, chamando-me baixo "sebento". Depois trazia-me até à porta, fazia-me uma carícia, tratava-me de seu "querido amiguinho", e mandava pela Vicência os seus respeitos à senhora dona Patrocínio das Neves.

Nós morávamos no Campo de Santana. Ao descer o Chiado, eu parava numa loja de estampas diante do lânguido quadro duma mulher loura, com os peitos nus, recostada numa pele de tigre e sustentando na ponta dos dedos, mais finos que os do Crispim, um pesado fio de pérolas. A claridade daquela nudez fazia-me pensar na inglesa do senhor barão; e esse aroma, que tanto me perturbara no corredor da estalagem, respirava-o outra vez, finamente espalhado, na rua cheia de sol, pelas sedas das senhoras que subiam para a missa do Loreto, espartilhadas e graves.

A titi, em casa, estendia-me a mão a beijar; e toda a manhã eu ficava folheando volumes do *Panorama Universal*, na saleta dela, onde havia um sofá de riscadinho, um armário rico de pau-preto, e litografias coloridas, com ternas passagens da vida puríssima do seu favorito santo, o patriarca são José. A titi, de lenço roxo carregado para a testa, sentada à janela por dentro dos vidros, com os pés embrulhados numa manta, examinava solicitamente um grande caderno de contas.

Às três horas enrolava o caderno; e de dentro da sombra do lenço começava a perguntar-me doutrina. Dizendo o credo, desfiando os mandamentos, com os olhos baixos, eu sentia o seu cheiro acre e adocicado a rapé e a formiga.

Aos domingos vinham jantar conosco os dois eclesiásticos. O de cabelinho encaracolado era o padre Casimiro, procurador da titi: dava-me abraços risonhos; convidava-me a declinar *arbor arboris, currus curri*; proclamava-me com afeto "talentaço". E o outro eclesiástico elogiava o

---

59. Latrinas: sanitários.
60. Mazurcas: danças polonesas.

colégio dos Isidoros, formosíssimo estabelecimento de educação, como não havia nem na Bélgica. Esse chamava-se padre Pinheiro. Cada vez me parecia mais moreno, mais triste. Sempre que passava por diante dum espelho, deitava a língua de fora, e ali se esquecia a esticá-la, a estudá-la, desconfiado e aterrado.

Ao jantar o padre Casimiro gostava de ver o meu apetite.

– Vai mais um bocadinho da vitelinha guisada? Rapazes querem-se alegres e bem comidos!...

E padre Pinheiro, palpando o estômago:

– Felizes idades! Felizes idades em que se repete a vitela!

Ele e a titi falavam então de doenças.

Padre Casimiro, coradinho, com o guardanapo atado ao pescoço, o prato cheio, o copo cheio, sorria beatificamente.

Quando, na praça, entre as árvores, começavam a luzir os candeeiros de gás, a Vicência punha o seu xale velho de xadrez e ia levar-me ao colégio. A essa hora, nos domingos, chegava o sujeitinho de cara rapada e vastos colarinhos, que era o senhor José Justino, secretário da confraria de são José e tabelião da titi, com cartório a São Paulo. No pátio, tirando já o seu paletó, fazia-me uma festa no queixo, e perguntava à Vicência pela saúde da senhora dona Patrocínio. Subia; nós fechávamos o pesado portão. E eu respirava consoladamente – porque me entristecia aquele casarão com os seus damascos vermelhos, os santos inumeráveis e o cheirinho a capela.

Pelo caminho a Vicência falava-me da titi, que a trouxera, havia seis anos, da Misericórdia. Assim eu fui sabendo que ela padecia do fígado; tinha sempre muito dinheiro em ouro numa bolsa de seda verde; e o comendador Godinho, tio dela e da minha mamã, deixara-lhe duzentos contos em prédios, em papéis, e a quinta do Mosteiro ao pé de Viana, e pratas e louças da Índia... Que rica que era a titi! Era necessário ser bom, agradar sempre à titi!

À porta do colégio a Vicência dizia "Adeus, amorzinho", e dava-me um grande beijo. Muitas vezes, de noite, abraçado ao travesseiro, eu pensava na Vicência, e nos braços que lhe vira arregaçados, gordos e brancos como leite. E assim foi nascendo no meu coração, pudicamente, uma paixão pela Vicência.

Um dia, um rapaz já de buço chamou-me no recreio "lambisgoia". Desafiei-o para as latrinas, ensanguentei-lhe lá a face toda, com um murro bestial. Fui temido. Fumei cigarros. O Crispim saíra dos Isidoros; eu ambicionava saber jogar a espada. E o meu alto amor pela Vicência desapareceu um dia, insensivelmente, como uma flor que se perde na rua.

E os anos assim foram passando: pelas vésperas de Natal acendia-se um braseiro no refeitório, eu envergava o meu casacão forrado de baeta e ornado duma gola d'astracã;[61] depois chegavam as andorinhas aos beirais do nosso telhado, e no oratório da titi, em lugar de camélias, vinham braçadas dos primeiros cravos vermelhos perfumar os pés d'ouro de Jesus; depois era o tempo dos banhos de mar, e o padre Casimiro mandava à titi um gigo[62] d'uvas da sua quinta de Torres... Eu comecei a estudar retórica.

Um dia o nosso bom procurador disse-me que eu não voltaria mais para os Isidoros, indo acabar os meus preparatórios em Coimbra, na casa do doutor Roxo, lente de teologia. Fizeram-me roupa branca. A titi deu-me num papel a oração que eu diariamente devia rezar a são Luís Gonzaga, padroeiro da mocidade estudiosa, para que ele conservasse em meu corpo a frescura da castidade e na minha alma o medo do Senhor. O padre Casimiro foi-me levar à cidade graciosa onde dormita Minerva.

Detestei logo o doutor Roxo. Em sua casa sofri vida dura e claustral; e foi um inefável gosto quando, no meu primeiro ano de direito, o desagradável eclesiástico morreu miseravelmente dum antraz.[63] Passei então para a divertida hospedagem das Pimentas – e conheci logo, sem moderação, todas as independências e as fortes delícias da vida. Nunca mais rosnei a delambida oração a são Luís Gonzaga, nem dobrei o meu joelho viril diante de imagem benta que usasse auréola na nuca; embebedei-me com alarido nas Camélias; afirmei a minha robustez esmurrando sanguinolentamente um marcador do Trony; fartei a carne com saborosos amores no Terreiro da Erva; vadiei ao luar, ganindo fados; usava moca;[64] e como a barba me vinha, basta e negra, aceitei com orgulho a alcunha de Raposão. Todos os quinze dias porém escrevia à titi, na minha boa letra, uma carta humilde e piedosa, onde lhe contava a severidade dos meus estudos, o recato dos meus hábitos, as copiosas rezas e os rígidos jejuns, os sermões de que me nutria, os doces desagravos ao Coração de Jesus à tarde, na Sé, e as novenas com que consolava a minha alma em Santa Cruz no remanso dos dias feriados...

---

61. Astracã: pele de cordeiro recém-nascido, utilizada para forrar casacos.
62. Gigo: cesto de vime ou junco.
63. Antraz: carbúnculo, grave infecção de pele, que geralmente surge na nuca e nas costas.
64. Moca: porrete, cacete.

Os meses de verão em Lisboa eram depois dolorosos. Não podia sair, mesmo a espontar[65] o cabelo, sem implorar da titi uma licença servil. Não ousava fumar ao café. Devia recolher virginalmente, à noitinha; e antes de me deitar tinha de rezar com a velha um longo terço no oratório. Eu próprio me condenara a esta detestável devoção!

– Tu lá nos estudos costumas fazer o teu terço? – perguntara-me, com secura, a titi.

E eu, sorrindo abjetamente:

– Ora essa! É que nem posso adormecer sem ter rezado o meu rico terço!...

Aos domingos continuavam as partidas. O padre Pinheiro, mais triste, queixava-se agora do coração, e um pouco também da bexiga. E havia outro comensal, velho amigo do comendador Godinho, fiel visita das Neves, o Margaride, o que fora delegado em Viana, depois juiz em Mangualde. Rico por morte de seu mano Abel, secretário da Câmara Patriarcal, o doutor aposentara-se, farto dos autos, e vivia em ócio, lendo os periódicos, num prédio seu na praça da Figueira. Como conhecera o papá, e muitas vezes o acompanhara ao Mosteiro, tratou-me logo com autoridade e por "você".

Era um homem corpulento e solene, já calvo, com um carão lívido, onde destacavam as sobrancelhas cerradas, densas e negras como carvão. Raras vezes penetrava na sala da titi sem atirar, logo da porta, uma notícia pavorosa. "Então, não sabem? Um incêndio medonho, na Baixa!" Apenas uma fumaraça numa chaminé. Mas o bom Margaride, em novo, num sombrio acesso de imaginação, compusera duas tragédias; e daí lhe ficara este gosto mórbido de exagerar e de impressionar. "Ninguém como eu", dizia ele, "saboreia o grandioso..."

E, sempre que aterrava a titi e os sacerdotes, sorvia gravemente uma pitada.

Eu gostava do doutor Margaride. Camarada do papá em Viana, muitas vezes o ouvira cantar, ao violão, a xácara do conde Ordonho. Tardes inteiras vagueara com ele poeticamente, pela beira da água, no Mosteiro, quando a mamã fazia raminhos silvestres à sombra dos amieiros. E mandou-me as amêndoas mal eu nasci, à noitinha, em sexta-feira de Paixão. Além disso, mesmo na minha presença, ele gabava francamente à titi o meu intelecto, e a circunspecção[66] dos meus modos.

– O nosso Teodorico, dona Patrocínio, é moço para deleitar uma tia... Vossa excelência, minha rica senhora, tem aqui um Telêmaco!

---

65. Espontar: aparar.
66. Circunspecção: prudência, ponderação.

Eu corava, modesto.

Ora, foi justamente passeando com ele no Rocio, num dia d'agosto, que eu conheci um parente nosso, afastado, primo do comendador G. Godinho. O doutor Margaride apresentou-mo, dizendo apenas: "O Xavier, teu primo, moço de grandes dotes". Era um homem enxovalhado,[67] de bigode louro, que fora galante e desbaratara furiosamente trinta contos, herdados de seu pai, dono duma cordoaria[68] em Alcântara. O comendador G. Godinho, meses antes de morrer da sua pneumonia, tinha-o recolhido por caridade à Secretaria da Justiça, com vinte mil--réis por mês. E o Xavier agora vivia com uma espanhola chamada Carmen, e três filhos dela, num casebre da rua da Fé.

Eu fui lá num domingo. Quase não havia móveis; a bacia da cara, a única, estava entalada no fundo roto da palhinha duma cadeira. O Xavier toda a manhã deitara escarros de sangue pela boca. E a Carmen, despenteada, em chinelas, arrastando uma bata de fustão[69] manchada de vinho, embalava sorumbaticamente[70] pelo quarto uma criança embrulhada num trapo e com a cabecinha coberta de feridas.

Imediatamente o Xavier, tratando-me por "tu", falou-me da tia Patrocínio... Era a sua esperança, naquela sombria miséria, a tia Patrocínio! Serva de Jesus, proprietária de tantos prédios, ela não podia deixar um parente, um Godinho, definhar-se ali naquele casebre, sem lençóis, sem tabaco, com os filhos em redor, esfarrapados, a chorar por pão. Que custava à tia Patrocínio estabelecer-lhe, como já fizera o Estado, uma mesadinha de vinte mil-réis?

– Tu é que lhe devias falar, Teodorico! Tu é que lhe devias dizer... Olha para essas crianças. Nem meias têm... Anda cá, Rodrigo, dize aqui ao tio Teodorico. Que comeste hoje ao almoço?... Um bocado de pão d'ontem! E sem manteiga, sem mais nada! E aqui está a nossa vida, Teodorico! Olha que é duro, menino!

Enternecido, prometi falar à titi.

Falar à titi! Eu nem ousaria contar à titi que conhecia o Xavier, e que entrava nesse casebre impuro onde havia uma espanhola, emagrecida no pecado.

E para que eles não percebessem o meu ignóbil terror da titi, não voltei à rua da Fé.

---

67. Enxovalhado: amarrotado; sujo.
68. Cordoaria: estabelecimento que comercializa cordas.
69. Fustão: tecido de linho, seda, algodão ou lã encordoado.
70. Sorumbaticamente: sombriamente.

No meado de setembro, no dia da Natividade de Nossa Senhora, soube pelo doutor Barroso que o primo Xavier, quase a morrer, me queria falar em segredo.

Fui lá, de tarde, contrariado. Na escada cheirava a febre. A Concha, na cozinha, conversava por entre soluços com outra espanhola, magrita, de mantilha preta e corpetezinho triste de cetim cor de cereja. Os pequenos, no chão, rapavam um tacho d'açorda.[71] E na alcova o Xavier, enrodilhado num cobertor, com a bacia da cara ao lado, cheia de escarros de sangue, tossia, despedaçadamente:

– És tu, rapaz?
– Então que é isso, Xavier?

Ele exprimiu, num termo obsceno, que estava perdido. E estirando-se de costas, com um brilho seco nos olhos, falou-me logo da titi. Escrevera-lhe uma carta linda, de rachar o coração: a fera não respondera. E, agora, ia mandar para o *Jornal de Notícias* um anúncio, a pedir uma esmola, assinando "Xavier Godinho, primo do rico comendador G. Godinho". Queria ver se dona Patrocínio das Neves deixaria um parente, um Godinho, mendigar assim, publicamente, na página dum jornal.

– Mas é necessário que tu me ajudes, rapaz, que a enterneças! Quando ela ler o anúncio, conta-lhe esta miséria! Desperta-lhe o brio. Dize-lhe que é uma vergonha ver morrer ao abandono um parente, um Godinho. Dize-lhe que já se rosna! Olha, se hoje pude tomar um caldo, é que essa rapariga, a Lolita, que está em casa da Benta Bexigosa,[72] nos trouxe aí quatro coroas... Vê tu a que eu cheguei!

Ergui-me, comovido.
– Conta comigo, Xavier.
– Olha, se tens aí cinco tostões que te não façam falta, dá-os à Concha.

Dei-lhos a ele: e saí, jurando-lhe que ia falar à titi, solenemente, em nome dos Godinhos e em nome de Jesus!

Depois do almoço, ao outro dia, a titi, de palito na boca, e vagarosa, desdobrou o *Jornal de Notícias*. E decerto achou logo o anúncio do Xavier, porque ficou longo tempo fitando o canto da terceira página onde ele negrejava, aflitivo, vergonhoso, medonho.

Então pareceu-me ver, voltados para mim, lá do fundo nu do casebre, os olhos aflitos do Xavier; a face amarela da Concha, lavada de lágrimas; as pobres mãozinhas dos pequenos, magras, à espera da côdea[73] de pão...

---
71. Açorda: caldo feito com coentro e alho e colocado sobre fatias de pão.
72. Bexigosa: que apresenta os sintomas da varíola.
73. Côdea: parte endurecida do pão.

E todos aqueles desgraçados ansiavam pelas palavras que eu ia lançar à titi, fortes, tocantes, que os deviam salvar, e dar-lhes o primeiro pedaço de carne daquele verão de miséria. Abri os lábios. Mas já a titi, recostando-se na cadeira, rosnava com um sorrisinho feroz:
 — Que se aguente... É o que sucede a quem não tem temor de Deus e se mete com bêbedas... Não tivesse comido tudo em relaxações... Cá para mim, homem perdido com saias, homem que anda atrás de saias, acabou... Não tem o perdão de Deus, nem tem o meu! Que padeça, que padeça, que também Nosso Senhor Jesus Cristo padeceu!
 Baixei a cabeça, murmurei:
 — E ainda nós não padecemos bastante... Tem a titi razão. Que se não metesse com saias!
 Ela ergueu-se, deu as graças ao Senhor. Eu fui para o meu quarto, fechei-me lá, a tremer, sentindo ainda, regeladas e ameaçadoras, as palavras da titi, para quem os homens "acabavam quando se metiam com saias". Também eu me metera com saias, em Coimbra, no Terreiro da Erva! Ali, no meu baú, tinha eu documentos do meu pecado, a fotografia da Tereza dos Quinze, uma fita de seda e uma carta dela, a mais doce, em que me chamava "único afeto da sua alma" e me pedia dezoito tostões! Eu cosera essas relíquias dentro do forro dum colete de pano, receando as incessantes rebuscas da titi por entre a minha roupa íntima. Mas lá estavam, no baú de que ela guardava a chave, dentro do colete, fazendo uma dureza de cartão que qualquer dia poderiam palpar os seus dedos desconfiados... E eu acabava logo para a titi!
 Abri devagarinho o baú, descosi o forro, tirei a carta deliciosa da Tereza, a fita que conservara o aroma da sua pele, e a sua fotografia, de mantilha. Na pedra da varanda, sem piedade, queimei tudo, amabilidades e feições; e sacudi desesperadamente para o saguão as cinzas da minha ternura.
 Nessa semana não ousei voltar à rua da Fé. Depois, um dia que chuviscava, fui lá, ao escurecer, encolhido, sob o meu guarda-chuva. Um vizinho, vendo-me espreitar de longe as janelas negras e mortas do casebre, disse-me que o senhor Godinho, coitado, fora para o hospital numa maca.
 Desci, triste, ao comprido das grades do Passeio. E, no crepúsculo úmido, tendo roçado bruscamente por outro guarda-chuva, ouvi de repente o meu nome de Coimbra, lançado com alegria.
 — Oh, Raposão!
 Era o Silvério, por alcunha o "Rinchão", meu condiscípulo e companheiro de casa das Pimentas. Estivera passando esse mês no Alentejo,

com seu tio, ricaço ilustre, o barão d'Alconchel. E agora, de volta, ia ver uma Ernestina, rapariguita loura que morava no Salitre, numa casa cor-de-rosa com roseirinhas à varanda.

Queres tu vir cá um bocado, ó Raposão? Está lá outra rapariga bonita, a Adélia... Tu não conheces a Adélia? Então que diabo, vem ver a Adélia... É um mulherão!

Era um domingo, noite de partida da titi; eu devia recolher religiosamente às oito horas. Cocei a barba, indeciso. O Rinchão falou da brancura dos braços da Adélia; e eu comecei a caminhar ao lado do Rinchão, enfiando as luvas pretas.

Munidos dum cartucho de pastéis e de uma garrafa de Madeira, encontramos a Ernestina a coser um elástico nas suas botinas de duraque.[74] E a Adélia, estendida no sofá, de chambre[75] e em saia branca, com os chinelos caídos no tapete, fumava um cigarro lânguido. Eu sentei-me ao lado dela, comovido e mono, com o meu guarda-chuva entre os joelhos. Só quando o Silvério e Ernestina correram dentro à cozinha, abraçados, a buscar copos para o Madeira, ousei perguntar à Adélia, corando:

– Então a menina donde é?

Era de Lamego. E eu, novamente acanhado, só pude gaguejar que era tristonho aquele tempo de chuva. Ela pediu-me outro cigarro, cortesmente, dizendo-me "o cavalheiro". Apreciei estes modos. As mangas largas do seu roupão, escorregando, descobriam braços tão brancos e macios, que entre eles a morte mesma deveria ser deleitosa.

Fui eu que lhe ofereci o prato onde a Ernestina colocara os pastéis. Ela quis saber o meu nome. Tinha um sobrinho que também se chamava Teodorico; e isto foi como um fio subtil e forte que veio, do seu coração, enrodilhar-se no meu.

– Por que é que o cavalheiro não põe o guarda-chuva ali a um canto? – disse-me ela, rindo.

O brilho picante dos seus dentinhos miúdos fez desabrochar dentro em mim uma flor de madrigal.

– É para não me tirar daqui d'ao pé da menina nem um instantinho que seja.

Ela fez-me uma cócega lenta no pescoço. Eu, aboborado[76] de gozo, bebi o resto do Madeira que ela deixara no cálice.

---
74. Duraque: tecido de algodão, seda ou lã bastante resistente, utilizado para calçados.
75. Chambre: roupão; camisola.
76. Aboborado: amolecido.

A Ernestina, poética, e cantando o fado, aninhou-se nos joelhos do Rinchão. Então a Adélia, revirando-se languidamente, puxou-me a face – e os meus lábios encontraram os seus no beijo mais sério, mais sentido, mais profundo que até aí abalara o meu ser.

Nesse doce instante, um relógio medonho, com o mostrador fingindo uma face de lua, e que parecia espreitar-me de sobre o mármore duma mesa de mogno, dentre dois vasos sem flores, começou a dar dez horas, fanhoso, irônico, pachorrento.

Jesus! Era a hora do chá em casa da titi! Com que terror eu trepei, esbaforido, sem mesmo abrir o guarda-chuva, as vielas escuras e infindáveis que levam ao Campo de Santana! Em casa, nem tirei as botas enlameadas. Enfiei pela sala; e vi logo, lá ao fundo, no sofá de damasco, os óculos da titi, mais negros, assanhados, esperando por mim e fuzilando. Ainda balbuciei:

– Titi...

Mas já ela gritava, esverdinhada de cólera, sacudindo os punhos.

– Relaxações em minha casa não admito! Quem quiser viver aqui há de estar às horas que eu marco! Lá deboches e porcarias, não, enquanto eu for viva! E quem não lhe agradar, rua!

Sob a rajada estridente da indignação da senhora dona Patrocínio, padre Pinheiro e o tabelião Justino tinham dobrado a cabeça, embaçados.[77] O doutor Margaride, para apreciar conscienciosamente a minha culpa, puxou o seu pesado relógio d'ouro. E foi o bom Casimiro que interveio, como sacerdote, como procurador, influente e suave.

– Dona Patrocínio tem razão, tem muita razão em querer ordem em casa... Mas talvez o nosso Teodorico se tivesse demorado um pouco mais no Martinho, a ouvir falar d'estudos, de compêndios...

Exclamei amargamente:

– Nem isso, padre Casimiro! Nem no Martinho estive! Sabe onde estive? No convento da Encarnação! É verdade, encontrei um condiscípulo meu, que ia lá buscar a irmã. Hoje era festa, a irmã tinha ido passar o dia com uma tia, uma comendadeira... Estivemos à espera, a passear no pátio... A irmã vai casar, ele andou a contar-me do noivo, e do enxoval, e do apaixonada que ela está... Eu morto por me safar, mas com cerimônia do rapaz, que é sobrinho do barão d'Alconchel... E ele zás, zás, a falar da irmã, e do namoro, e das cartas...

A tia Patrocínio uivou de furor.

---

77. Embaçados: assombrados, perplexos.

– Olha que conversa! Que porcaria de conversa! Que indecente conversa para o pátio duma casa de religião! Cala-te, alma perdida, que até devias ter vergonha!... E fique entendendo! Para outra vez que venha a estas horas, não me entra em casa! Fica na rua, como um cão...

Então o doutor Margaride estendeu a mão pacificadora e solene:

– Está tudo explicado! O nosso Teodorico foi imprudente, mas o sítio onde esteve é respeitável... E eu conheço o barão d'Alconchel. É um cavalheiro da maior circunspecção, e um dos mais abastados do Alentejo... Talvez mesmo um dos mais ricos proprietários de Portugal... O mais rico, direi!... Mesmo lá fora não haverá fortuna territorial que lhe exceda. Nem que se lhe compare!... Só em porcos! Só em cortiça! Centenares de contos! Milhões!

Erguera-se; o seu vozeirão empolado rolava serras d'ouro. E o bom Casimiro murmurava, ao meu lado, com brandura:

– Tome o seu chazinho, Teodorico, vá tomando o seu chazinho. E creia que a tia não deseja senão o seu bem...

Puxei, com a mão a tremer, a minha chávena[78] de chá; e, remexendo desfalecidamente o fundo d'açúcar, pensava em abandonar para sempre a casa daquela velha medonha que assim me ultrajava diante da magistratura e da Igreja, sem consideração pela barba que me começava a nascer, forte, respeitável e negra.

Mas, aos domingos, o chá era servido nas pratas do comendador G. Godinho. Eu via-as, maciças e resplandecentes, diante de mim: o grande bule terminando em bico de pato; o açucareiro cuja asa tinha a forma duma cobra assanhada; e o paliteiro gentil em figura de macho trotando sob os seus alforjes. E tudo pertencia à titi. Que rica que era a titi! Era necessário ser bom, agradar sempre à titi!...

Por isso, mais tarde, quando ela penetrou no oratório para cumprir o terço, já eu lá estava, de rojos,[79] gemendo, martelando o peito e suplicando ao Cristo de ouro que me perdoasse ter ofendido a titi.

Um dia enfim cheguei a Lisboa com as minhas cartas de doutor metidas num canudo de lata. A titi examinou-as reverente, achando um sabor eclesiástico às linhas em latim, às paramentosas fitas vermelhas e ao selo dentro do seu relicário.

– Está bom – disse ela –, estás doutor. A Deus Nosso Senhor o deves, vê não lhe faltes...

---

78. Chávena: taça na qual se servem chá e outras bebidas.
79. De rojos: a rastejar.

Corri logo ao oratório, com o canudo na mão, agradecer ao Cristo de ouro o meu glorioso grau de bacharel.

Na manhã seguinte, estando ao espelho, a espontar a barba, que agora tinha cerrada e negra, o padre Casimiro entrou-me pelo quarto, risonho e a esfregar as mãos.

– Boa-nova vos trago aqui, senhor doutor Teodorico!...

E depois de me acariciar, segundo o seu afetuoso costume, com palmadinhas doces nos rins, o santo procurador revelou-me que a titi, satisfeita comigo, decidira comprar-me um cavalo para eu dar honestos passeios e espairecer por Lisboa.

– Um cavalo! Oh, padre Casimiro!

Um cavalo. E além disso, não querendo que seu sobrinho, já barbado, já letrado, sofresse um vexame, por lhe faltar às vezes um troco para deitar na salva de Nossa Senhora do Rosário, a titi estabelecia-me uma mesada de três moedas.

Abracei com calor o padre Casimiro. E desejei saber se a amorável intenção da titi era que eu não tivesse outra ocupação além de cavalgar por Lisboa e lançar pratinhas na salva de Nossa Senhora.

– Olhe, Teodorico, eu parece-me que a titi não quer que você tenha outro mister senão temer a Deus... O que lhe digo é que o amigo vai passá-la boa e regalada... E agora, ande, vá-lhe lá dentro agradecer, e diga-lhe uma coisinha mimosa.

Na saleta, onde brilhavam pelas paredes os feitos piedosos do patriarca são José, a titi, sentada a um canto do sofá de riscadinho, fazia meia, com um xale de Tonquim[80] pelos ombros.

– Titi – murmurei eu encolhido –, venho aqui agradecer...

– Está bom, vai com Deus.

Então, devotamente, beijei-lhe a franja do xale. A titi gostou. Eu fui com Deus.

Começou daí, farta e regalada, a minha existência de sobrinho da senhora dona Patrocínio das Neves. Às oito horas, pontualmente, vestido de preto, ia com a titi à igreja de Santana, ouvir a missa do padre Pinheiro. Depois d'almoço, tendo pedido licença à titi, e rezadas no oratório três *Gloria Patri* contra as tentações, saía a cavalo, de calça clara. Quase sempre a titi me dava alguma incumbência beata: passar em São Domingos, e dizer a oração pelos três santos mártires do Japão; entrar na Conceição Velha, e fazer o ato de desagravo pelo Sagrado Coração de Jesus...

---

80. Tonquim: parte mais setentrional do Vietnã.

E eu receava tanto desagradar-lhe, que nunca deixava de dar estes ternos recados que ela mandava à casa do Senhor.

Mas era este o momento desagradável do meu dia: às vezes, ao sair, sorrateiro, do portão da igreja, topava com algum condiscípulo republicano, dos que me acompanhavam em Coimbra, nas tardes de procissão, chasqueando o Senhor da Cana Verde.
– Oh, Raposão! Pois tu agora...
Eu negava, vexado:
– Ora essa! Não me faltava mais nada! Sou mesmo lá de carolices...[81]
Qual! entrei aqui por causa duma rapariga... Adeus, tenho a égua à espera.

Montava – e de luva preta, a perna bem colada à sela, um botãozinho de camélia no peito, ia caracolando,[82] em ócio e luxo, até ao largo do Loreto. Outras vezes deixava a égua no Arco do Bandeira, e gozava uma manhã regalada no bilhar do Montanha.

Antes do jantar, em chinelas, no oratório com a titi, eu fazia a jaculatória[83] a são José, aio de Jesus, custódio de Maria e amorosíssimo patriarca. À mesa, adornada apenas por compoteiras de doce de calda em torno duma travessa d'aletria,[84] eu contava à titi o meu passeio, as igrejas em que me deleitara e quais os altares alumiados. A Vicência escutava com devoção, perfilada no seu lugar costumado, entre as duas janelas, onde um retrato de nosso santo padre Pio IX enchia a tira de parede verde, tendo por baixo, pendente dum cordão, um velho óculo d'alcance, relíquia do comendador G. Godinho. Depois do café a titi, lentamente, cruzava os braços; e o seu carão sumia-se, dormente e pesado, na sombra do lenço roxo.

Eu ia enfiar as botas; e, autorizado agora por ela a recrear-me fora de casa até às nove e meia, corria ao fim da rua da Madalena, ao pé do largo dos Caldas. Aí, com resguardo, encolhido na gola do meu sobretudo, cosido com o muro, como se o candeeiro de gás que ali havia fosse o olho inexorável da titi – penetrava sofregamente na escadinha da Adélia...

Sim, da Adélia! Porque nunca mais me esquecera, desde a noite em que o Rinchão me levou ao Salitre, o beijo que ela me dera, lânguida e branca, sobre o sofá. Em Coimbra procurara mesmo fazer-lhe versos; e esse amor dentro do meu peito foi, no último ano de universidade, no ano de direito eclesiástico, como um maravilhoso lírio que ninguém via

---

81. Carolices: qualidade de quem é carola, devoto.
82. Caracolar: mover-se em círculos; fazer o cavalo mover-se dessa forma.
83. Jaculatória: oração breve usada para situações específicas.
84. Aletria: doce feito com massa de farinha em fios muito finos.

e que perfumava a minha vida... Apenas a titi me estabeleceu a mesada das três moedas, corri em triunfo ao Salitre; lá havia as roseirinhas à janela, mas a Adélia já lá não estava. E foi ainda o prestante Rinchão que me mostrou esse primeiro andar, junto ao largo dos Caldas, onde ela agora vivia patrocinada por Eleutério Serra, da firma Serra Brito & Cia., com loja de fazendas e modas na Conceição Velha. Mandei-lhe uma carta ardente e séria, pondo reverentemente no alto: "Minha senhora". Ela respondeu, com dignidade: "O cavalheiro pode vir aqui ao meio--dia". Levei-lhe uma caixinha de pastilhas de chocolate, atada com uma fita de seda azul; pisando comovido a esteira nova da sala, eu antevia, pela engomada brancura das bambinelas,[85] a frescura das suas saias; e o rígido alinho dos móveis revelava-me a retidão dos seus sentimentos. Ela entrou, um pouco constipada, com um xale vermelho pelos ombros. Reconheceu logo o amigo do Rinchão; falou da Ernestina, com severidade, chamando-lhe "porcalhona". E a sua voz enrouquecida, o seu defluxo[86] davam-me o desejo de a curar nos meus braços, dum longo dia d'agasalho e sonolência, sob o peso dos cobertores, na penumbra mole da sua alcova. Depois ela quis saber se eu era empregado ou estava no comércio... Eu contei-lhe com orgulho a riqueza da titi, os seus prédios, as suas pratas. Disse-lhe, com as suas mãos grossas presas nas minhas:

– Se a titi agora rebentasse, eu é que lhe punha à menina uma casa chique!

Ela murmurou, banhando-me todo na negra doçura do seu olhar:
– Ora! O cavalheiro, se apanhasse o bago, não se importava mais comigo!

Ajoelhei sobre a esteira, trêmulo, esmagando o peito contra os seus joelhos, ofertando-me como uma rês;[87] ela abriu o seu xale, aceitou-me misericordiosamente.

Agora, à noitinha (enquanto Eleutério, no clube da rua Nova do Carmo, jogava a manilha)[88] eu tinha ali na alcova da Adélia a radiante festa da minha vida. Levara para lá um par de chinelas – era o eleito do seu seio. Às nove e meia, despenteada, envolta à pressa num roupão de flanela, com os pés nus, acompanhava-me pela escadinha de trás, colhendo em cada degrau, nos meus lábios, um beijo lento e saudoso.

– Adeus, Delinha!
– Agasalha-te, riquinho!

---

85. Bambinelas: cortinas com franjas divididas em duas partes.
86. Defluxo: corrimento nasal.
87. Rês: qualquer animal de quatro patas abatido para alimentação do homem.
88. Manilha: jogo de cartas de baralho com quatro participantes.

E eu recolhia devagar ao campo de Santana, ruminando o meu gozo! O verão passou, languidamente. Os primeiros ventos d'outono levaram as andorinhas e as folhagens do campo de Santana; e logo nesse outubro, de repente, a minha vida se tornou mais fácil, mais larga. A titi mandara-me fazer uma casaca; e eu estreei-a, com permissão dela, indo ouvir a São Carlos o *Poliuto* – ópera que o doutor Margaride recomendara como "repassada de sentimentos religiosos e cheia de elevada lição". Fui com ele, de luvas brancas, frisado. Depois, no outro dia, ao almoço, contei à titi o devoto enredo, os ídolos derrubados, os cânticos, as fidalgas que estavam nos camarotes, e de que lindo veludo vestia a rainha.

– E sabe quem me veio falar, titi? O barão d'Alconchel, o ricaço, tio daquele rapaz que foi meu condiscípulo. Veio apertar-me a mão, esteve um bocado comigo no salão... Tratou-me com muita consideração.

A titi gostou desta consideração.

Depois, tristemente, como um moralista magoado, queixei-me do nédio decote duma senhora imodesta, nua nos braços, nua no peito, mostrando toda essa carne, esplêndida e irreligiosa, que é a desolação do justo e a angústia da Igreja.

– Jesus, Senhor, que vexame! Acredite a titi, estava com nojo!

A titi gostou deste nojo.

E passados dias, depois do café, quando eu me dirigia, ainda de chinelas, ao oratório, a fazer uma curta petição às chagas do nosso Cristo d'ouro, a titi, já, de braços cruzados e sonolenta, disse-me dentre a sombra do lenço:

– Está bom, se queres, volta hoje a São Carlos... E lá quando te apetecer, não te acanhes, tens licença, podes ir gozar um bocado de música... Agora que estás um homem, e que parece que tens propósito, não me importa que fiques fora, até às onze ou onze e meia... Em todo o caso a essa hora quero estar já de porta fechada, e tudo pronto, para começarmos o terço.

Ela não viu o triunfante lampejar dos meus olhos. Eu murmurei, requebrado, a babar-me de gosto devoto:

– Lá o terço, titi, lá o meu querido terço não perdia eu, nem pelo maior divertimento... Nem que el-rei me convidasse para um chazinho no paço!

Corri, delirante, a enfiar a casaca. E este foi o começo dessa anelada liberdade que eu conquistara laboriosamente, vergando o espinhaço diante da titi, macerando o peito diante de Jesus! Liberdade bem-vinda, agora que Eleutério Serra partira para Paris, fazer os seus fornecimentos, e deixara a Adélia só, solta, bela, mais jovial, mais fogosa!

Sim, decerto, eu ganhara a confiança da titi com os meus modos pontuais, sisudos, servis e beatos! Mas o que a levara a alargar assim, com generosidade, as minhas horas de honesto recreio fora (como ela disse confidencialmente ao padre Casimiro) a certeza de que eu me "portava com religião e não andava atrás de saias".

Porque para a tia Patrocínio todas as ações humanas passadas por fora dos portais das igrejas consistiam em andar atrás de calças ou andar atrás de saias – e ambos estes doces impulsos naturais lhe eram igualmente odiosos!

Donzela, e velha, e ressequida como um galho de sarmento;[89] não tendo jamais provado na lívida pele senão os bigodes do comendador G. Godinho, paternais e grisalhos; resmungando incessantemente, diante de Cristo nu, essas jaculatórias das *Horas de piedade*, soluçantes de amor divino – a titi entranhara-se, pouco a pouco, dum rancor invejoso e amargo a todas as formas e a todas as graças do amor humano.

E não lhe bastava reprovar o amor como coisa profana: a senhora dona Patrocínio das Neves fazia uma carantonha,[90] e varria-o como coisa suja. Um moço grave, amando seriamente, era para ela "uma porcaria!". Quando sabia duma senhora que tivera um filho, cuspia para o lado, rosnava: "Que nojo!". E quase achava a natureza obscena por ter criado dois sexos.

Rica, apreciando o conforto, nunca quisera em casa um escudeiro – para que não houvesse na cozinha, nos corredores "saias a roçar com calças". E apesar de irem embranquecendo os cabelos da Vicência, de ser decrépita[91] e gaga a cozinheira, de não ter dentes a outra criada, chamada Eusébia, andava-lhes sempre remexendo desesperadamente nos baús, e até na palha dos enxergões,[92] a ver se descobria fotografia d'homem, carta d'homem, rasto d'homem, cheiro d'homem.

Todas as recreações moças; um passeio gentil com senhoras, em burrinhos; um botão de rosa orvalhado oferecido na ponta dos dedos; uma decorosa contradança em jucundo[93] dia de Páscoa; outras alegrias, ainda mais cândidas, pareciam à titi perversas, cheias de sujidade, e chamava-lhes "relaxações". Diante dela já os sisudos amigos da casa não ousavam mencionar dessas emoventes histórias, lidas nas gazetas, e em

---

89. Sarmento: ramo de videira.
90. Carantonha: cara feia, carranca.
91. Decrépita: caduca, muito idosa.
92. Enxergões: colchões de palha grosseiros que se colocam embaixo de colchões.
93. Jucundo: agradável.

que transparecem motivos d'amor – porque isso a escandalizava como o desbragamento[94] de uma nudez.

– Padre Pinheiro! – gritou ela um dia furiosa, com os óculos chamejantes para o desventuroso eclesiástico, ao ouvi-lo narrar duma criada que em França atirara o filho à sentina.[95] – Padre Pinheiro! Faça favor de me respeitar... Não é lá pela latrina! É pela outra porcaria!

Mas era ela própria que sem cessar aludia a desvarios e a pecados da carne, para os vituperar,[96] com ódio: atirava então o novelo de linha para cima da mesa, espetando-lhe raivosamente as agulhas de meia – como se trespassasse ali, tornando-o para sempre frio, o vasto e inquieto coração dos homens. E quase todos os dias, com os dentes rilhados,[97] repetia (referindo-se a mim) que se uma pessoa do seu sangue, e que comesse o seu pão, andasse atrás de saias, ou se desse a relaxações, havia d'ir para a rua, escorraçado a vassoura, como um cão.

Por isso agora as minhas precauções eram tão apuradas que, para evitar me ficasse na roupa ou na pele o delicioso cheiro da Adélia, eu trazia na algibeira bocados soltos d'incenso. Antes de galgar a triste escadaria de casa, penetrava subtilmente na cavalhariça[98] deserta, ao fundo do pátio; queimava no tampo duma barrica vazia um pedaço da devota resina; e ali me demorava, expondo ao aroma purificador as abas do jaquetão e as minhas barbas viris... Depois subia; e tinha a satisfação de ver logo a titi farejar, regalada:

– Jesus, que rico cheirinho a igreja!

Modesto, e com um suspiro, eu murmurava:

– Sou eu, titi...

Além disso, para melhor a persuadir da minha indiferença por saias, coloquei um dia, no soalho do corredor, como perdida, uma carta com selo – certo que a religiosa dona Patrocínio, minha senhora e tia, a abriria logo, vorazmente. E abriu, e gostou. Era escrita por mim a um condiscípulo d'Arraiolos; e dizia, em letra nobre, estas cousas edificantes: "Saberás que fiquei de mal com o Simões, o de filosofia, por ele me ter convidado a ir a uma casa desonesta. Não admito destas ofensas. Tu lembras-te bem como já em Coimbra eu detestava tais relaxações. E parece-me ser uma grandíssima cavalgadura aquele que, por causa duma distração que é "fogo viste, linguiça",[99] se arrisca a penar, por todos os

---

94. Desbragamento: indecência.
95. Sentina: latrina; lugar imundo.
96. Vituperar: insultar.
97. Rilhados: que rangem ou produzem ruído.
98. Cavalhariça: o mesmo que cavalariça, cocheira.
99. "Fogo viste, linguiça": provérbio português que significa algo que desapareceu logo.

séculos e séculos, amém, nas fogueiras de Satanás, salvo seja! Ora numa dessas refinadíssimas asneiras não é capaz de cair o teu do C. – Raposo".

A titi leu, a titi gostou. E agora eu vestia a minha casaca, dizia-lhe que ia ouvir a *Norma*, beijava com unção os ossos dos seus dedos – e corria ao largo dos Caldas, à alcova da Adélia, a afundar-me perdidamente nas beatitudes do pecado. Ali, à meia-luz que dava através da porta envidraçada o candeeiro de petroline da sala, os cortinados de cambraia e as saias dependuradas tomavam brancuras celestes de nuvem; o cheiro dos pós d'arroz excedia em doçura o olor dos junquilhos[100] místicos; eu estava no céu, eu era são Teodorico; e sobre os ombros nus da minha amada desenrolavam-se as madeixas do seu cabelo negro, forte e duro como a cauda dum corcel[101] de guerra.

Numa dessas noites, eu saía duma confeitaria do Rocio, de comprar trouxas d'ovos para levar à minha Adélia, quando encontrei o doutor Margaride, que me anunciou, depois do seu abraço paternal, que ia a São Carlos ver *O profeta*.

– E você, vejo-o de casaca, naturalmente também vem...

Fiquei varado. Com efeito vestira a casaca, dissera à titi que ia gozar *O profeta*, ópera de tanta virtude como uma santa instrumental d'igreja... E agora tinha de sofrer *O profeta*, deveras, entalado numa cadeira da geral, roçando o joelho do douto magistrado – em vez de preguiçar num colchão amoroso, vendo a minha deusa, em camisa, comer o seu docinho d'ovos.

– Sim, com efeito, também eu ia daqui para *O profeta*, murmurei aniquilado. Diz que é uma musicazinha de muita virtude... A titi gostou muito que eu viesse.

Com o meu inútil cartucho de trouxas d'ovos, lá fui subindo, melancolicamente, ao lado do doutor Margaride, a rua Nova do Carmo.

Ocupamos as nossas cadeiras. E na sala resplandecente, branca e com tons d'ouro, eu pensava saudosamente na alcova sombria da Adélia, e no desalinho das suas saias – quando reparei que duma frisa[102] ao lado uma senhora loura e madura, uma Ceres outonal, vestida de seda cor de palha, voltava para mim, a cada doce arcada das rebecas, os seus olhos claros e sérios.

Perguntei logo ao doutor Margaride se conhecia aquela dama "que eu costumava encontrar às sextas na igreja da Graça, visitando o Senhor dos Passos, com uma devoção, um fervor...".

---

100. Junquilhos: planta aromática da família das amarilidáceas.
101. Corcel: cavalo utilizado em batalhas.
102. Frisa: camarote quase ao nível da plateia em teatros.

— O sujeito que está por trás, a abrir a boca, é o visconde de Souto Santos. E ela ou é a mulher, a viscondessa de Souto Santos, ou a cunhada, a viscondessa de Villar-o-Velho...

À saída, a viscondessa (de Souto Santos ou de Villar-o-Velho) ficou um momento à porta esperando a sua carruagem, embrulhada numa capa branca que uma penugem orlava, delicadamente; a sua cabeça pareceu-me mais altiva, incapaz de rolar, tonta e pálida, num travesseiro d'amor; a cauda cor de palha alastrava-se sobre as lajes; era esplêndida, era viscondessa; e outra vez me procuraram, me trespassaram os seus olhos claros e sérios.

A noite estava estrelada. E, descendo o Chiado em silêncio ao lado do doutor Margaride, eu pensava que, quando todo o ouro da titi fosse meu e dourasse a minha pessoa, eu poderia então conhecer uma viscondessa de Souto Santos ou de Villar-o-Velho, não na sua frisa, mas na minha alcova, já caída a grande capa branca, despidas já as sedas cor de palha, alva só do brilho da sua nudez, e fazendo-se pequenina entre os meus braços... Ai, quando chegaria a hora, doce entre todas, de morrer a titi?

— Quer você vir tomar o seu chá ao Martinho? — perguntou-me o doutor Margaride ao desembocarmos no Rocio. — Não sei se você conhece a torrada do Martinho. É a melhor torrada de Lisboa.

No Martinho, já silencioso, o gás ia adormecendo entre os espelhos baços; e havia apenas numa mesa do fundo um moço triste, com a cabeça enterrada entre os punhos diante dum capilé.[103]

O Margaride encomendou o chá — e vendo-me olhar com inquietação os ponteiros do relógio, afirmou-me que eu chegaria a casa ainda a horas de fazer a minha tocante devoção com a titi.

— A titi agora — disse eu — não se importa que eu esteja até mais tarde... A titi agora, louvado seja Deus, tem mais confiança em mim.

— E você merece-o... Faz-lhe a vontade, é sisudo... Ela pouco a pouco tem-lhe ganho amizade, segundo me diz o Casimiro...

Então lembrei-me da velha afeição que ligava o doutor Margaride ao padre Casimiro, procurador da tia Patrocínio e seu zeloso confessor. E, arrebatando a oportunidade, dei um leve suspiro, abri o meu coração ao magistrado, largamente, como a um pai.

— É verdade, a titi tem-me amizade... Mas acredite vossa excelência, doutor Margaride, que o meu futuro inquieta-me às vezes... Olhe que tenho pensado mesmo em ir a um concurso para delegado. Até já

---

103. Capilé: refresco feito com xarope de avenca.

indaguei se seria difícil entrar como despachante na alfândega. Porque enfim a titi é rica, é muito rica; eu sou seu sobrinho, único parente, único herdeiro; mas...

E olhei ansiosamente para o doutor Margaride, que, pelo loquaz padre Casimiro, conhecia talvez o testamento da titi... O silêncio grave em que ele ficou, com as mãos cruzadas sobre a mesa, pareceu-me sinistro; e nesse instante o criado trouxe a bandeja do chá, sorrindo e felicitando o magistrado por o ver melhor do seu catarro.

– Deliciosa torrada! – murmurou o doutor.

– Excelente torrada! –suspirei eu cortesmente.

De vez em quando o doutor Margaride esfuracava[104] um queixal; depois limpava a face, os dedos, e recomeçava a mastigar devagar, com delicadeza e com religião.

Eu arrisquei outra palavra tímida.

– A titi, é verdade, tem-me amizade...

– A titi tem-lhe amizade – atalhou com a boca cheia o magistrado –, e você é o seu único parente... Mas a questão é outra, Teodorico. É que você tem um rival.

– Rebento-o! – gritei eu, irresistivelmente, com os olhos em chamas, esmurrando o mármore da mesa.

O moço triste, lá ao fundo, ergueu a face de cima do seu capilé. E o doutor Margaride reprovou com severidade a minha violência.

– Essa expressão é imprópria dum cavalheiro e dum moço comedido. Em geral não se rebenta ninguém... E além disso o seu rival não é outro, Teodorico, senão Nosso Senhor Jesus Cristo!

Nosso Senhor Jesus Cristo? E só compreendi quando o esclarecido jurisconsulto, já mais calmo, me revelou que a titi, ainda no último ano da minha formatura, tencionava deixar a sua fortuna, terras e prédios, a irmandades da sua simpatia e a padres da sua devoção.

– Estou perdido! – murmurei.

Os meus olhos, casualmente, encontraram, lá ao fundo, o moço triste diante do seu capilé. E pareceu-me que ele se assemelhava a mim como um irmão, que era eu próprio, Teodorico, já deserdado, sórdido, com as botas cambadas, vindo ali ruminar as dores da minha vida, à noite, diante dum capilé.

Mas o doutor Margaride acabara a torrada. E estendendo regaladamente as pernas, consolou-me, de palito na boca, afável e perspicaz.

---

104. Esfuracar: fazer furos em.

– Nem tudo está perdido, Teodorico. Não me parece que esteja tudo perdido... E possível que a senhora sua tia tenha mudado d'ideia... Você é bem-comportado, amima-a, lê-lhe o jornal, reza o terço com ela... Tudo isto influi. Que é necessário dizê-lo, o rival é forte!
Eu gemi:
– É d'arromba!
– É forte. E, devo acrescentar, digno de todo o respeito... Jesus Cristo padeceu por nós, é religião do Estado, não há senão curvar a cabeça... Olhe, quer você a minha opinião? Pois aí a tem, franca e sem rebuço, para lhe servir de guia... Você vem a herdar tudo, se dona Patrocínio, sua tia e minha senhora, se convencer que deixar-lhe a fortuna a você é como deixá-la à Santa Madre Igreja...

O magistrado pagou o chá, nobremente. Depois, na rua, já abafado no seu paletó, ainda me disse baixinho:
– Com franqueza, que tal, a torrada?
– Não há melhor torrada em Lisboa, doutor Margaride.

Ele apertou-me a mão com afeto, e separamo-nos, quando estava dando a meia-noite no velho relógio do Carmo.

Estugando[105] o passo pela rua Nova da Palma, eu sentia agora bem claramente, bem amargamente, o erro da minha vida... Sim, o erro! Porque até aí, essa minha devoção complicada, com que eu procurara agradar à titi e ao seu ouro, fora sempre regular, mas nunca fora fervente. Que importava murmurar com correção o terço diante de Nossa Senhora do Rosário? Diante de Nossa Senhora em todas as suas encarnações, e bem em evidência para comover a titi, eu devia mostrar habilmente uma alma ardendo em labaredas de amor beato, e um corpo pisado, penitente, ferido pelos picos dos cilícios... Até aí a titi podia dizer com aprovação: "É exemplar". Era-me preciso, para herdar, que ela exclamasse um dia, babada, de mãos postas: "É santo!".

Sim! eu devia identificar-me tanto com as coisas eclesiásticas e submergir-me nelas de tal sorte, que a titi, pouco a pouco, não pudesse distinguir-me claramente desse conjunto rançoso de cruzes, imagens, ripanços,[106] opas, tochas, bentinhos, palmitos,[107] andores que era para ela a religião e o céu; e tomasse a minha voz pelo santo ciciar[108] dos latins de missa; e a minha sobrecasaca preta lhe parecesse já salpicada d'estrelas, e diáfana como a túnica de bem-aventurança. Então, evidentemente,

---
105. Estugar: acelerar.
106. Ripanços: livros com os ofícios da Semana Santa.
107. Palmitos: ramos de flores distribuídos na festa de Ramos.
108. Ciciar: sibilar; murmurejar.

ela testaria em meu favor – certa que testava em favor de Cristo e da sua doce Madre Igreja!

Porque agora eu estava bem decidido a não deixar ir para Jesus, filho de Maria, a aprazível fortuna do comendador G. Godinho. Pois quê! Não bastavam ao Senhor os seus tesouros incontáveis; as sombrias catedrais de mármore que atulham a terra e a entristecem; as inscrições, os papéis de crédito que a piedade humana constantemente averba em seu nome; as pás d'ouro que os Estados, reverentes, lhe depositam aos pés trespassados de pregos; as alfaias,[109] os cálices e os botões de punho de diamantes que ele usa na camisa, na sua igreja da Graça? E ainda voltava, do alto do madeiro, os olhos vorazes para um bule de prata e uns insípidos prédios da Baixa! Pois bem! Disputaremos esses mesquinhos, fugitivos haveres – tu, ó filho do Carpinteiro, mostrando à titi a chaga que por ela recebeste, uma tarde, numa cidade bárbara da Ásia, e eu adorando essa chaga, com tanto ruído e tanto fausto, que a titi não possa saber onde está o mérito, se em ti que morreste por nos amar demais, se em mim que quero morrer por não te saber amar bastante!... Assim pensava, olhando de través o céu, no silêncio da rua de São Lázaro.

Quando cheguei a casa, senti que a titi estava no oratório, sozinha, a rezar. Enfiei para o meu quarto, sorrateiramente; descalcei-me; despi a casaca; esguedelhei[110] o cabelo; atirei-me de joelhos para o soalho – e fui assim, de rastos, pelo corredor, gemendo, carpindo, esmurrando o peito, clamando desoladamente por Jesus, meu Senhor...

Ao ouvir, no silêncio da casa, estas lúgubres lamentações de arrastada penitência, a titi veio à porta do oratório, espavorida.

– Que é isso, Teodorico, filho, que tens tu?...

Abati-me sobre o soalho, aos soluços, desfalecido de paixão divina.

– Desculpe, titi... Estava no teatro com o doutor Margaride, estivemos ambos a tomar chá, a conversar da titi... E vai de repente, ao voltar para casa, ali na rua Nova da Palma, começo a pensar que havia de morrer, e na salvação da minha alma, e em tudo o que Nosso Senhor padeceu por nós, e dá-me uma vontade de chorar... Enfim, a titi faz favor, deixa-me aqui um bocadinho só, no oratório, para aliviar...

Muda, impressionada, ela acendeu reverentemente, uma a uma, todas as velas do altar. Chegou mais para a borda uma imagem de são José, favorito da sua alma, para que fosse ele o primeiro a receber a ardente rajada de preces que ia escapar-se, em tumulto, do meu coração

---
109. Alfaias: adornos religiosos.
110. Esguedelhar: desgrenhar, bagunçar.

cheio e ansioso. Deixou-me entrar, de rastos. Depois, em silêncio, desapareceu, cerrando o reposteiro com recato. E eu ali fiquei, sentado na almofada da titi, coçando os joelhos, suspirando alto – e pensando na viscondessa de Souto Santos ou de Villar-o-Velho, e nos beijos vorazes que lhe atiraria por aqueles ombros maduros e suculentos, se a pudesse ter só um instante, ali mesmo que fosse, no oratório, aos pés de ouro de Jesus, meu Salvador!

Corrigi então a minha devoção e tornei-a perfeita. Pensando que o bacalhau das sextas-feiras não fosse uma suficiente mortificação, nesses dias, diante da titi, bebia asceticamente um copo d'água e trincava uma côdea de pão: o bacalhau comia-o à noite, de cebolada, com bifes à inglesa, em casa da minha Adélia. No meu guarda-roupa, nesse duro inverno, houve apenas um paletó velho, tão renunciado me quis mostrar aos culpados regalos da carne; mas orgulhava-me de ter lá, purificando os cheviotes[111] profanos, a minha opa roxa de irmão do Senhor dos Passos e o devoto hábito cinzento da Ordem Terceira de São Francisco. Sobre a cômoda ardia uma lamparina perenal diante da litografia colorida de Nossa Senhora do Patrocínio; eu punha todos os dias rosas dentro dum copo, para lhe perfumar o ar em redor; e a titi, quando vinha remexer nas minhas gavetas, ficava a olhar a sua padroeira, desvanecida, sem saber se era à Virgem, ou se era a ela, indiretamente, que eu dedicava aquele preito[112] da luz e o louvor dos aromas. Nas paredes dependurei as imagens dos santos mais excelsos,[113] como galeria d'antepassados espirituais de quem tirava o constante exemplo das difíceis virtudes; mas não houve de resto no céu santo, por mais obscuro, a quem eu não ofertasse um cheiroso ramalhete de padre-nossos em flor. Fui eu que fiz conhecer à titi são Telésforo, santa Secundina, o beato Antônio Estroncônio, santa Restituta, santa Umbulina, irmã do grão são Bernardo, e a nossa dileta e suavíssima patrícia santa Basilissa, que é solenizada juntamente com santo Hipácio, nesse festivo dia d'agosto em que embarcam os círios para a Atalaia.

Prodigiosa foi então a minha atividade devota! Ia a matinas, ia a vésperas. Jamais falhei igreja ou ermida onde se fizesse a adoração ao Sagrado Coração de Jesus. Em todas as exposições do Santíssimo eu lá estava, de rojos. Partilhava sofregamente de todos os desagravos ao

---
111. Cheviotes: tecidos de lã ingleses.
112. Preito: manifestação de veneração.
113. Excelsos: sublimes.

sacramento. Novenas em que eu rezei contam-se pelos lumes do céu. E o Setenário das Dores era um dos meus doces cuidados.

Havia dias em que, sem repousar, correndo pelas ruas, esbaforido, eu ia à missa das sete a Santana, e à missa das nove da igreja de São José, e à missa do meio-dia na ermida da Oliveirinha. Descansava um instante a uma esquina, de ripanço debaixo do braço, chupando à pressa o cigarro: depois voava ao Santíssimo exposto na paroquial de Santa Engrácia, à devoção do terço no convento de Santa Joana, à bênção do sacramento na capela de Nossa Senhora às Picoas, à novena das chagas de Cristo, na sua igreja, com música. Tomava então a tipoia do Pingalho, e ainda visitava, ao acaso, de fugida, os Mártires e São Domingos, a igreja do convento do Desagravo e a igreja da Visitação das Salésias, a capela de Monserrate às Amoreiras e a Glória ao Cardal da Graça, as Flamengas e as Albertas, a Pena, o Rato, a Sé!

À noite, em casa da Adélia, estava tão derreado, mono e mole ao canto do sofá, que ela atirava-me murros pelos ombros e gritava, furiosa:

– Esperta, morcão![114]

Ai de mim! Um dia veio, porém, em que a Adélia, em vez de me chamar "morcão", quando, esfalfado[115] no serviço do Senhor, eu mal podia ajudá-la a desatacar o colete, passou, sempre que os meus lábios insaciáveis se colavam demais ao seu colo, a empurrar-me, a chamar-me "carraça"...[116] Foi isto pelas alegres vésperas de Santo Antônio, ao aparecerem os primeiros manjericões, no quinto mês da minha devoção perfeita.

A Adélia começara a andar pensativa e distraída. Tinha às vezes, quando eu lhe falava, um modo de dizer "hein?", com o olhar incerto e disperso, que era um tormento para o meu coração. Depois um dia deixou de me fazer a carícia melhor, que eu mais apetecia – a penetrante e a regaladora beijoca na orelha.

Sim, decerto permanecia terna... Ainda dobrava maternalmente o meu paletó; ainda me chamava "riquinho"; ainda me acompanhava ao patamar em camisa, dando, ao descolar do nosso abraço, esse lento suspiro que era para mim a mais preciosa evidência da sua paixão – mas já me não favorecia com a beijoquinha na orelha.

Quando eu entrava abrasado, encontrava-a por vestir, por pentear, mole, estremunhada e com olheiras. Estendia-me a mãozinha desamo-

---
114. Morcão: indivíduo indolente, bisonho.
115. Esfalfado: exausto, enfraquecido.
116. Carraça: indivíduo pegajoso; carrapato.

rável, bocejava, colhia preguiçosamente a viola; e enquanto eu, a um canto, chupando cigarros mudos, esperava que se abrisse a portinha envidraçada da alcova que dava para o céu, a desumana Adélia, estirada no sofá, de chinelas cabidas, beliscava os bordões, murmurando, por entre longos ais, cantigas de estranha saudade...

Num arranco de ternura, eu ia ajoelhar-me à beira do seu peito. E lá vinha logo a dura, a regelada palavra:

– Está quieto, carraça!

E recusava-me sempre o seu carinho. Dizia-me: "Não posso, estou com azia". Dizia-me: "Adeus, tenho a dor na ilharga".[117]

Eu sacudia os joelhos, recolhia ao Campo de Santana – espoliado, misérrimo, chorando na escuridão da minha alma pelos tempos inefáveis em que ela me chamava "morcão"!

Uma noite de julho, macia como um veludo preto e pespontada d'estrelas, chegando mais cedo à casa dela, encontrei a portinha aberta. O candeeiro de petroline, pousado no soalho do patamar, enchia a escada de luz – e dei com a Adélia, em saia branca, falando a um rapaz de bigodinho louro, embrulhado pelintramente numa capa à espanhola. Ela empalideceu, ele encolheu – quando eu surgi, grande e barbudo, com a minha bengala na mão. Depois a Adélia, sorrindo, sem perturbação, vera e límpida, apresentou-me seu "sobrinho Adelino". Era filho da mana Ricardina, a que vivia em Viseu, e irmão do Teodoriquinho... Tirando o chapéu, apertei na palma larga e leal os dedos fugidios do senhor Adelino:

– Estimo muito conhecê-lo, cavalheiro. Sua mamã, seu mano, bons?

Nessa noite a Adélia, resplandecente, tornou a chamar-me "morcão", restituiu-me o beijinho na orelha. E toda essa semana foi deliciosa como a dum noivado. O verão ardia; e começara na Conceição Velha a novena de são Joaquim. Eu saía de casa à hora repousante em que se regam as ruas, mais contente que os pássaros chalrando[118] nas árvores do Campo de Santana. Na salinha clara, com todas as cadeiras cobertas de fustão branco, encontrava a minha Adélia de chambre, fresca de se ter lavado, cheirando a água-de-colônia e aos lindos cravos vermelhos que a toucavam; e depois das manhãs calorosas, nada havia mais idílico, mais doce que as nossas merendas de morangos na cozinha, ao ar da janela, contemplando bocadinhos verdes de quintais

---

117. Ilharga: flanco; parte lateral do corpo sobre os quadris.
118. Chalrar: chilrear; emitir sons.

e ceroulas humildes a secar em cordas... Ora uma tarde que assim nos aprazíamos, ela pediu-me oito libras.

Oito libras!... Descendo à noite a rua da Madalena, eu ruminava quem mais poderia emprestar sem juro e rasgadamente. O bom Casimiro estava em Torres, o prestante Rinchão estava em Paris... E pensava já no padre Pinheiro (cujas dores de rins eu lamentava sempre com afeto) quando avistei a escapar-se, todo encolhido, todo sorrateiro, duma dessas vielas impuras onde Vênus mercenária arrasta os seus chinelos, o José Justino, o nosso José Justino, o piedoso secretário da confraria de são José, o virtuosíssimo tabelião da titi!...

Gritei logo: "Boas noites, Justininho!". E regressei ao Campo de Santana, tranquilo, gozando já a repenicada beijoca que me daria a Delinha quando eu risonho lhe estendesse na mão as oito rodelas d'ouro. Ao outro dia, cedo, corri ao cartório do Justino, a São Paulo, contei--lhe a pranteada história dum condiscípulo meu, tísico, miserável, arquejando sobre uma enxerga, numa fétida casa de hóspedes, ao pé do largo dos Caldas.

– É uma desgraça, Justino! Nem dinheiro tem para um caldinho... Eu é que o ajudo; mas, que diabo, estou a tinir... Faço-lhe companhia, é o que posso; leio-lhe orações, e *Exercícios da vida cristã*. Ontem à noite vinha eu de lá... E acredite você, Justino, que nem gosto d'andar por aquelas ruas tão tarde... Jesus, que ruas, que indecência, que imoralidade!... Aqueles becos d'escadinhas, hein?... Eu ontem bem percebi que você ia horrorizado: eu também... De sorte que esta manhã estava no oratório da titi, a rezar pelo meu condiscípulo, a pedir a Nosso Senhor que o ajudasse e que lhe desse algum dinheiro, e vai pareceu-me ouvir uma voz lá de cima da cruz a dizer: "Entende-te com o Justino, fala ao nosso Justininho, ele que te dê oito libras para o rapaz...". Fiquei tão agradecido a Nosso Senhor! De modo que aqui venho, Justino, por ordem d'Ele.

O Justino escutava-me, branco como os seus colarinhos, dando estalinhos tristes nos dedos; depois, em silêncio, estendeu-me uma a uma sobre a carteira as oito moedas d'ouro. Assim eu servi a minha Adélia.

Fugaz foi porém a minha glória!

Daí a dias, estando no Montanha, regalado, a gozar uma carapinhada,[119] o criado veio avisar-me que uma mocinha trigueira e de xale, a senhora Mariana, esperava por mim à esquina... Santo Deus! A Mariana era a criada da Adélia. E corri, a tremer, certo de que a mi-

---

119. Carapinhada: bebida congelada feita de xarope ou extrato de frutas.

nha bem-amada ficara sofrendo da sua abominável dor na sua branca ilharga. Pensei mesmo em começar o rosário das dezoito aparições de Nossa Senhora de Lourdes, que a titi considera eficacíssimo em casos de pontada ou de touros tresmalhados...[120]

— Há novidade, Mariana?

Ela levou-me para dentro dum pátio onde cheirava mal; e aí, com os olhos vermelhos, destraçando furiosamente o xale, rouca ainda da bulha que tivera com a Adélia, rompeu a contar-me coisas torpes, execrandas, sórdidas. A Adélia enganava-me! O senhor Adelino não era sobrinho: era o querido, o chulo. Apenas eu saía, ele entrava: a Adélia dependurava-se-lhe do pescoço, num delírio; e chamavam-me então "o carraça", "o carola", "o bode", vitupérios mais negros, cuspindo sobre o meu retrato. As oito libras tinham sido para o Adelino comprar fato de verão; e ainda sobrara para irem à feira de Belém, em tipoia descoberta, e de guitarra... A Adélia adorava-o com pieguice e com furor: cortava-lhe os calos; e os suspiros da sua impaciência, quando ele tardava, lembravam o bramar das cervas, nos matos quentes, em maio!... Duvidava eu? Queria uma evidência? Que fosse nessa noite, tarde, depois da uma hora, bater à portinha da Adélia!

Lívido, apoiado ao muro, eu mal sabia se o cheiro que me sufocava vinha do canto escuro do pátio, se das imundícies que borbulhavam da boca da Mariana, como dum cano d'esgoto rebentado. Limpei o suor, murmurei, a desfalecer:

— Está bom, Mariana, obrigadinho, eu verei, vá com Deus...

Cheguei a casa tão sombrio, tão murcho, que a titi perguntou-me, com um risinho, se eu "malhara abaixo da égua".

— Da égua?... Não, titi, credo! Estive na igreja da Graça...

— É que vens tão enfiado, assim com as pernas moles... E então, o Senhor hoje estava bonito?

— Ai, titi, estava rico!... Mas, não sei por quê, pareceu-me tão tristinho, tão tristinho... Até eu disse ao padre Eugênio: "Ó Eugeninho, o Senhor hoje tem desgosto!". E disse-me ele: "Que quer você, amigo? É que vê por esse mundo tanta patifaria!". E olhe que vê, titi! Vê muita ingratidão, muita falsidade, muita traição!

Rugia, enfurecido: e cerrara o punho como para o deixar cair, punidor e terrível, sobre a vasta perfídia[121] humana. Mas contive-me, abotoei devagar a quinzena, recalquei um soluço.

---

120. Tresmalhados: fugitivos.
121. Perfídia: deslealdade.

— Pois é verdade, titi... Fez-me tanta impressão aquela tristeza do Senhor que fiquei assim um bocado amarfanhado... E de mais a mais tenho tido um desgosto: está um condiscípulo meu muito mal, coitadinho, a espichar...

E outra vez, como diante do Justino (aproveitando reminiscências do Xavier e da rua da Fé), estirei a carcaça dum condiscípulo sobre a podridão duma enxerga. Disse as bacias de sangue, disse a falta de caldos... Que miséria, titi, que miséria! E então um moço tão respeitador das coisas santas, que escrevia tão bem na *Nação*!...

— Desgraças — murmurou a tia Patrocínio, meneando as agulhas da meia.

— É verdade, desgraças, titi. Ora, como ele não tem família e a gente da casa é desleixada, nós os condiscípulos é que vamos por turnos servir-lhe d'enfermeiros. Hoje toca-me a mim. E queria então que a titi me desse licença para eu ficar fora, até cerca das duas horas... Depois vem outro rapaz, muito instruído, que é deputado.

A tia Patrocínio permitiu — e até se ofereceu para pedir ao patriarca são José que fosse preparando ao meu condiscípulo uma morte sonolenta e ditosa...

— Isso é que era um grande favor, titi! Ele chama-se Macieira... O Macieira vesgo. É para são José saber.

Toda a noite vagueei pela cidade, adormecida na moleza do luar de julho. E por cada rua me acompanharam sempre, flutuantes e transparentes, duas figuras, uma em camisa, outra de capa à espanhola, enroscadas, beijando-se furiosamente — e só desligando os beiços pisados para rirem alto de mim e para me chamarem "carola".

Cheguei ao Rocio quando batia uma hora no relógio do Carmo. Ainda fumei um cigarro, indeciso, por debaixo das árvores. Depois voltei os passos para a casa da Adélia, vagaroso, e com medo. Na sua janela vi uma luz enlanguescida e dormente. Agarrei a grossa aldraba[122] da porta — mas hesitei com terror da certeza que vinha buscar, terminante e irreparável... Meu Deus! Talvez a Mariana, por vingança, caluniasse a minha Adélia! Ainda na véspera ela me chamara "riquinho", com tanto ardor! Não seria mais sensato e mais proveitoso acreditar nela, tolerar-lhe um fugitivo transporte pelo senhor Adelino, e continuar a receber egoistamente o meu beijinho na orelha?

Mas então, à ideia lacerante de que ela também beijava na orelha o senhor Adelino, e de que o senhor Adelino também dizia "ai! ai!" como

---

122. Aldraba: tranca da porta; ferrolho.

eu, assaltou-me o desejo ferino de a matar, com desprezo e a murros, ali, nesses degraus onde tantas vezes arrulhara a suavidade dos nossos adeuses. E bati na porta com um punho bestial, como se fosse já sobre o seu frágil, ingrato peito.

Senti correr desabridamente o fecho da vidraça. Ela surgiu em camisa, com os seus belos cabelos revoltos:

– Quem é o bruto?

– Sou eu, abre.

Reconheceu-me – a luz dentro desapareceu; e foi como se aquela torcida de candeeiro, apagando-se, deixasse também a minha alma em escuridão, fria para sempre e vazia. Senti-me regeladamente só, viúvo, sem ocupação e sem lar. Do meio da rua olhava as janelas negras e murmurava: "Ai, que eu rebento!".

Outra vez a camisa da Adélia alvejou na varanda.

– Não posso abrir, que ceei tarde e estou com sono!

– Abre! – gritei erguendo os braços desesperados. – Abre ou nunca mais cá volto!...

– Pois à fava,[123] e recados à tia.

– Fica-te, bêbeda!

Tendo-lhe atirado, como uma pedrada, este urro severo, desci a rua muito teso, muito digno. Mas à esquina aluí[124] de dor, para cima dum portal, a soluçar, escoado em pranto, delido.

Pesada foi então ao meu coração a lenta melancolia dos dias d'estio... Tendo contado à titi que andava a escrever dois artigos, piamente destinados ao *Almanaque da Imaculada Conceição* para 1878, encerrava-me no quarto, toda a manhã, enquanto faiscavam ao sol as pedras da minha varanda. Aí, arrastando as chinelas sobre o soalho regado, remoía, entre suspiros, recordações da Adélia; ou diante do espelho contemplava o lugar macio da orelha em que ela costumava dar-me o beijo... Depois sentia um ruído de vidraça – e o seu pérfido, o seu afrontoso brado "à fava!". Então, perdido, esguedelhado, machucava o travesseiro com os murros que não podia vibrar ao peito magro do senhor Adelino.

À tardinha, quando refrescava, ia espalhar para a Baixa. Mas cada janela aberta às aragens da tarde, cada cortina de cassa engomada me lembrava a intimidade da alcovinha da Adélia; num simples par de meias, esticado na vitrina de uma loja, eu revia com saudade a perfeição da sua perna; tudo o que era luminoso me sugeria o seu olhar; e até o

---

123. À fava: vá embora.
124. Aluir: desabar, vir abaixo.

sorvete de morango, no Martinho, me fazia repassar nos lábios o adocicado e gostoso sabor dos seus beijos.

À noite, depois do chá, refugiava-me no oratório, como numa fortaleza de santidade, embebia os meus olhos no corpo de ouro de Jesus, pregado na sua linda cruz de pau-preto. Mas então o brilho fulvo do metal precioso ia, pouco a pouco, embaciando, tomava uma alva cor de carne, quente e tenra; a magreza de Messias triste, mostrando os ossos, arredondava-se em formas divinamente cheias e belas; por entre a coroa d'espinhos, desenrolavam-se lascivos anéis de cabelos crespos e negros; no peito, sobre as duas chagas, levantavam-se, rijos, direitos, dois esplêndidos seios de mulher, com um botãozinho de rosa na ponta – e era ela, a minha Adélia, que assim estava no alto da cruz, nua, soberba, risonha, vitoriosa, profanando o altar, com os braços abertos para mim!

Eu não via nisto uma tentação do demônio – antes me parecia uma graça do Senhor. Comecei mesmo a misturar aos textos das minhas rezas as queixas do meu amor. O céu é talvez grato: e esses inumeráveis santos, a quem eu prodigalizara[125] novenas e coroinhas, desejariam talvez recompensar a minha amabilidade restituindo-me as carícias que me roubara o homem cruel da capa à espanhola. Pus mais flores sobre a cômoda diante de Nossa Senhora do Patrocínio, contei-lhe as angústias do meu coração. Por trás do límpido vidro do seu caixilho, com os olhos baixos e magoados, ela foi a confidente do tormento da minha carne; e todas as noites, em ceroulas, antes de me deitar, eu lhe segredava, com ardor:

– Ó minha querida Senhora do Patrocínio, faze que a Adelinha goste outra vez de mim!

Depois utilizei o valimento[126] da titi com os santos seus amigos – o amorosíssimo e perdoador são José, são Luís Gonzaga, tão benévolo para a juventude. Pedia-lhe que fizesse uma petição por certa necessidade minha, secreta e toda pura. Ela acedia, com alacridade; e eu, espreitando pelo reposteiro do oratório, regalava-me de ver a rígida senhora, de joelhos, de contas na mão, em súplicas aos patriarcas castíssimos para que a Adélia me desse outra vez a beijoquinha na orelha.

Uma noite, cedo, fui experimentar se o céu escutara tão valiosas preces. Cheguei à porta da Adélia, e bati, tremendo todo, uma argoladinha humilde. O senhor Adelino assomou[127] à janela, em mangas de camisa.

---

125. Prodigalizar: gastar em grande quantidade.
126. Valimento: intercessão favorável a alguém.
127. Assomar: aparecer; surgir.

– Sou eu, senhor Adelino – murmurei abjetamente e tirando o chapéu. – Queria falar à Adeliazinha.
Ele rosnou para dentro, para a alcova, o meu nome. Creio mesmo que disse "o carola". E lá do fundo, dentre os cortinados, onde eu a pressentia toda desalinhada e formosa, a minha Adélia gritou com furor:
– Atira-lhe para cima dos lombos o balde da água suja!
Fugi.

No fim de setembro, o Rinchão chegou de Paris: e um domingo, à noitinha, à volta da novena de são Caetano, entrando no Martinho, encontrei-o, rodeado de rapazes, contando ruidosamente os seus feitos d'amor e de gentil audácia em Paris. Tristonho, puxei um banco e fiquei a ouvir o Rinchão. Com uma ferradura de rubis na gravata, o monóculo pendente duma fita larga, uma rosa amarela no peito, o Rinchão impressionava, quando por entre o fumo do charuto esboçava traços do seu prestígio: "Uma noite no Café de la Paix, estando eu a cear com a Cora, com a Valtesse, e com um rapaz muito chique, um príncipe...". O que o Rinchão tinha visto! O que o Rinchão tinha gozado! Uma condessa italiana, delirante, parenta do papa, e chamada Popotte, amara-o, levara-o aos Campos Elísios na sua vitória – cujo velho brasão eram dois chavelhos[128] encruzados. Jantara em restaurantes onde a luz vinha de serpentinas d'ouro, e os criados, macilentos e graves, lhe chamavam respeitosamente *Monsieur Le Comte*. E o Alcazar, com festões de gás entre as árvores, e a Paulina cantando, de braços nus, o *Chouriço de Marselha*, revelara-lhe a verdade, a grandeza da civilização.
– Viste Victor Hugo? – perguntou um rapaz de lunetas pretas, que roía as unhas.
– Não, nunca andava cá na roda chique!
Toda essa semana, então, a ideia de ver Paris brilhou incessantemente no meu espírito, tentadora e cheia de suaves promessas... E era menos o apetite desses gozos do orgulho e da carne com que se abarrotara o Rinchão que a ansiedade de deixar Lisboa, onde igrejas e lojas, claro rio e claro céu só me lembravam a Adélia, o homem amargo de capa à espanhola, o beijo na orelha perdido para sempre... Ah! Se a titi abrisse a sua bolsa de seda verde, me deixasse mergulhar dentro as mãos, colher ouro e partir para Paris!...

---

128. Chavelhos: cornos.

Mas, para a senhora dona Patrocínio, Paris era uma região ascorosa, cheia de mentira, cheia de gula – onde um povo sem santos, com as mãos maculadas do sangue dos seus arcebispos, está perpetuamente, ou brilhe o sol, ou luza o gás, cometendo uma relaxação. Como ousaria eu mostrar à titi o desejo imodesto de visitar esse lugar de sujidade e de treva moral?...

Logo no domingo, porém, jantando no Campo de Santana os amigos diletos, aconteceu falar-se, ao cozido, dum sábio condiscípulo do padre Casimiro que recentemente deixara a quietação da sua cela no Varatojo, para ir esposar, entre foguetes, a trabalhosa Sé de Lamego. O nosso modesto Casimiro não compreendia esta cobiça duma mitra,[129] cravejada de pedras vãs: para ele a plenitude duma vida eclesiástica era estar assim aos sessenta anos, são e sereno, sem saudades e sem temores, comendo o arrozinho do forno da senhora dona Patrocínio das Neves...

– Porque deixe-me dizer-lhe, minha respeitável senhora, que este seu arroz está um primor!... E a ambição de ter sempre um arroz destes, e amigos que o apreciem, parece-me a mais legítima e a melhor para uma alma justa...

E assim se veio a discursar das acertadas ambições que, sem agravo do Senhor, cada um podia nutrir no seu coração. A do tabelião Justino era uma quintazinha no Minho, com roseiras e com parreiras, onde ele pudesse acabar a velhice, em mangas de camisa, e quietinho.

– Olhe, Justino – disse a titi –, uma coisa que lhe havia de fazer falta era a sua missa na Conceição Velha... Quando a gente se acostuma a uma missinha, não há outra que console... A mim, se me tirassem a de Santana, parece-me que começava a definhar...

Era o padre Pinheiro que a celebrava; a titi, enternecida, colocou-lhe no prato outra asa de galinha – e padre Pinheiro revelou também a ambição que o pungia. Era elevada e santa. Queria ver o papa restaurado nesse trono forte e fecundo em que resplandecera Leão X...

– Se ao menos houvesse mais caridade com ele! – exclamou a titi. – Mas o santíssimo padre, o vigariozinho de Nosso Senhor, assim numa masmorra, em farrapos, sobre palha... É de caifases, é de judeus!

Bebeu um gole da sua água morna e recolheu-se ao retiro da sua alma – a rezar a ave-maria que sempre ofertava pela saúde do pontífice e pelo termo do seu cativeiro.

---

129. Mitra: chapéu alto usado pelos sacerdotes de altas posições.

O doutor Margaride consolou-a. Não acreditava que o pontífice dormisse sobre palhas. Viajantes esclarecidos afiançavam-lhe até que o santo padre, querendo, podia ter carruagem.

– Não é tudo; está longe de ser tudo o que compete a quem usa a tiara; mas uma carruagem, minha senhora, é uma grandíssima comodidade...

Então o nosso Casimiro, risonho, desejou saber (já que todos patenteavam as suas ambições) qual era a do douto, do eminente doutor Margaride.

– Diga lá a sua, doutor Margaride, diga lá a sua! – clamaram todos, com afeto.

Ele sorria, grave.

– Deixe-me vossa excelência primeiro, dona Patrocínio, minha senhora, servir-me dessa língua guisada que marcha para nós e que me parece preciosa.

Depois de fornecido, o venerável magistrado confessou que apetecia ser par do Reino. Não por alarde de honras, nem pelo luxo da farda; mas para defender o princípio sacro da autoridade...

– Só por isto – acrescentou com energia. – Porque desejava também, antes de morrer, poder dar, se vossa excelência, dona Patrocínio, me permite a expressão, uma cacheirada[130] mortal no ateísmo e na anarquia. E dava-lha!

Todos declararam fervorosamente o doutor Margaride digno desses fastígios sociais. Ele agradeceu, seriíssimo. Depois volveu para mim a face majestosa e lívida:

– E o nosso Teodorico? O nosso Teodorico ainda não nos disse qual era a sua ambição.

Corei: e Paris logo rebrilhou ao fundo do meu desejo, com as suas serpentinas de ouro, as suas condessas primas dos papas, as espumas do seu champanhe – fascinante, embriagante, e adormentando toda a dor... Mas baixei os olhos; e afirmei que só aspirava a rezar as minhas coroas, ao lado da titi, com proveito e com descanso...

O doutor Margaride porém pousara o talher, insistia. Não lhe parecia um desapego de Deus, nem uma ingratidão com a titi, que eu, inteligente, saudável, bom cavaleiro e bacharel, nutrisse uma honesta cobiça...

– Nutro! – exclamei então decidido como aquele que arremessa um dardo. – Nutro, doutor Margaride. Gostava muito de ver Paris.

– Cruzes! – gritou a senhora dona Patrocínio, horrorizada. – Ir a Paris!...

---

130. Cacheirada: cacetada.

– Para ver as igrejas, titi!

– Não é necessário ir tão longe para ver bonitas igrejas – replicou ela, rispidamente. – E lá em festas com órgão, e um Santíssimo armado com luxo, e uma rica procissão na rua, e boas vozes, e respeito, e imagens de dar gosto, ninguém bate cá os nossos portugueses!...

Calei-me, esmagado. E o esclarecido doutor Margaride aplaudiu o patriotismo eclesiástico da titi. Decerto, não era numa república sem Deus que se deviam procurar as magnificências do culto...

– Não, minha senhora, lá para saborear coisas grandiosas da nossa santa religião, se eu tivesse vagares, não era a Paris que ia... Sabe vossa excelência onde eu ia, senhora dona Maria do Patrocínio?

– O nosso doutor – lembrou o padre Pinheiro – corria direito a Roma...

– Upa, padre Pinheiro! Upa, minha cara senhora!

Upa? Nem o bom Pinheiro, nem a titi compreendiam o que houvesse de superior à Roma pontifical! O doutor Margaride então ergueu solenemente as sobrancelhas, densas e negras como ébano.

– Ia à Terra Santa, dona Patrocínio! Ia à Palestina, minha senhora! Ia ver Jerusalém e o Jordão! Queria eu também estar um momento, de pé, sobre o Gólgota, como Chateaubriand, com o meu chapéu na mão, a meditar, a embeber-me, a dizer "salve!". E havia de trazer apontamentos, minha senhora, havia de publicar impressões históricas. Ora aí tem vossa excelência onde eu ia... Ia a Sião!

Servira-se o lombo assado; e houve, por sobre os pratos, um recolhimento reverente a esta evocação da terra sagrada onde padeceu o Senhor. Eu parecia-me ver lá muito longe, na Arábia, ao fim de arquejantes dias de jornada sobre o dorso dum camelo, um montão de ruínas em torno duma cruz; um rio sinistro corre ao lado entre oliveiras; o céu arqueia-se mudo e triste como a abóbada dum túmulo. Assim devia ser Jerusalém.

– Linda viagem! – murmurou o nosso Casimiro, pensativo.

– Sem contar – rosnou padre Pinheiro, baixo e como ciciando uma oração – que Nosso Senhor Jesus Cristo vê com grande apreço, e muito agradece, essas visitas ao seu Santo Sepulcro.

– Até quem lá vai – disse o Justino – tem perdão de pecados. Não é verdade, Pinheiro? Eu assim li no *Panorama*... Vem-se de lá limpinho de tudo!

Padre Pinheiro (tendo recusado, com mágoa, a couve-flor, que considerava indigesta) deu esclarecimentos. Quem ia à Terra Santa, numa devota peregrinação, recebia sobre o mármore do Santo Sepulcro, das mãos do patriarca de Jerusalém, e pagando os rituais emolumentos, as suas indulgências plenárias...

– Não só para si, segundo tenho ouvido dizer – acrescentou o instruído eclesiástico –, mas para uma pessoa querida de família, piedosa, e comprovadamente impedida de fazer a jornada... Pagando, já se vê, emolumentos dobrados.
 – Por exemplo! – exclamou o doutor Margaride inspirado, batendo-me com força nas costas. – Assim para uma boa titi, uma titi adorada, uma titi que tem sido um anjo, toda virtude, toda generosidade!...
 – Pagando, já se vê – insistiu padre Pinheiro –, os emolumentos dobrados!
 A titi não dizia nada; os seus óculos, girando do sacerdote para o magistrado, pareciam estranhamente dilatados, e brilhando mais com o clarão interior duma ideia: um pouco de sangue subira à sua face esverdinhada. A Vicência ofereceu o arroz-doce. Nós rezamos as graças.
 Mais tarde no meu quarto, despindo-me, senti-me triste, infinitamente. Nunca a titi me deixaria visitar a terra imunda de França; e aqui ficaria enclausurado nesta Lisboa onde tudo me era tortura, e as mais rumorosas ruas me agravavam o ermo do meu coração, e até a pureza do fino céu de estio me recordava a torva perfídia dessa que fora para mim estrela e rainha da graça... Depois, nesse dia, ao jantar, a titi parecera-me mais rija, sólida ainda, duradoura, e por longos anos dona da bolsa de seda verde, dos prédios e dos contos do comendador G. Godinho... Ai de mim! Quanto tempo mais teria de rezar com a odiosa velha o fastiento terço, de beijar o pé do Senhor dos Passos, sujo de tanta boca fidalga, de palmilhar novenas, e de magoar os joelhos diante do corpo dum Deus magro e cheio de feridas? Oh vida entre todas amargurosa! E já não tinha, para me consolar do enfadonho serviço de Jesus, os macios braços da Adélia...

De manhã, aparelhada a égua, e já d'esporas, fui saber se minha titi tinha algum pio recado para são Roque, por ser esse seu milagroso dia. Na saleta votada às glórias de são José, a titi, ao canto do sofá, com o xale de Tonquim caído dos ombros, examinava o seu grande caderno de contas, aberto sobre os joelhos; e, defronte, calado, com as mãos cruzadas atrás das costas, o bom Casimiro sorria pensativamente às flores do tapete.
 – Ora venha cá, venha cá! – disse ele, mal eu assomei curvando o espinhaço. – Ouça lá a novidade! Que você é uma joia, respeitador de velhos, e tudo merece de Deus e da senhora sua tia. Chegue-se cá, venha de lá esse abraço!
 Sorri, inquieto. A titi enrolava o seu caderno.

– Teodorico! – começou ela, cruzando os braços, empertigada. – Teodorico! Tenho estado aqui a consultar com o senhor padre Casimiro. E estou decidida a que alguém que me pertença, e que seja do meu sangue, vá fazer por minha intenção uma peregrinação à Terra Santa...
– Hein, felizão! – murmurou Casimiro, resplandecendo.
– Assim – prosseguiu a titi – está entendido e ficas sabendo que vais a Jerusalém e a todos os divinos lugares. Escusas de me agradecer, é para meu gosto, e para honrar o túmulo de Jesus Cristo, já que eu lá não posso ir... Como, louvado seja Nosso Senhor, não me faltam os meios, hás de fazer a viagem com todas as comodidades; e para não estar com mais dúvidas, e pela pressa d'agradar a Nosso Senhor, ainda hás de partir neste mês... Bem, agora vai, que eu preciso conversar com o senhor padre Casimiro. Obrigada, não quero nada para o senhor são Roque: já me entendi com ele.
Balbuciei: "Muito agradecido, titi; adeusinho, padre Casimiro". E segui pelo corredor, atordoado.
No meu quarto corri ao espelho a contemplar, pasmado, este rosto e estas barbas, onde em breve pousaria o pó de Jerusalém... Depois, caí sobre o leito.
– Olha que tremenda espiga![131]
Ir a Jerusalém! E onde era Jerusalém? Recorri ao baú que continha os meus compêndios e a minha roupa velha; tirei o atlas, e com ele aberto sobre a cômoda, diante da Senhora do Patrocínio, comecei a procurar Jerusalém lá para o lado onde vivem os infiéis, ondulam as escuras caravanas, e uma pouca d'água num poço é como um dom precioso do Senhor.
O meu dedo errante sentia já o cansaço duma longa jornada; e parei à beira tortuosa dum rio que devia ser o devoto Jordão. Era o Danúbio. E de repente o nome de Jerusalém surgiu, negro, numa vasta solidão branca, sem nomes, sem linhas, toda de areias, nua, junto ao mar. Ali estava Jerusalém. Meu Deus! Que remoto, que ermo, que triste!
Mas então comecei a considerar que, para chegar a esse solo de penitência, tinha d'atravessar regiões amáveis, femininas e cheias de festa. Era primeiro essa bela Andaluzia, terra de Maria Santíssima, perfumada de flor de laranjeira, onde as mulheres só com meter dois cravos no cabelo, e traçando um xale escarlate, amansam o coração mais rebelde, *bendita sea su gracia!* Era adiante Nápoles – e as suas ruas escuras, quentes, com retábulos da Virgem, e cheirando a mulher, como os

---

131. Espiga: contratempo.

corredores dum lupanar.[132] Era depois mais longe ainda a Grécia: desde a aula de retórica ela aparecera-me sempre como um bosque sacro de loureiros onde alvejam frontões de templos, e, nos lugares de sombra em que arrulham as pombas, Vênus de repente surge, cor de luz e cor-de--rosa, oferecendo a todo o lábio, ou bestial ou divino, o mimo dos seus seios imortais.

Vênus já não vivia na Grécia; mas as mulheres tinham conservado lá o esplendor da sua forma e o encanto do seu impudor... Jesus! O que eu podia gozar! Um clarão sulcou-me a alma. E gritei, com um murro sobre o atlas, que fez estremecer a castíssima Senhora do Patrocínio e todas as estrelas da sua coroa:

– Caramba, vou fartar o bandulho![133]

Sim, fartá-lo! E mesmo, receando que a titi, por avareza do seu ouro ou desconfiança da minha piedade, renunciasse à ideia desta peregrinação tão prometedora de gozos, resolvi ligá-la supernaturalmente por uma ordem divina. Fui ao oratório; desmanchei o cabelo, como se por entre ele tivesse passado um sopro celeste; e corri ao quarto da titi, esgazeado,[134] com os braços a tremer no ar.

– Ó titi! Pois não quer saber? Estava agora no oratório, a rezar de satisfação, e vai de repente pareceu-me ouvir a voz de Nosso Senhor, de cima da cruz, a dizer-me baixinho, sem se mexer: "Fazes bem, Teodorico, fazes bem em ir visitar o meu Santo Sepulcro... E estou muito contente com tua tia... Tua tia é das minhas!...".

Ela juntou as mãos, num fogoso transporte d'amor:

– Louvado seja o seu santíssimo nome!... Pois disse isso? Ai, era bem capaz, que Nosso Senhor sabe que é para o honrar que eu lá te mando... Louvado seja outra vez o seu santíssimo nome! Louvado seja em terra e céu! Anda, filho, vai, reza-lhe... Não te fartes, não te fartes!

Eu ia, murmurando uma ave-maria. Ela correu ainda à porta, numa efusão de simpatia:

– E olha, Teodorico, vê lá a respeito de roupa branca... Talvez te sejam necessárias mais ceroulas... Encomenda, filho, encomenda, que graças a Nossa Senhora do Rosário tenho posses, e quero que vás com decência e te apresentes bem lá na sepulturazinha de Deus!...

Encomendei: e, tendo comprado um *Guia do Oriente* e um capacete de cortiça, informei-me, sobre o modo mais deleitoso de chegar a Jerusalém, com Benjamim Sarrosa & Cia., judeu sagaz, que ia todos os anos,

---
132. Lupanar: bordel.
133. Bandulho: pança, barriga.
134. Esgazeado: inquieto, agitado, desnorteado.

de turbante, comprar bois a Marrocos. Benjamim marcou-me, miudamente, num papel, o meu grandioso itinerário. Embarcaria no *Málaga*, vapor da casa Jadley que, por Gibraltar, e depois por Malta, me levaria, num mar sempre azul, à velha terra do Egito. Aí um repouso sensual na festiva Alexandria. Depois no paquete[135] do Levante, que sobe a costa religiosa da Síria, aportaria a Jafa, a de verdejantes pomares; e de lá, seguindo uma estrada macadamizada,[136] ao chouto[137] duma égua doce, veria, ao fim dum dia e ao fim duma noite, surgirem, negras entre colinas tristes, as muralhas de Jerusalém!

– Diabo, Benjamim... Parece-me muito mar, muito paquete. Então nem um bocadinho de Espanha? Ó menino, olhe que eu quero refastelar-me.

– Refastela-se em Alexandria. Tem lá tudo. Tem o bilhar, tem a tipoia, tem a batota,[138] tem a mulherinha... Tudo do bom. É lá que você se refastela!

No entanto, já no Montanha e na tabacaria do Brito se falava da minha santa empresa. Uma manhã, li, escarlate d'orgulho, no *Jornal das Novidades* estas linhas honoríficas: "Parte brevemente a visitar Jerusalém, e todos os sacros lugares em que padeceu por nós o Redentor, o nosso amigo Teodorico Raposo, sobrinho da excelentíssima dona Patrocínio das Neves, opulenta proprietária, e modelo de virtudes cristãs. Boa viagem!". A titi, desvanecida, guardou o jornal no oratório, debaixo da peanha[139] de são José: e eu jubilei, por imaginar o despeito da Adélia (leitora fiel do *Jornal*) ao ver-me assim abalar desprendido dela, atestado d'ouro, para essas terras muçulmanas – onde a cada passo se topa um serralho, mudo e cheirando a rosa entre sicômoros...[140]

A véspera da partida, na sala dos damascos, teve elevação e solenidade. O Justino contemplava-me – como se contempla uma figura histórica.

– O nosso Teodorico... Que viagem!... O que se vai falar nisto!

E padre Pinheiro murmurava com unção:

– Foi uma inspiração do Senhor! E que bem que lhe há de fazer à saúde!

---

135. Paquete: navio a vapor.
136. Macadamizada: revestida de macadame, mistura de pedras, breu e areia sujeita a forte compressão.
137. Chouto: andadura sacudida, incômoda para o cavaleiro.
138. Batota: casa de jogo.
139. Peanha: pequeno pedestal.
140. Sicômoros: figueiras.

Depois mostrei o meu capacete de cortiça. Todos o admiraram. O nosso Casimiro, todavia, depois de coçar pensativamente o queixo, observou que me daria talvez mais seriedade um chapéu alto...

A titi acudiu, aflita:

– É o que eu lhe disse! Acho de pouca cerimônia, para a cidade em que morreu Nosso Senhor...

– Ó titi, mas já lhe expliquei! Isto é só para o deserto!... Em Jerusalém, está claro, e em todos aqueles santos lugares, ando de chapéu alto...

– Sempre é mais de cavalheiro – afirmou o doutor Margaride.

Padre Pinheiro quis saber, solicitamente, se eu ia prevenido com remédios para o caso dum contratempo intestinal nesses descampados bíblicos...

– Levo tudo. O Benjamim deu-me a lista... Até linhaça, até arnica!...

O pachorrento relógio do corredor começou a gemer as dez; eu devia madrugar; e o doutor Margaride, comovido, agasalhava já o pescoço no seu lenço de seda. Então, antes dos abraços, perguntei aos meus leais amigos que "lembrançazinha" desejavam dessas terras remotas onde vivera o Senhor. Padre Pinheiro queria um frasquinho d'água do Jordão. Justino (que já me pedira no vão da janela um pacote de tabaco turco) diante da titi só apetecia um raminho de oliveira, do monte Olivete. O doutor Margaride contentava-se com uma boa fotografia do sepulcro de Jesus Cristo, para encaixilhar...

Com a carteira aberta, depois de alistar estas piedosas incumbências, voltei-me para a titi, risonho, carinhoso, humilde...

– Cá por mim – disse ela do meio do sofá como dum altar, tesa nos seus cetins de domingo – o que desejo é que faças essa viagem com toda a devoção, sem deixar pedra por beijar, nem perder novena, nem ficar lugarzinho em que não rezes ou o terço ou a coroa... Além disso, também estimo que tenhas saúde.

Eu ia depor na sua mão, brilhante de anéis, um beijo gratíssimo. Ela deteve-me – mais aprumada e seca:

– Até aqui tens sido apropositado, não tens faltado aos preceitos, nem te tens dado a relaxações... Por isso te vais regalar de ver as oliveiras onde Nosso Senhor suou sangue, e de beber no Jordãozinho... Mas se eu soubesse que nesta passeata tinhas tido maus pensamentos, e praticado uma relaxação, ou andado atrás de saias, fica certo que, apesar de ser a única pessoa do meu sangue, e teres visitado Jerusalém, e gozar indulgências, havias de ir para a rua, sem uma côdea, como um cão!

Curvei a cabeça, apavorado. E a titi, depois de roçar o lenço de rendas pelos beiços sumidos, prosseguiu com mais autoridade, e uma

emoção crescente que lhe punha, sob o corpete raso, como o fugitivo arfar dum peito humano:
— E agora quero dizer-te para teu governo uma só coisa!...
Todos de pé, e reverentes, logo percebemos que a titi se preparava a proferir uma palavra suprema. Nessa hora de separação, rodeada dos seus sacerdotes, rodeada dos seus magistrados, dona Patrocínio das Neves ia decerto revelar qual fora o seu íntimo motivo em me mandar, como sobrinho e como romeiro, à cidade de Jerusalém. Eu ia saber enfim, e tão indubitavelmente como se ela mo escrevesse num pergaminho, qual deveria ser o mais precioso dos meus cuidados, velando ou dormindo, nas terras do Evangelho!
— Aqui está! — declarou a titi. — Se entendes que mereço alguma coisa pelo que tenho feito por ti desde que morreu tua mãe, já educando-te, já vestindo-te, já dando-te égua para passeares, já cuidando da tua alma, então traze-me desses santos lugares uma santa relíquia, uma relíquia milagrosa que eu guarde, com que me fique sempre apegando nas minhas aflições e que cure as minhas doenças.
E pela vez primeira, depois de cinquenta anos de aridez, uma lágrima breve escorregou no carão da titi, por sob os seus óculos sombrios.
O doutor Margaride rompeu para mim, arrebatadamente:
— Teodorico, que amor que lhe tem a titi! Rebusque essas ruínas, esquadrinhe[141] esses sepulcros! Traga uma relíquia à titi!
Eu bradei, exaltado:
— Titi, palavra de Raposão que lhe hei de trazer uma tremenda relíquia!
Pela severa sala de damascos transbordou, ruidosa e tocante, a comoção dos nossos corações. Eu achei-me com os beiços do Justino, ainda moles da torrada, colados à minha barba...
Cedo, na manhã de domingo, 6 de setembro e dia de Santa Libânia, fui bater, devagar, ao quarto da titi, ainda adormecida no seu leito castíssimo. Senti, por sobre o tapete, aproximar-se o som mole dos seus chinelos. Entreabriu pudicamente a porta; e, decerto em camisa, estendeu-me, através da fenda, a sua mão escarnada, lívida, cheirando a rapé. Apeteceu-me mordê-la; depus nela um beijo baboso; a titi murmurou:
— Adeus, menino... Dá muitas saudades ao Senhor!
Desci a escadaria, já de capacete, sobraçando o meu *Guia do Oriente*. Atrás a Vicência soluçava.

---

141. Esquadrinhar: procurar com afinco.

A minha mala nova de couro, o meu repleto saco de lona enchiam o cupê do Pingalho. Ainda as andorinhas retardadas cantavam no beiral dos telhados; na capela de Santana tocava para a missa. E um raio de sol, vindo do Oriente, vindo lá da Palestina ao meu encontro, banhou-me a face, acolhedor e risonho, como uma carícia do Senhor.

Fechei a tipoia, estirei-me, gritei: "Larga, Pingalho!".

E, romeiro abastado, soprando à brisa o fumo do meu cigarro – assim deixei o portão de minha tia, em caminho para Jerusalém!

11

Foi num domingo e dia de São Jerônimo que meus pés latinos pisaram, enfim, no cais de Alexandria, a terra do Oriente, sensual e religiosa. Agradeci ao Senhor da Boa Viagem. E o meu companheiro, o ilustre Topsius, doutor alemão pela Universidade de Bonn, sócio do Instituto Imperial de Escavações Históricas, murmurou, grave como numa invocação, desdobrando o seu vastíssimo guarda-sol verde:

– Egito! Egito! Eu te saúdo, negro Egito! E que me seja em ti propício o teu Deus Ptah, deus das letras, deus da história, inspirador da obra de arte e da obra de verdade!...

Através deste zumbido científico eu sentia-me envolvido num bafo morno como o duma estufa, amolecedoramente tocado de aromas de sândalo e rosa. No cais faiscante, entre fardos de lã, estirava-se, banal e sujo, o barracão da alfândega. Mas além as pombas brancas voavam em torno aos minaretes[142] brancos; o céu deslumbrava. Cercado de severas palmeiras, um lânguido palácio dormia à beira d'água; e ao longe perdiam-se os areais da antiga Líbia, esbatidos[143] numa poeirada quente, livre, e da cor dum leão.

Amei logo esta terra de indolência, de sonho e de luz. E saltando para a caleche forrada de chita, que nos ia levar ao Hotel das Pirâmides, invoquei as divindades, como o ilustrado doutor de Bonn:

– Egito, Egito! Eu te saúdo, negro Egito! E que me seja propício...

– Não! Que vos seja propícia, dom Raposo, Ísis, a vaca amorosa! – acudiu o eruditíssimo homem, risonho, e abraçado à minha chapeleira.

Não compreendi, mas venerei. Eu conhecera Topsius em Malta, uma fresca manhã, estando a comprar violetas a uma ramalheteira que tinha já nos olhos grandes um langor muçulmano; ele andava medindo consideradamente com o seu guarda-sol as paredes marciais e monásticas do palácio do grão-mestre.

Persuadido que era um dever espiritual e doutoral, nestas terras do Levante, cheias de história, medir os monumentos da antiguidade, tirei o meu lenço e fui-o gravemente passeando, esticado como um côvado, sobre as austeras cantarias.[144] Topsius dardejou-me logo, por cima dos óculos d'ouro, um olhar desconfiado e ciumento. Mas tranquili-

---
142. Minaretes: torres altas das mesquitas de onde o mezim conclama os muçulmanos a orar.
143. Esbatidos: tomados por tons pálidos.
144. Cantarias: construções com pedra em forma geométrica; construções com três cantos.

zado, decerto, pela minha face jucunda e material, pelas minhas luvas almiscaradas, pelo meu fútil raminho de violetas, ergueu cortesmente de sobre o longo cabelo, corredio e cor de milho, o seu bonezinho de seda preta. Eu saudei com o meu capacete de cortiça; e comunicamos. Disse-lhe o meu nome, a minha pátria, os santos motivos que me levavam a Jerusalém. Ele contou-me que nascera na gloriosa Alemanha; e ia também à Judeia, depois à Galileia, numa peregrinação científica, colher notas para a sua formidável obra, a *História dos Herodes*. Mas demorava-se em Alexandria a amontoar os pesados materiais de outro livro monumental, a *História dos Lágidas*... Porque estas duas turbulentas famílias, os Herodes e os Lágidas, eram propriedade histórica do doutíssimo Topsius.

– Então, ambos com o mesmo roteiro, podíamos acamaradar, doutor Topsius!

Ele espigado, magríssimo e pernudo; com uma rabona[145] curta de lustrina[146] enchumaçada de manuscritos, cortejou gostosamente:

– Pois acamarademos, dom Raposo! Será uma deleitosa economia!

Encovado na gola, de guedelha[147] caída, o nariz agudo e pensativo, a calça esguia, o meu erudito amigo parecia-me uma cegonha, risível e cheia de letras, com óculos d'ouro na ponta do bico. Mas já a minha animalidade reverenciava a sua intelectualidade; e fomos beber cerveja.

A sabedoria neste moço era dom hereditário. Seu avô materno, o naturalista Shlock, escreveu um famoso tratado em oito volumes sobre a *Expressão fisionômica dos lagartos*, que assombrou a Alemanha. E seu tio, o decrépito Topsius, o memorável egiptólogo, aos setenta e sete anos ditou da poltrona, onde o prendia a gota, esse livro genial e fácil – a *Síntese monoteísta da teogonia egípcia, considerada nas relações do deus Ptah e do deus Imhotep com as tríadas dos nómos*.

O pai de Topsius, desgraçadamente, através desta alta ciência doméstica, permanecia figle[148] numa charanga,[149] em Munique; mas o meu camarada, reatando a tradição, logo aos vinte e dois anos tinha esclarecido, radiantemente, em dezenove artigos publicados no *Boletim hebdomadário*[150] *de escavações históricas*, a questão, vital para a civilização, duma parede de tijolo erguida pelo rei Pi-Sibkmé, da vigésima primeira dinastia, em torno do templo de Ramsés II, na lendária cidade de Tânis.

---

145. Rabona: casaco curto.
146. Lustrina: tecido com aparência lustrosa.
147. Guedelha: cabeleira.
148. Figle: oficleide, instrumento grave de metal.
149. Charanga: conjunto musical; banda militar composta principalmente por instrumentos de sopro.
150. Hebdomadário: semanal.

Em toda a Alemanha científica, hoje, a opinião de Topsius acerca desta parede brilha com a irrefutabilidade do sol.

Só conservo de Topsius recordações suaves ou elevadas. Já sobre as águas bravias do mar de Tiro; já nas ruas fuscas[151] de Jerusalém; já dormindo lado a lado, sob a tenda, junto aos destroços de Jericó; já pelas estradas verdes de Galileia – encontrei-o sempre instrutivo, serviçal, paciente e discreto. Raramente compreendia as suas sentenças, sonoras e bem cunhadas, tendo a preciosidade de medalhas d'ouro; mas, como diante da porta impenetrável dum santuário, eu reverenciava, por saber que lá dentro, na sombra, refulgia[152] a essência pura da Ideia. Por vezes também o doutor Topsius rosnava uma praga imunda; e então uma grata comunhão se estabelecia entre ele e o meu singelo intelecto de bacharel em leis. Ficou-me a dever seis moedas; mas esta diminuta migalha de pecúnia desaparece na copiosa onda de saber histórico com que fecundou o meu espírito. Uma coisa apenas, além do seu pigarro de erudito, me desagradava nele – o hábito de se servir da minha escova de dentes.

Era também intoleravelmente vaidoso da sua pátria. Sem cessar, erguendo o bico, sublimava a Alemanha, mãe espiritual dos povos; depois ameaçava-me com a irresistibilidade das suas armas. À onisciência da Alemanha! À onipotência da Alemanha! Ela imperava, vasto acampamento entrincheirado de infólios,[153] onde ronda e fala d'alto a metafísica armada! Eu, brioso, não gostava destas jactâncias.[154] Assim, quando no Hotel das Pirâmides nos apresentaram um livro para nele registarmos nossos nomes e nossas terras, o meu douto amigo traçou o seu "Topsius", ajuntando por baixo, altivamente, em letras tesas e disciplinadas como galuchos:[155] "Da imperial Alemanha". Arrebatei a pena; e recordando o barbudo João de Castro, Ormuz em chamas, Adamastor, a capela de São Roque, o Tejo e outras glórias, escrevi largamente em curvas mais enfunadas que velas de galeões: "Raposo, português, d'aquém e d'além-mar". E logo, do canto, um moço magro e murcho murmurou, suspirando e a desfalecer:

– Em o cavalheiro necessitando alguma coisa, chame pelo Alpedrinha.

Um patrício! Ele contou-me a sua sombria história, desafivelando a minha maleta. Era de Trancoso e desgraçado. Tivera estudos, compu-

---

151. Fuscas: escuras, sombrias.
152. Refulgir: brilhar com intensidade.
153. Infólios: livros cujas folhas são dobradas em duas.
154. Jactâncias: soberbas, ufanias.
155. Galuchos: recrutas; novatos.

sera um necrológio, sabia ainda mesmo de cor os versos mais doloridos "do nosso Soares de Passos". Mas apenas sua mamãzinha morrera, tendo herdado terras, correra à fatal Lisboa, a gozar; conheceu logo na travessa da Conceição uma espanhola deleitosíssima, do adocicado nome de Dulce; e largou com ela para Madri, num idílio. Aí o jogo empobreceu-o, a Dulce traiu-o, um chulo esfaqueou-o. Curado e macilento passou a Marselha; e durante anos arrastou como um frangalho social, através de misérias inenarráveis. Foi sacristão em Roma. Foi barbeiro em Atenas. Na Moreia, habitando uma choça junto a um pântano, empregara-se na pavorosa pesca das sanguessugas; e de turbante, com odres negros ao ombro, apregoou água pelas vielas de Esmirna. O fecundo Egito atraíra-o sempre, irresistivelmente... E ali estava no Hotel das Pirâmides, moço de bagagens e triste.

– E se o cavalheiro trouxesse por aí algum jornal da nossa Lisboa, eu gostava de saber como vai a política.

Concedi-lhe generosamente todos os *Jornais de Notícias* que embrulhavam os meus botins.

O dono do hotel era um grego de Lacedemônia, de bigodes ferozes, e que *hablaba un poquitito el castellano*. Respeitosamente ele próprio, teso na sua sobrecasaca preta ornada duma condecoração, nos conduziu à sala do almoço – *la más preciosa, sin duda, de todo el Oriente, caballeros!*

Sobre a mesa murchava um ramo grosso de flores escarlates: no frasco do azeite flutuavam familiarmente cadáveres de moscas; as chinelas do criado topavam a cada instante um velho *Jornal dos Debates*, manchado de vinho, rojando ali desde a véspera, pisado por outras chinelas indolentes: e no teto, a fumaraça fétida dos candeeiros de latão juntara nuvens pretas às nuvens cor-de-rosa onde esvoaçavam anjos e andorinhas. Por baixo da varanda uma rebeca e uma harpa tocavam a *Mandolinata*. E enquanto Topsius se alagava de cerveja, eu sentia estranhamente crescer o meu amor por esta terra de preguiça e de luz.

Depois do café, o meu sapientíssimo amigo, com o lápis dos apontamentos na algibeira da rabona, abalou a rebuscar antigualhas e pedras do tempo dos Ptolomeus. Eu, acendendo um charuto, reclamei Alpedrinha; e confiei-lhe que desejava, sem tardança, ir rezar e ir amar. Rezar era por intenção da tia Patrocínio, que me recomendara uma jaculatória a são José, apenas pisasse esse solo do Egito, tornado, desde a fuga da Santa Família em cima de seu burrinho, chão devoto como o duma Sé. Amar era por necessidade do meu coração, ansioso e ardido. Alpedrinha, em silêncio, ergueu as persianas, e mostrou-me uma clara praça, ornamentada ao centro por um herói de bronze, cavalgando um corcel de bronze; uma aragem quente levantava poeiradas lentas por sobre dois tanques secos; e em redor perfilavam-se no azul altos prédios, hasteando cada um a bandeira da sua pátria como cidadelas rivais sobre um solo vencido. Depois o triste Alpedrinha indicou-me, a uma esquina, onde uma velha vendia canas-de-açúcar, a tranquila rua das Duas Irmãs. Aí (murmurou ele) eu veria, pendurada sobre a porta duma lojinha discreta, uma pesada mão de pau, tosca e roxa – e por cima, em tabuleta negra, estes dizeres convidativos a ouro: "*Miss* Mary, luvas e flores de cera". Era esse o refúgio que ele aconselhava ao meu coração. Ao fundo da rua, junto duma fonte chorando entre árvores, havia uma capela nova onde a minha alma acharia consolação e frescura.

– E diga o cavalheiro a *miss* Mary que vai de mandado do Hotel das Pirâmides.

Pus uma rosa ao peito – e saí, ovante.[156] Logo da entrada das Duas Irmãs avistei a ermidinha[157] virginal, dormindo castamente sob os plátanos, ao rumor meigo da água. Mas o amantíssimo patriarca são José estava certamente, a essa hora, ocupado em receber jaculatórias mais instantes, e evoladas de lábios mais nobres; não quis importunar o bondosíssimo santo – e parei diante da mão de pau, pintada de roxo, que parecia estar ali esperando, alongada e aberta, para empolgar o meu coração.

Entrei, comovido. Por trás do balcão envernizado, junto a um vaso de rosas e magnólias, ela estava lendo o seu *Times*, com um gato branco no colo. O que me prendeu logo foram os seus olhos azul-claros, dum azul que só há nas porcelanas, simples, celestes, como eu nunca vira na morena Lisboa. Mas encanto maior ainda tinham os seus cabelos, crespos, frisadinhos como uma carapinha[158] d'ouro, tão doces e finos que apetecia ficar eternamente e devotamente a mexer-lhes com os dedos trêmulos; e era irresistível o profano nimbo luminoso que eles punham em torno da sua face gordinha, duma brancura de leite onde se desfez carmesim, toda tenra e suculenta. Sorrindo, e baixando com sentimento as pestanas escuras, perguntou-me se eu queria pelica ou suécia.

Eu murmurei, roçando-me sofregamente pelo balcão:

– Trago-lhe recadinhos do Alpedrinha.

Ela escolheu entre o ramo um tímido botão de rosa, e deu-mo na ponta dos dedos. Eu trinquei-o, com furor. E a voracidade desta carícia pareceu agradar-lhe, porque um sangue mais quente veio afoguear-lhe a

---

156. Ovante: triunfante.
157. Ermidinha: pequena igreja num lugar ermo.
158. Carapinha: cabelo muito crespo.

face – e chamou-me baixo "mauzinho"! Esqueci são José e a sua jaculatória – e as nossas mãos, um momento unidas para ela me calçar a luva clara, não se desenlaçaram mais, nessas semanas que passei, na cidade dos Lágidas, em festivas delícias muçulmanas!

Ela era de York, esse heroico condado da velha Inglaterra, onde as mulheres crescem fortes e bem desabrochadas, como as rosas dos seus jardins reais. Por causa da sua meiguice e do seu riso d'ouro quando lhe fazia cócegas, eu pusera-lhe o nome galante e cacarejante de "Maricoquinhas". Topsius, que a apreciava, chamava-lhe "a nossa simbólica Cleópatra". Ela amava a minha barba negra e potente; e, só para não me afastar do calor das suas saias, eu renunciei a ver o Cairo, o Nilo, e a eterna Esfinge, deitada à porta do deserto, sorrindo da humanidade vã...

Vestido de branco como um lírio, eu gozava manhãs inefáveis, encostado ao balcão da Mary, amaciando respeitosamente a espinha do gato. Ela era silenciosa; mas o seu simples sorrir com os braços cruzados, ou o seu modo gentil de dobrar o *Times*, saturava o meu coração de luminosa alegria. Nem precisava chamar-me seu "portuguesinho valente", seu "bibichinho". Bastava que o seu peito arfasse – só para ver aquela doce onda lânguida, e saber que a levantava assim a saudade dos meus beijos, eu teria vindo de tão longe a Alexandria, iria mais longe, a pé, sem repouso, até onde as águas do Nilo são brancas!

De tarde, na caleche de chita com o nosso doutíssimo Topsius, dávamos lentos, amorosos passeios à beira do canal Mahmoudieh. Sob as frondosas árvores, rente aos muros de jardins de serralho, eu sentia o aroma perturbador de magnólias, e outros cálidos perfumes que não conhecia. Por vezes uma leve flor roxa ou branca caía-me sobre o regaço; com um suspiro eu roçava a barba pelo rosto macio da minha Maricoquinhas; ela, sensível, estremecia. Na água jaziam as barcas pesadas que sobem o Nilo, sagrado e benfazejo, ancorando junto às ruínas dos templos, costeando as ilhas verdes onde dormem os crocodilos. Pouco a pouco a tarde caía. Vagarosamente rolávamos na sombra olorosa. Topsius murmurava versos de Goethe. E as palmeiras da margem fronteira recortavam-se no poente amarelo – como feitas em relevo de bronze sobre uma lâmina d'ouro.

Maricocas jantava sempre conosco no Hotel das Pirâmides; e diante dela Topsius desabrochava todo em flores d'erudição amável. Contava-nos as tardes de festa da velha Alexandria dos Ptolomeus, no canal que levava a Canópia: ambas as margens resplandeciam de palácios e de jardins; as barcas, com toldos de seda, vogavam ao som dos alaúdes; os sacerdotes d'Osíris, cobertos de peles de leopardo, dançavam sob os laranjais; e nos terraços abrindo os véus, as damas d'Alexandria bebiam à Vênus assíria, pelo cálice da flor do lótus. Uma voluptuosidade esparsa amolecia as almas. Os filósofos mesmo eram frascários.[159]

E, dizia Topsius requebrando o olho, em toda a Alexandria só havia uma dama honesta que comentava Homero e era tia de Sêneca. Só uma!

Maricoquinhas suspirava. Que encanto, viver nessa Alexandria, e navegar para Canópia, numa barca toldada de seda!

– Sem mim? – gritava eu, ciumento.

Ela jurava que sem o seu portuguesinho valente não queria habitar nem o céu!

Eu, regalado, pagava o champanhe.

E os dias assim foram passando, leves, flácidos, gostosos, repicados de beijos – até que chegou a véspera sombria de partirmos para Jerusalém.

– O cavalheiro – dizia-me nessa manhã Alpedrinha engraxando os meus botins – o que devia era ficar aqui na Alexandriazinha, a refocilar...[160]

Ah! se pudesse! Mas irrecusáveis eram os mandados da titi! E, por amor do seu ouro, lá tinha d'ir à negra Jerusalém, ajoelhar diante de oliveiras secas, desfiar rosários piedosos ao pé de frios sepulcros...

– Tu já estiveste em Jerusalém, Alpedrinha? – perguntei, enfiando desconsoladamente as ceroulas.

– Não senhor, mas sei... Pior que Braga!

– Irra!

A nossa ceia com Maricocas, à noite, no meu quarto, foi cortada de silêncios, de suspiros: as velas tinham a melancolia de tochas; o vinho anuviava-nos como aquele que se bebe nos funerais. Topsius ofertava consolações generosas.

– Bela dama, bela dama, o nosso Raposo há de voltar... Estou mesmo certo que trará da ardente terra da Síria, da terra da Vênus e da Esposa dos Cantares, uma chama no seu coração mais fogosa e mais moça...

Eu mordia o beiço, sufocado:

– Pois está visto! Ainda havemos d'andar de caleche pelo Mahmoudieh... Isto é só ir rezar uns padre-nossos ao Calvário... Até me faz bem... Volto como um touro.

Depois do café fomos encostar-nos à varanda a olhar, calados, aquela suntuosa noite do Egito. As estrelas eram como uma grossa poeirada de luz que o bom Deus levantava lá em cima, passeando sozinho pelas estradas do céu. O silêncio tinha uma solenidade de sacrário. Nos escuros terraços, embaixo, uma forma branca movendo-se por vezes, de leve, mostrava que outras criaturas estavam ali, como nós, deixando a alma

---

159. Frascários: libertinos, levianos.
160. Refocilar: revigorar, descansar.

embeber-se mudamente no esplendor sideral: e nesta difusa religiosidade, igual à duma multidão pasmando para os lumes dum altar-mor, eu sentia subir aos lábios irresistivelmente a doçura duma ave-maria...

Ao longe o mar dormia. E, à quente irradiação dos astros, eu podia distinguir, num pontal de areia, mergulhando quase n'água, uma casa deserta, pequenina, toda branca e poética entre duas palmeiras... Então comecei a pensar que, mal a titi morresse e fosse meu o seu ouro, eu poderia comprar esse doce retiro, forrá-lo de lindas sedas, e viver ao lado da minha luveira, vestido de turco, fresco, sereno, livre de todas as inquietações da civilização. Desagravos ao Sagrado Coração de Jesus ser-me-iam tão indiferentes como as guerras que entre si travassem os reis. Do céu só me importaria a luz anilada que banhasse a minha vidraça; da terra só me importariam as flores abertas no meu jardim para aromatizar a minha alegria. E passaria os dias numa fofa preguiça oriental, fumando o puro *latakié*, tocando viola francesa, e recebendo perpetuamente essa impressão de felicidade perfeita que a Mary me dava só com deixar arfar o seio e chamar-me seu "portuguesinho valente".

Apertei-a contra mim num desejo de a sorver. Junto à sua orelha, duma brancura de concha branca, balbuciei nomes inefáveis: disse-lhe "rechonchudinha", disse-lhe "riquiquitinha". Ela estremeceu, ergueu os olhos magoados para a poeirada d'ouro.

– Que d'estrelas! Deus queira que amanhã o mar esteja manso!

Então, à ideia dessas longas ondas que me iam levar à ríspida terra do Evangelho, tão longe da minha Mary, um pesar infinito afogou-me o peito – e irrepressivelmente se me escapou dos lábios, em gemidos entoados, queixosos e requebrados... Cantei. Por sobre os terraços adormecidos da muçulmana Alexandria soltei a voz dolorida, voltado para as estrelas; e roçando os dedos pelo peito do jaquetão onde deviam estar os bordões da viola, fazendo os meus ais bem chorosos, suspirei o fado mais sentido da saudade portuguesa:

> Co'a minh'alma aqui te ficas,
> Eu parto só com os meus ais,
> E tudo me diz, Maricas,
> Que não te verei nunca mais.

Parei, abafado de paixão. O erudito Topsius quis saber se estes doces versos eram de Luís de Camões. Eu, choramigando, disse-lhe que estes – ouvira-os no Dafundo ao Calcinhas.

Topsius recolheu a tomar uma nota do grande poeta Calcinhas. Eu fechei a vidraça: e depois d'ir ao corredor fazer às escondidas um rápido sinal da cruz, vim desapertar sofregamente, e pela vez derradeira, os atacadores do colete da minha saborosa bem-amada.

Breve, avaramente breve, foi essa noite estrelada do Egito!

Cedo, amargamente cedo, veio o grego de Lacedemônia avisar-me que já fumegava na baía, áspera e cheia de vento, *el paquete*, ferozmente chamado o *Caimão*,[161] que me devia levar para as tristezas d'Israel.

El señor don Topsius, madrugador, já estava embaixo a almoçar pachorrentamente os seus ovos com presunto, a sua vasta caneca de cerveja. Eu tomei apenas um gole de café, no quarto, a um canto da cômoda, em mangas de camisa, com os olhos vermelhos sob a névoa das lágrimas. A minha sólida mala de couro atravancava o corredor, fechada e afivelada; mas Alpedrinha estava ainda acomodando, à pressa, a roupa suja dentro do saco de lona. E Maricoquinhas, sentada desoladamente à borda do leito, com o seu gentil chapéu enfeitado de papoulas e as olheirinhas pisadas, contemplava aquele enfardelar de flanelas, como se fossem bocados do seu coração atirados para o fundo do saco, para partirem e não voltarem mais!

– Levas tanta roupa suja, Teodorico!

Balbuciei, dilacerado:

– Manda-se lavar em Jerusalém com a ajuda de Nosso Senhor!

Deitei os meus bentinhos ao pescoço. Nesse instante Topsius assomava à porta, cachimbando, com a barraca do seu guarda-sol fechada sob o braço, de galochas anchas para a umidade do tombadilho – e um volume da Bíblia enchumaçando-lhe a rabona d'alpaca. Ao ver-me sem colete, repreendeu a minha amorosa preguiça.

– Mas compreendo, bela dama, compreendo! – acudiu ele, às cortesias a Mary, esgrouviado[162] e onduloso, d'óculos na ponta do bico. – É doloroso deixar os braços de Cleópatra... Já Antônio por eles perdeu Roma e o mundo... Eu mesmo, todo absorvido na minha missão, com recantos crepusculares da história a alumiar, levo gratas memórias destes dias de Alexandria... Deliciosíssimos os nossos passeios pelo Mahmoudieh!... Permita-me que apanhe a sua luva, bela dama!... E se voltar jamais a esta terra dos Ptolomeus, não me esquecerá a rua das Duas Irmãs... "*Miss* Mary, luvas e flores de cera." Perfeitamente. Consentirá que lhe mande, quando completa, a minha *História dos Lágidas*... Há detalhes muito picantes... Quando Cleópatra se apaixonou por Herodes, o rei da Judeia...

---

161. Caimão: nome da embarcação que leva Teodorico até Alexandria; o termo designa também um tipo de jacaré encontrado nas Américas do Sul e Central.
162. Esgrouviado: o mesmo que esgrouvinhado; desalinhado, desgrenhado.

Mas Alpedrinha, da beira do leito, gritava, alvoroçado:
- Cavalheiro! Ainda há aqui roupa suja!
Rebuscando, entre os cobertores revoltos, descobrira uma longa camisa de rendas, com laços de seda clara. Sacudia-a; e espalhava-se um aroma saudoso de violeta e d'amor... Ai! Era a camisa de dormir da Mary, quente ainda dos meus abraços!
- Pertence à senhora dona Mary! É a tua camisinha, amor! - gemi eu, cruzando os suspensórios.
A minha luveirinha ergueu-se, trêmula, descorada - e teve um poético rasgo de paixão. Enrolou a sua camisinha, atirou-ma para os braços, tão ardentemente, como se entre as dobras viesse também o seu coração.
- Dou-ta, Teodorico! Leva-a, Teodorico! Ainda está amarrotada da nossa ternura!... Leva-a para dormires com ela ao teu lado, como se fosse comigo... Espera, espera ainda, amor! Quero pôr-lhe uma palavra, uma dedicatória!
Correu à mesa, onde jaziam restos do papel sisudo em que eu escrevia à titi a história edificativa dos meus jejuns em Alexandria, das noites consumidas a embeber-me do Evangelho... E eu, com a camisinha perfumada nos braços, sentindo duas bagas de pranto rolarem-me pelas barbas, procurava angustiosamente em redor onde guardar aquela preciosa relíquia d'amor.
As malas estavam fechadas. O saco de lona estalava, repleto.
Topsius, impaciente, tirara das profundezas do seio o seu relógio de prata. O nosso lacedemônio, à porta, rosnava:
- *Don Teodorico, es tarde, es muy tarde...*
Mas a minha bem-amada já sacudia o papel, coberto das letras que ela traçara, largas, impetuosas e francas como o seu amor: "Ao meu Teodorico, meu portuguesinho possante, em lembrança do muito que gozamos!".
- Oh, riquinha! E onde hei de eu meter isto? Eu não hei de levar a camisa nos braços, assim nua e ao léu!
Já Alpedrinha, de joelhos, desafivelava desesperadamente o saco. Então Maricoquinhas, com uma inspiração delicada, agarrou uma folha de papel pardo; apanhou do chão um nastro vermelho; e as suas habilidosas mãos de luveira fizeram da camisinha um embrulho redondo, cômodo e gracioso - que eu meti debaixo do braço, apertando-o com avara, inflamada paixão.
Depois foi um murmúrio arrebatado de soluços, de beijos, de doçuras...
- Mary, anjo querido!

— Teodorico, amor!...
— Escreve-me para Jerusalém...
— Lembra-te da tua bichaninha bonita...

Rolei pela escada, tonto. E a caleche que tantas vezes me passeara, enlaçado com Mary, por sob os arvoredos aromáticos do Mahmoudieh, lá partiu, ao trote da parelha branca, arrancando-me a uma felicidade onde o meu coração deitara raízes, agora despedaçadas e gotejando sangue no silêncio do meu peito. O douto Topsius, abarracado sob o seu guarda-sol verde, recomeçara, impassível, a murmurar coisas de velha erudição. Sabia eu por onde íamos rodando? Por sobre a nobre calçada dos Sete-Estados, que o primeiro dos Lágidas construíra para comunicar com a ilha de Faros, louvada nos versos de Homero! Nem o escutava, debruçado para trás, na caleche, agitando o lenço molhado da minha saudade. A doce Maricoquinhas, à porta do hotel, ao lado d'Alpedrinha, linda sob o chapéu florido de papoulas, fazia esvoaçar também o seu lenço amoroso e acariciador; e um momento estas duas cambraias brancas sacudiram uma para a outra, no ar quente, o ardor dos nossos corações. Depois eu caí sobre a almofada de chita como cai um corpo morto...

Apenas embarcado no *Caimão*, corri a esconder no beliche a minha dor. Topsius ainda me agarrou pela manga para me mostrar sítios das grandezas dos Ptolomeus, o porto do Eunotos, a enseada de mármore onde ancoravam as galeras de Cleópatra. Fugi; na escada esbarrei, quase rolei sobre uma irmã da caridade, que subia timidamente com as suas contas na mão. Rosnei um "desculpe, minha santinha". E tombando enfim no catre,[163] deixei escapar o pranto à larga, por cima do embrulho de papel pardo: ele era tudo que me restava dessa paixão de incomparável esplendor, passada na terra do Egito.

Dois dias e duas noites o *Caimão* arquejou e rolou nos vagalhões do mar de Tiro. Enrodilhado num cobertor, sem largar do peito o embrulhinho da Mary, eu recusava com ódio as bolachas que de vez em quando me trazia o humaníssimo Topsius; e desatento às coisas eruditas que ele imperturbavelmente me contava destas águas chamadas pelos egípcios o "Grande Verde", rebuscava debalde na memória bocados soltos de uma oração que ouvira à titi para amansar as vagas iradas.

Mas uma tarde, ao escurecer, tendo cerrado os olhos, pareceu-me sentir sob as chinelas um chão firme, chão de rocha, onde cheirava a rosmaninho:[164] e achei-me incompreensivelmente a subir uma colina

---
163. Catre: leito rústico.
164. Rosmaninho: erva aromática de folhas denteadas.

agreste de companhia com a Adélia, e com a minha loura Mary – que saíra de dentro do embrulho, fresca, nítida, sem ter sequer amarrotado as papoulas do seu chapéu! Depois, por trás dum penedo, surgiu-nos um homem nu, colossal, tisnado, de cornos; os seus olhos reluziam, vermelhos como vidros redondos de lanternas; e com o rabo infindável ia fazendo no chão o rumor de uma cobra irritada que roja por folhas secas. Sem nos cortejar, impudentemente, pôs-se a marchar ao nosso lado. Eu percebi bem que era o diabo; mas não senti escrúpulo, nem terror. A insaciável Adélia atirava olhadelas oblíquas à potência dos seus músculos. Eu dizia-lhe, indignado: "Porca, até te serve o diabo?".

Assim marchando, chegamos ao alto do monte – onde uma palmeira se desgrenhava sobre um abismo cheio de mudez e de treva. Defronte de nós, muito longe, o céu desdobrava-se como um vasto estofo amarelo: e sobre esse fundo vivo, cor de gema d'ovo, destacava um negríssimo outeiro, tendo cravadas no alto três cruzinhas em linha, finas e dum só traço. O diabo, depois de escarrar, murmurou, travando-me da manga: "A do meio é a de Jesus, filho de José, a quem também chamam o Cristo; e chegamos a tempo para saborear a Ascensão". Com efeito! A cruz do meio, a do Cristo, desarraigada do outeiro, como um arbusto que o vento arranca, começou a elevar-se, lentamente, engrossando, atravancando o céu. E logo de todo o espaço voaram bandos de anjos, a sustê-la, apressados como as pombas quando acodem ao grão; uns puxavam-na de cima, tendo-lhe amarrado ao meio longas cordas de seda; outros, de baixo, empurravam-na – e nós víamos o esforço entumecido dos seus braços azulados. Por vezes do madeiro desprendia-se, como uma cereja muito madura, uma grossa gota de sangue: um serafim recolhia-a nas mãos e ia colocá-la sobre a parte mais alta do céu, onde ela ficava suspensa e brilhando com o resplendor duma estrela. Um ancião enorme de túnica branca, a que mal distinguíamos as feições, entre a abundância da coma revolta e os flocos de barbas nevadas, comandava, estirado entre nuvens, estas manobras da Ascensão, numa língua semelhante ao latim e forte como o rolar de cem carros de guerra. Subitamente tudo desapareceu. E o diabo, olhando para mim, pensativo: "*Consummatum est*, amigo! Mais outro deus! Mais outra religião! E esta vai espalhar em terra e céu um inenarrável tédio".

E logo, levando-me pela colina abaixo, o diabo rompeu a contar-me animadamente os cultos, as festas, as religiões que floresciam na sua mocidade. Toda esta costa do Grande Verde, então, desde Biblos até Cartago, desde Elêusis até Mênfis, estava atulhada de deuses. Uns deslumbravam pela perfeição da sua beleza, outros pela complicação da sua ferocidade. Mas todos se misturavam à vida humana, divinizando-a:

viajavam em carros triunfais, respiravam as flores, bebiam os vinhos, defloravam as virgens adormecidas. Por isso eram amados com um amor que não mais voltará; e os povos, emigrando, podiam abandonar os seus gados ou esquecer os rios onde tinham bebido – mas levavam carinhosamente os seus deuses ao colo. "O amigo", perguntou ele, "nunca esteve em Babilônia?" Aí todas as mulheres, matronas ou donzelas, se vinham um dia prostituir nos bosques sagrados, em honra da deusa Milita. As mais ricas chegavam em carros marchetados de prata, puxados a búfalos, e escoltadas de escravas; as mais pobres traziam uma corda ao pescoço. Umas, estendendo um tapete na erva, agachavam-se como reses pacientes; outras, erguidas, nuas, brancas, com a cabeça escondida num véu preto, eram como esplêndidos mármores entre os troncos dos álamos. E todas assim esperavam que qualquer, atirando-lhes uma moeda de prata, lhes dissesse: "Em nome de Vênus!". Seguiam-no então, fosse um príncipe vindo de Susã com tiara de pérolas, ou o mercador que desce o Eufrates no seu barco de couro: e toda a noite rugia na escuridão das ramagens o delírio da luxúria ritual. Depois o diabo disse-me as fogueiras humanas de Moloch, os mistérios da Boa Deusa em que os lírios se regavam com sangue, e os ardentes funerais d'Adônis...

E parando, risonhamente: "O amigo nunca esteve no Egito?". Eu disse-lhe que estivera e conhecera lá Maricocas. E o diabo, cortês: "Não era Maricocas, era Ísis!". Quando a inundação chegava até Mênfis, as águas cobriam-se de barcas sagradas. Uma alegria heroica, subindo para o sol, fazia os homens iguais aos deuses. Osíris, com os seus cornos de boi, montava Ísis; e, entre o estridor das harpas de bronze, ouvia-se por todo o Nilo o rugido amoroso da vaca divina.

Depois o diabo contava-me como brilhavam, doces e belas, na Grécia as religiões da natureza. Aí tudo era branco, polido, puro, luminoso e sereno; uma harmonia saía das formas dos mármores, da constituição das cidades, da eloquência das academias e das destrezas dos atletas; por entre as ilhas da Jônia, flutuando na moleza do mar mudo como cestas de flores, as nereidas dependuravam-se da borda dos navios para ouvir as histórias dos viajantes; as musas, de pé, cantavam pelos vales: e a beleza de Vênus era como uma condensação da beleza da Helênia.

Mas aparecera este carpinteiro de Galileia – e logo tudo acabara! A face humana tornava-se para sempre pálida, cheia de mortificação: uma cruz escura, esmagando a terra, secava o esplendor das rosas, tirava o sabor aos beijos – e era grata ao deus novo a fealdade[165] das formas.

---

165. Fealdade: qualidade do que é feio.

Julgando Lúcifer entristecido, eu procurava consolá-lo: "Deixe estar, ainda há de haver no mundo muito orgulho, muita prostituição, muito sangue, muito furor! Não lamente as fogueiras de Moloch. Há de ter fogueiras de judeus". E ele, espantado: "Eu? Uns ou outros, que me importa, Raposo? Eles passam, eu fico!".

Assim, despercebido, a conversar com Satanás, achei-me no Campo de Santana.

E tendo parado, enquanto ele desenvencilhava os cornos dos ramos duma das árvores, ouvi de repente ao meu lado um berro: "Olha o Teodorico com o porco-sujo!".

Voltei-me. Era a titi! A titi, lívida, terrível, erguendo, para me espancar, o seu livro de missa! Coberto de suor, acordei.

Topsius gritava, à porta do beliche, alegremente:

– Levante-se, Raposo! Estamos à vista da Palestina!

O *Caimão* parara; e no silêncio eu sentia a água roçando-lhe o costado, de leve, num murmúrio de mansa carícia. Por que sonhara eu assim, ao avizinhar-me de Jerusalém, com os deuses falsos, Jesus seu vencedor, e o demônio a todos rebelde? Que suprema revelação me preparava o Senhor?...

Desenrodilhei-me da manta; atordoado, sujo, sem largar o precioso embrulho da Mary, subi ao tombadilho, encolhido no meu jaquetão. Um ar fino e forte banhou-me deliciosamente, trazendo um aroma de serra e de flor de laranjeira. O mar emudecera, todo azul, na frescura da manhã. E ante meus olhos pecadores estendia-se a terra da Palestina, arenosa e baixa – com uma cidade escura, rodeada de pomares, tocada no alto de flechas de sol irradiando como os raios dum resplendor de santo.

– Jafa! – gritou-me Topsius, sacudindo o seu cachimbo de louça. – Aí tem o dom Raposo a mais antiga cidade da Ásia, a velhíssima Jepo, anterior ao dilúvio! Tire o barrete, saúde essa anciã dos tempos, cheia de lenda e de história... Foi aqui que o borrachíssimo[166] Noé construiu a sua arca!

Cortejei, assombrado.

– Caramba! Ainda agora a gente chega, já lhe começam a aparecer coisas de religião!

E conservei-me descoberto – porque o *Caimão*, ao ancorar diante da Terra Santa, tomara o recolhimento duma capela, cheia de piedosas

---

166. Borrachíssimo: aumentativo de borracho, bêbado.

ocupações e d'unção. Um lazarista,[167] de longa sotaina,[168] passeava, com os olhos baixos, meditando o seu breviário. Sumidas dentro dos capuzes negros de lustrina, duas religiosas corriam os dedos pálidos pelas contas dos seus rosários. Ao longo da amurada úmida, peregrinos da Abissínia, hirsutos padres gregos de Alexandria, pasmavam para o casario de Jafa, aureolado de sol, como para a iluminação dum sacrário. E a sineta à popa tilintava, na brisa salgada, com uma doçura devota de toque de missa...

Mas, vendo uma barcaça escura remar para o *Caimão*, baixei depressa ao beliche a pôr o meu capacete de cortiça, calçar luvas pretas, para pisar decorosamente a terra do meu Salvador. Ao voltar, bem escovado, bem perfumado, achei a lancha atulhada. E descia, com alvoroço, atrás dum franciscano barbudo, quando o amado embrulhinho da Mary escapou dos meus braços carinhosos, rolou em saltos pela escada como uma pela, raspou a borda do bote... Ia sumir-se nas águas amargas! Dei um berro! Uma das religiosas apanhou-o, ligeira e cheia de misericórdia.

– Agradecido, minha senhora! – gritei, enfiado. – É um pacotezinho de roupa! Seja pelo sagrado amor de Maria!

Ela refugiou-se modestamente na sombra do seu capuz; e como eu me acomodara, mais longe, entre Topsius e o franciscano barbudo que cheirava a alho, a santa criatura guardou o embrulho sobre o seu puro regaço, deitou-lhe mesmo por cima as contas do seu rosário.

O arrais, empunhando o leme, bradou: "Alá é grande, larga!". Os árabes remaram cantando. O sol surgiu por trás de Jafa. E eu, encostado ao meu guarda-chuva, contemplava a pudica religiosa que assim levava, ao colo, para a terra de castidade, a camisinha da Mary.

Era nova; e entre o bioco triste de lustrina preta parecia de marfim o seu rosto oval, onde as pestanas longas punham a sombra d'uma dolente melancolia. Os beiços tinham perdido toda a cor e todo o calor, para sempre inúteis, destinados somente a beijar os pés arroxeados do cadáver dum deus. Comparada com Mary, rosa de York aberta e sensual, perfumando Alexandria, esta pendia como um lírio ainda fechado e já murcho na umidade duma capela. Ia certamente para algum hospício da Terra Santa. A vida para ela devia ser uma sucessão de chagas a cobrir de fios e de lençóis a estender por cima de faces mortas. E era decerto o medo do Senhor que a tornava assim tão pálida.

– Bem tola! – murmurei eu.

---

167. Lazarista: pertencente à ordem religiosa de São Lázaro.
168. Sotaina: hábito utilizado por religiosos por baixo da capa.

Pobre e estéril criatura! Percebeu ela por acaso o que continha aquele embrulho pardo? Sentiu ela subir de lá, e espalhar-se no escuro do seu capuz, um perfume estranho e enlanguescedor de baunilha e de pele amorosa? A quentura do leito revolto, que ficara nas rendas da camisa, atravessou por acaso o papel e veio aquecer-lhe brandamente os joelhos? Quem sabe! Durante um momento pareceu-me que uma gota de sangue novo lhe roseou a face desmaiada, e que debaixo do hábito, onde brilhava uma cruz, o seu seio arfou, perturbado; mesmo julguei ver lampejar, por entre as suas pestanas, um raio fugitivo e assustado procurando as minhas barbas cerradas e pretas... Mas foi só um relance. Outra vez, sob o capuz, o rosto recaiu na sua frialdade de mármore santo; e sobre o seio submetido a cruz pesou, ciumenta e de ferro. Ao seu lado, a outra religiosa, rochonchuda e de lunetas, sorria para o verde mar, sorria para o sábio Topsius – com um sorriso claro que saía da paz do seu coração e lhe punha uma covinha no queixo.

Apenas saltamos na areia da Palestina, corri a agradecer, de capacete na mão, garboso e palaciano.[169]

– Minha irmã, estou muito penhorado... Grande desgosto se se perdesse o pacotezinho!... É de minha tia, uma encomenda para Jerusalém... Lá lhe contarei... A titi é muito respeitadora de coisas santas, pela-se pela caridade...

Muda, no refolho do seu capuz, ela estendeu-me o embrulhinho com a ponta dos dedos, débeis e mais transparentes que os duma Senhora da Agonia. E os dois hábitos negros sumiram-se, entre muros faiscantes de cal nova, numa viela em escadas onde apodrecia o cadáver dum cão sob o voo dos moscardos.[170] Eu murmurei ainda: "Bem tola!".

Quando me voltei, Topsius, à sombra do seu guarda-sol, conversava com o homem prestante – que foi nosso guia através das terras da Escritura. Era moço, moreno, espigado, com longos bigodes esvoaçando ao vento; usava jaqueta de veludilho e botas brancas de montar; as coronhas prateadas de duas pistolas, emergindo duma faixa de lã negra, armavam-lhe heroicamente o peito forte; e trazia amarrado na cabeça, com as pontas e as franjas atiradas para trás, um lenço rutilante de seda amarela. O seu nome era Paulo Potte, a sua pátria o Montenegro; e toda a costa da Síria o conhecia pelo "alegre Potte". Jesus, que alegre matalote![171] A alegria faiscava-lhe na pupila azul-clara; a alegria cantava-lhe nos dentes incomparáveis; a alegria estremecia-lhe nas

---

169. Palaciano: cortês.
170. Moscardos: moscas grandes.
171. Matalote: marinheiro.

mãos buliçosas; a alegria ressoava-lhe no bater dos tacões.[172] Desde Ascalon até aos bazares de Damasco, desde o Carmelo até aos pomares d'Engaddi – ele era o "alegre Potte". Estendeu-me rasgadamente a bolsa de tabaco perfumado. Topsius maravilhou-se do seu saber bíblico. Eu, com palmadas pelo ventre, gritei-lhe logo: "Meu gajo!".

E, depois de valentes apertos de mão, fomos para o Hotel de Josafá firmar o nosso contrato, bebendo vasta cerveja.

O alegríssimo Potte depressa organizou a nossa caravana para a cidade do Senhor. Um macho levava as bagagens; o arrieiro[173] árabe, embrulhado num farrapo azul, era tão airoso e lindo que eu, irresistivelmente e sem cessar, procurava o negro afago do seu olhar de veludo; e, por luxo oriental, como escolta, seguia-nos um beduíno, velho, catarroso, com o albornoz[174] de lã de camelo listrado de cinzento e uma forte lança ferrugenta toda enfeitada de borlas.

Guardei num alforje, desveladamente, o embrulhinho mimoso da camisinha da Mary; depois, já na sela, alongados os loros do pernudo Topsius, o festivo Potte, floreando o chicote, lançou o antigo grito das Cruzadas e de Ricardo Coração de Leão – "Avante, a Jerusalém, Deus o quer!". E a trote, com os charutos em brasa, saímos de Jafa pela porta do mercado – à hora em que suavemente tocava a véspera no Hospício dos Padres Latinos.

Na luminosa meiguice da tarde, a estrada alongava-se através de jardins, hortas, pomares, laranjais, palmeirais, terra de promissão, resplandecente e amável. Por entre as sebes de mirtos perdia-se o fugidio cantar das águas. O ar todo, duma doçura inefável, como para nele respirar melhor o povo eleito de Deus, era um derramado perfume de jasmins e limoeiros. O grave e pacífico chiar das noras[175] ia adormecendo, ao fim do dia de rega, entre as romãzeiras em flor. Alta e serena no azul, voava uma grande águia.

Consolados, paramos numa fonte de mármore vermelho e negro, abrigada à sombra de sicômoros onde arrulhavam rolas: ao lado erguia-se uma tenda, com um tapete na relva coberto de uvas e de malgas[176] de leite; e o velho de barbas brancas que a ocupava saudou-nos em nome de Alá, com a nobreza de um patriarca. A cerveja tinha-me feito sede; foi uma rapariga bela como a antiga Raquel que me deu a beber do seu

---

172. Tacões: saltos dos sapatos.
173. Arrieiro: aquele que tem como função arriar a vela.
174. Albornoz: manto de lã com capuz.
175. Noras: máquinas que retiram água de poços.
176. Malgas: tigelas fundas onde se tomam caldos.

cântaro de forma bíblica, sorrindo, com o seio descoberto, duas longas argolas d'ouro batendo-lhe a face morena – e um cordeirinho branco e familiar preso da ponta da túnica.

A tarde descia, muda e dourada, quando penetramos na planície de Sarom, que a Bíblia outrora encheu de rosas. No silêncio tilintavam os chocalhos dum rebanho de cabras negras, que um árabe ia pastoreando, nu como um são João. Lá ao fundo, os montes sinistros da Judeia, tocados pelo sol oblíquo que se afundava sobre o mar de Tiro, pareciam ainda formosos, azuis e cheios de doçura de longe, como as ilusões do pecado. Depois tudo escureceu. Duas estrelas de um resplendor infinito apareceram – e começaram a caminhar adiante de nós para os lados de Jerusalém.

O nosso quarto, no Hotel do Mediterrâneo, em Jerusalém, com a sua abóbada caiada de branco, o chão de tijolo, semelhava uma rígida cela de rude mosteiro. Mas, fronteiro à janela, um tabique[177] delgado, revestido de papel de ramagens azuis, dividia-o doutro quarto, onde nós sentíamos uma voz fresca cantarolar a *Ballada do rei de Tule*; e aí, exalando conforto e civilização, brilhava um guarda-roupa de mogno, que eu abri, como se abre um relicário, para encerrar o meu embrulhinho bendito.

Os dois leitozinhos de ferro desapareciam sob as pregas virginais dos cortinados de cambraia branca; e ao meio havia uma mesa de pinho, onde Topsius estudava o mapa da Palestina, enquanto eu, de chinelos, passeava limando as unhas. Era a devota sexta-feira em que a cristandade comemora, enternecida, os santos mártires d'Évora. Nós tínhamos chegado nessa tarde, sob uma chuva triste e miúda, à cidade do Senhor; e de vez em quando Topsius, erguendo os óculos de cima das estradas de Galileia, contemplava-me de braços cruzados e murmurava com amizade:

– Ora está o amigo Raposo em Jerusalém!

Eu, parando ao espelho, dava um olhar às barbas crescidas, à face crestada, e murmurava também, agradado:

– É verdade, cá está o belo Raposo em Jerusalém!

E voltava, insaciado, a admirar através dos vidros baços a divina Sião. Sob a chuva melancólica erguiam-se defronte as paredes brancas dum convento silencioso, com as persianas verdes corridas, e duas

---

177. Tabique: parede feita de tábuas.

enormes goteiras de zinco a cada esquina: uma escoando-se ruidosamente sobre uma viela deserta; a outra caindo no chão mole duma horta plantada de couves, onde orneava um jumento. Desse lado, era uma vastidão infindável de telhados em terraço, lúgubres e cor de lodo, com uma cupulazinha de tijolo em forma de forno, e longas varas para secar farrapos; e quase todos decrépitos, desmantelados, misérrimos, pareciam desfazer-se na água lenta que os alagava. Do outro elevava-se uma encosta atulhada de casebres sórdidos, com verduras de quintal, esfumadas, arrepiadas na nevoa úmida; por entre eles, torcia-se uma viela esgalgada,[178] em escadinhas, onde constantemente se cruzavam frades de alpercatas sob os seus guarda-chuvas, sombrios judeus de melenas caídas, ou algum vagaroso beduíno arregaçando o seu albornoz... Por cima pesava o céu pardacento. E assim da minha janela me aparecia a velha Sião, a bem edificada, brilhante de claridade, alegria da terra, e formosa entre as cidades.

– Isto é um horror, Topsius! Bem dizia o Alpedrinha! Isto é pior que Braga, Topsius! E nem um passeio, nem um bilhar, nem um teatro! Nada! Olha que cidade para viver Nosso Senhor!

– Sim! No tempo dele era mais divertida – resmungou o meu sapiente amigo.

E logo me propôs que no domingo partíssemos para as margens do Jordão – onde o reclamavam os seus estudos sobre os Herodes. Aí eu poderia ter deleites campestres – banhando-me nas águas santas, atirando às perdizes, entre as palmeiras de Jericó. Acedi com gosto. E descemos a comer, chamados por uma sineta de convento, funerária e badalando na sombra do corredor.

O refeitório era também abobadado, com uma esteira d'esparto sobre o chão de ladrilho; e estávamos sós, o erudito investigador dos Herodes e eu, na mesa tristonha, adornada com flores de papel em vasinhos rachados. Remexendo o macarrão de uma sopa dissaborida, murmurei, sucumbido: "Jesus, Topsius, que grande maçada!". Mas uma porta de vidraça ao fundo abriu-se de leve; e logo exclamei, arrebatado: "Caramba, Topsius, que grande mulher!".

Grande, em verdade! Sólida e saudável como eu; branca, da alvura do linho muito lavado, e picada de sardas; coroada por uma massa ardente de cabelo ondeado e castanho; presa num vestido de sarja azul que os seios rijos quase faziam estalar – ela entrou, derramando um fresco cheiro de sabão Windsor e de água-de-colônia, e logo alumiou

---

178. Esgalgada: estreita, apertada.

todo o refeitório com o esplendor da sua carne e da sua mocidade... O fecundo Topsius comparou-a à fortíssima deusa Cibele.

Cibele sentou-se no topo da mesa, serena e soberba. Ao lado, fazendo ranger a cadeira com o peso dos seus amplos membros, acomodou-se um Hércules tranquilo, calvo, de espessas barbas grisalhas – que, no mero gesto de desdobrar o guardanapo, revelou a onipotência do dinheiro e o envelhecido hábito de mandar. Por um *yes* que ela murmurou compreendi que era da terra de Maricocas. E lembrava-me a inglesa do senhor barão.

Ela colocara junto ao prato um livro aberto que me pareceu ser de versos: o barbaças,[179] mastigando com o vagar majestoso dum leão, folheava também em silêncio o seu *Guia do Oriente*. E eu esquecia o meu carneiro guisado, para contemplar devoradoramente cada uma das suas perfeições. De vez em quando ela erguia a franja cerrada das suas pestanas; eu esperava com ânsia o dom desse claro e suave olhar; mas ela derramava-o pelos muros caiados, pelas flores de papel, e deixava-o recair, desinteressado e frio, sobre as páginas do seu poema.

Depois do café beijou a mão cabeluda do barbaças; e desapareceu pela porta envidraçada, levando consigo o aroma, a luz e a alegria de Jerusalém. O Hércules acendeu morosamente o cachimbo; disse ao moço que lhe mandasse "o Ibraim, o guia"; levantou-se, pesado e membrudo. Junto à porta derrubou o guarda-chuva de Topsius, do venerabilíssimo Topsius, glória da Alemanha, membro do Instituto Imperial de Escavações Históricas; e passou – sem o erguer, nem sequer baixar o olho altivo.

– Irra, bruto! – rosnei, a borbulhar de furor.

O meu douto amigo, com a sua cobardia social d'alemão disciplinado, apanhou o seu guarda-chuva e escovou-lhe o paninho, murmurando, já trêmulo, que talvez "o barbaças fosse um duque..."

– Qual duque! Para mim não há duques! Eu sou Raposo, dos Raposos do Alentejo... Rachava-o!

Mas a tarde descia – e devíamos fazer a nossa visita reverente ao sepulcro do nosso Deus. Corri ao quarto, a ornar-me com o meu chapéu alto, como prometera à titi; e penetrava no corredor quando vi Cibele abrir a porta, junto da nossa porta, e sair envolta numa capa cinzenta, com uma gorra onde alvejavam duas penas de gaivota. O coração bateu-me no delírio de uma grande esperança. Assim, era ela que cantarolava a *Balada do rei de Tule*! Assim, os nossos leitos estavam apenas separados

---

179. Barbaças: indivíduo de barba cheia, vasta.

pelo fino, frágil tabique coberto de ramarias azuis! Nem procurei as luvas pretas; desci num alvoroço, certo de que a ia encontrar no sepulcro de Jesus; e planeava já verrumar[180] no tabique um buraco, por onde o meu olho namorado pudesse ir saciar-se nas belezas do seu desalinho.

Ainda chovia, lugubremente. Apenas começamos a atolar-nos no enxurro da Via Dolorosa, entalada entre muros cor de lodo – chamei Potte para debaixo do meu guarda-chuva, perguntei-lhe se vira no hotel a minha forte e sardenta Cibele. O jucundo Potte já a admirara. E pelo Ibraim, seu compadre dileto, sabia que o barbaças era um escocês, negociante de curtumes...

– Aí está, Topsius! – gritei eu. – Negociante de curtumes... Qual duque! É uma besta! Eu rachava-o! Em coisas de dignidade sou uma fera. Rachava-o!

A filha, a das bastas tranças, dizia Potte, tinha um nome radiante de pedra preciosa: chamava-se Ruby, rubim. Amava os cavalos, era arrojada; na Alta Galileia, donde vinham, matara uma águia negra...

– Ora aqui têm os cavalheiros a casa de Pilatos...

– Deixa lá a casa de Pilatos, homem! Importa-me bem com Pilatos! E então que diz mais o Ibraim? Desembucha, Potte!

Ali a Via Dolorosa estreitava-se, abobadada, como um corredor de catacumba. Dois mendigos chaguentos roíam cascas de melões, assapados[181] na lama e grunhindo. Um cão uivava. E o risonho Potte contava-me que o Ibraim vira muitas vezes *miss* Ruby enlevada na beleza dos homens da Síria: de noite, à porta da tenda, enquanto o papá cervejava, ela dizia versos baixinho, olhando para a palpitação das estrelas. Eu pensava: "Caramba! Tenho mulher!".

– Ora aqui estão os cavalheiros diante do Santo Sepulcro...

Fechei o meu guarda-chuva. Ao fundo de um adro, de lajes descoladas, erguia-se a fachada duma igreja, caduca, triste, abatida, com duas portas em arco: uma tapada já a pedregulho e cal, como supérflua; a outra timidamente, medrosamente entreaberta. E aos flancos débeis deste templo soturno manchado de tons de ruína, colavam-se duas construções desmanteladas, do rito latino e do rito grego – como filhas apavoradas que a morte alcançou, e que se refugiam ao seio da mãe, meio morta também e já fria.

Calcei então as minhas luvas pretas. E imediatamente, um bando voraz de homens sórdidos envolveu-nos com alarido, oferecendo relíquias, rosários, cruzes, escapulários, bocadinhos de tábuas aplainadas

---

180. Verrumar: fazer furo com uma verruma, espécie de broca.
181. Assapados: abaixados; agachados.

por são José, medalhas, bentinhos, frasquinhos de água do Jordão, círios, ágnus-dei, litografias da Paixão, flores de papel feitas em Nazaré, pedras benzidas, caroços d'azeitona do monte Olivete, e túnicas "como usava a Virgem Maria!". E à porta do sepulcro de Cristo, onde a titi me recomendara que entrasse de rastos, gemendo e rezando a coroa, tive de esmurrar um malandrão de barbas de ermita, que se dependurara da minha rabona, faminto, rábido, ganindo que lhe comprássemos boquilhas[182] feitas de um pedaço da arca de Noé!

— Irra, caramba, larga-me, animal!

E foi assim, praguejando, que me precipitei, com o guarda-chuva a pingar, dentro do santuário sublime onde a cristandade guarda o túmulo do seu Cristo. Mas logo estaquei, surpreendido, sentindo um delicioso e grato aroma de tabaco da Síria. Num amplo estrado, afofado em divã, com tapetes da Caramânia e velhas almofadas de seda, reclinavam-se três turcos, barbudos e graves, fumando longos cachimbos de cerejeira. Tinham dependurado na parede as suas armas. O chão estava negro dos seus escarros. E, diante, um servo em farrapos esperava, com uma taça fumegante de café na palma de cada mão.

Pensei que o catolicismo, previdente, estabelecera à porta do lugar divino uma loja de bebidas e águas-ardentes, para conforto dos seus romeiros. Disse baixo a Potte:

— Grande ideia! Parece-me que também vou tomar um cafezinho!

Mas logo o festivo Potte me explicou que esses homens sérios, de cachimbo, eram soldados muçulmanos policiando os altares cristãos, para impedir que em torno ao mausoléu de Jesus se dilacerem por superstição, por fanatismo, por inveja de alfaias, os sacerdócios rivais que ali celebram os seus ritos rivais — católicos como o padre Pinheiro, gregos ortodoxos para quem a cruz tem quatro braços, abissínios e armênios, coptas[183] que descendem dos que outrora em Mênfis adoravam o boi Ápis, nestorianos que vêm da Caldeia, georgianos que vêm do mar Cáspio, maronitas que vêm do Líbano — todos cristãos, todos intolerantes, todos ferozes!... Então saudei com gratidão esses soldados de Maomé que, para manter o recolhimento piedoso em torno do Cristo morto, serenos e armados velam à porta, fumando.

Logo à entrada paramos diante duma lápide quadrada, incrustada nas lajes escuras, tão polida e reluzindo com um tão doce brilho de nácar que parecia a água quieta dum tanque onde se refletiam as luzes das lâmpadas. Potte puxou-me a manga, lembrou-me que era costume

---

182. Boquilhas: parte do cachimbo onde se coloca a boca.
183. Coptas: cristãos pertencentes à igreja ortodoxa egípcia.

beijar aquele pedaço de rocha, santa entre todas, que outrora, no jardim de José de Arimateia...

– Bem sei, bem sei... Beijo, Topsius?

– Vá beijando sempre – disse-me o prudente historiógrafo dos Herodes. Não se lhe pega nada; e agrada à senhora sua tia.

Não beijei. Em fila e calados, penetramos numa vasta cúpula, tão esfumada no crepúsculo que o círculo de frestas redondas na cimalha[184] brilhava apenas, palidamente, como um aro de pérolas em torno de uma tiara; as colunas que a sustentavam, finas e juntas como as lanças duma grade, riscavam a sombra em redor – cada uma picada pela mancha vermelha e mortal duma lâmpada de bronze. Ao centro do lajedo[185] sonoro elevava-se, espelhado e branco, um mausoléu de mármore – com lavores e com florões; um velho pano de damasco cobria-o como um toldo, recamado de bordados d'ouro esvaído; e duas alas de tocheiros faziam-lhe uma avenida de lumes funerários até à porta, estreita como uma fenda, tapada por um trapo cor de sangue. Um padre armênio que desaparecia sob o seu amplo manto negro, sob o capuz descido, incensava-o, dormente e mudamente.

Potte puxou-me outra vez pela manga:

– O túmulo!

Oh minha alma piedosa! Oh titi! Aí estava pois, ao alcance dos meus lábios, o túmulo do meu Senhor! E imediatamente rompi como um rafeiro,[186] por entre a turba ruidosa de frades e peregrinos, a buscar um rosto gordinho e sardento e uma gorra com penas de gaivota! Longamente, errei estonteado... Ora esbarrava num franciscano cingido na sua corda d'esparto; ora me arredava diante dum padre copta, deslizando como uma sombra tênue, precedido por serventes que tangiam as pandeiretas[187] sagradas do tempo d'Osíris. Aqui topava num montão de roupagens brancas, caído nas lajes como um fardo, donde se escapavam gemidos de contrição; adiante tropeçava num negro, todo nu, estirado ao pé duma coluna, dormindo placidamente. Por vezes o clamor sacro dum órgão ressoava, rolava pelos mármores da nave, morria com um sussurro de vaga espraiada; e logo mais longe um canto armênio, trêmulo e ansioso, batia os muros austeros como a palpitação das asas duma ave presa que quer fugir para a luz. Junto dum altar apartei dois gordos sacristães, um grego, outro latino, que se tratavam furiosamente

---

184. Cimalha: cornija; moldura na parte superior de um edifício.
185. Lajedo: o mesmo que lajeado.
186. Rafeiro: aquele que se mostra importuno.
187. Pandeiretas: pequenos pandeiros.

de "birbantes",[188] esbraseados, cheirando a cebola; e fui d'encontro a um balido de romeiros russos de grenhas hirsutas, vindos decerto do Cáspio, com os pés doloridos embrulhados em trapos, que não ousavam mover-se, enleados de terror divino, torcendo o barrete de feltro entre as mãos, donde lhes pendiam grossos rosários de vidro. Crianças, em farrapos, brincavam na escuridão das arcarias;[189] outras pediam esmola. O aroma do incenso sufocava; e padres de cultos rivais puxavam-me pela rabona para me mostrarem relíquias rivais, heroicas ou divinas – uns as esporas de Godofredo, outros um pedaço da cana verde.

Atordoado, enfileirei-me numa procissão penitente – onde eu julgara entrever, brancas, altivas, entre véus pretos d'arrependimento, as duas penas de gaivota. Uma carmelita, à frente, resmungava a ladainha, detendo-nos a cada passo, arrebanhados num assombro devoto, à porta de capelas cavernosas, dedicadas à Paixão – a do Impropério, onde o Senhor foi flagelado; a da Túnica, onde o Senhor foi despido. Depois subimos, de tochas na mão, uma escadaria tenebrosa, escavada na rocha... E subitamente todo o tropel devoto se atirou de rojo, ululando, carpindo, gemendo, flagelando os peitos, clamando pelo Senhor, lúgubre e delirante. Estávamos sobre a Pedra do Calvário.

Em torno a capela que a abriga resplandecia com um luxo sensual e pagão. No teto azul-ferrete brilhavam sóis de prata, signos do zodíaco, estrelas, asas d'anjos, flores de púrpura; e, dentre este fausto sideral, pendiam de correntes de pérolas os velhos símbolos da fecundidade, os ovos de avestruz, ovos sacros d'Astarte e de Baco d'ouro. Sobre o altar elevava-se uma cruz vermelha com um Cristo tosco pintado a ouro – que parecia vibrar, viver através do fulgor difuso dos molhos de lumes, da faiscação das alfaias, do fumo dos aromáticos ardendo em taças de bronze. Globos espelhados, pousando sobre peanhas d'ébano, refletiam as joias dos retábulos, a refulgência[190] das paredes revestidas de jaspe, de nácar e de ágata. E no chão, em meio deste clarão precioso de pedraria e luz, emergindo dentre as lajes de mármore branco, destacava um bocado de rocha bruta e brava com uma fenda alargada e polida por longos séculos de beijos e de afagos beatos. Um arquidiácono grego, de barbas esquálidas, gritou: "Nesta rocha foi cravada a cruz! A cruz! A cruz! *Miserere!*[191] *Kyrie eleison!*[192] Cristo! Cristo!". As rezas precipitaram-se,

---

188. Birbantes: vagabundos, vadios.
189. Arcarias: conjuntos de arcos que sustentam um pórtico de um edifício.
190. Refulgência: resplendor.
191. *Miserere*: oração de apelo à piedade.
192. *Kyrie eleison!*: "Senhor, tende piedade!".

mais ardentes, entre soluços. Um cântico dolente balançava-se, ao ranger dos incensadores. *Kyrie eleison*! *Kyrie eleison*! E os diáconos perpassavam rapidamente, sofregamente, com vastos sacos de veludo, onde tilintavam, se afundavam, se sumiam as oferendas dos simples.

Fugi, aturdido e confuso. O sábio historiador dos Herodes passeava no adro, sob o seu guarda-chuva, respirando o ar úmido. De novo nos acometeu o bando esfaimado dos vendilhões de relíquias. Repeli-os rudemente: e saí do santo lugar como entrara – em pecado e praguejando.

No hotel, Topsius recolheu logo ao quarto a registrar as suas impressões do sepulcro de Jesus; eu fiquei no pátio cervejando e cachimbando com o aprazível Potte. Quando subi, tarde, o meu esclarecido amigo já ressonava, com a vela acesa – e com um livro aberto sobre o leito, um livro meu, trazido de Lisboa para me recrear no país do Evangelho, o *Homem dos três calções*. Descalçando os botins, sujos da lama venerável da Via Dolorosa, eu pensava na minha Cibele. Em que sacratíssimas ruínas, sob que árvores divinizadas por terem dado sombra ao Senhor passara ela essa tarde nevoenta de Jerusalém? Fora ao vale do Cédron? Fora ao branco túmulo de Raquel?...

Suspirei, amoroso e moído; e abria os lençóis bocejando – quando distintamente, através do tabique fino, senti um ruído d'água despejada numa banheira. Escutei, alvoroçado; e logo nesse silêncio negro e magoado que sempre envolve Jerusalém, me chegou, perceptível, o som leve duma esponja arremessada na água. Corri, colei a face contra o papel de ramagens azuis. Passos brandos e nus pisavam a esteira que recobria o ladrilho de tijolo; e a água rumorejou, como agitada por um doce braço despido que lhe experimentava o calor. Então, abrasado, fui ouvindo todos os rumores íntimos de um longo, lento, lânguido banho: o espremer da esponja; o fofo esfregar da mão cheia de espuma de sabão; o suspiro lasso[193] e consolado do corpo que se estira sob a carícia da agua tépida, tocada duma gota de perfume... A testa, túmida[194] de sangue, latejava-me; e percorria desesperadamente o tabique, procurando um buraco, uma fenda. Tentei verrumá-lo com a tesoura; as pontas finas quebraram-se na espessura da caliça...[195] Outra vez a água cantou, escoando da esponja – e eu, tremendo todo, julgava ver as gotas vagarosas a escorrer entre o rego desses seios duros e brancos que faziam estalar o vestido de sarja...

Não resisti: descalço, em ceroulas, saí ao corredor adormecido; e cravei à fechadura da sua porta um olho tão esbugalhado, tão ardente, que quase

---

193. Lasso: frouxo, bambo.
194. Túmida: voluptuosa.
195. Caliça: reboco; argamassa que cobre uma superfície.

receava feri-la com a devorante chama do seu raio sanguíneo... Enxerguei num círculo de claridade uma toalha caída na esteira, um roupão vermelho, uma nesga do alvo cortinado do seu leito. E assim agachado, com bagas de suor no pescoço, esperava que ela atravessasse, nua e esplêndida, nesse disco escasso de luz – quando senti de repente, por trás, uma porta ranger, um clarão banhar a parede. Era o barbaças, em mangas de camisa, com o seu castiçal na mão! E eu, misérrimo Raposo, não podia escapar. Dum lado estava ele, enorme. Do outro o topo do corredor, maciço.

Vagarosamente, calado, com método, o Hércules pousou a vela no chão, ergueu a sua rude bota de duas solas, e desmantelou-me as ilhargas... Eu rugi: "Bruto!". Ele ciciou: "Silêncio!". E outra vez, tendo-me ali acercado contra o muro, a sua bota bestial e de bronze me malhou tremendamente quadris, nádegas, canelas, a minha carne toda, bem-cuidada e preciosa! Depois, tranquilamente, apanhou o seu castiçal. Então eu, lívido, em ceroulas, disse-lhe com imensa dignidade:

– Sabe o que lhe vale, seu bife? É estarmos aqui ao pé do túmulo do Senhor, e eu não querer dar escândalos por causa de minha tia... Mas se estivéssemos em Lisboa, fora de portas, num sítio que eu cá sei, comia-lhe os fígados! Nem você sabe de que se livrou. Vá com esta, comia-lhe os fígados!

E muito digno, coxeando, voltei ao quarto a fazer pacientes fricções d'arnica. Assim eu passei a minha primeira noite em Sião.

Ao outro dia cedo o profundo Topsius foi peregrinar ao monte das Oliveiras, à fonte clara de Siloé. Eu, dorido, não podendo montar a cavalo, fiquei no sofá de riscadinho com o *Homem dos três calções*. E até para evitar o afrontoso barbaças não desci ao refeitório, pretextando tristeza e langor. Mas ao mergulhar o sol no mar de Tiro, estava restabelecido e vivaz; Potte preparara para essa noite uma festividade sensual em casa da Fatmé, matrona bem acolhedora, que tinha no Bairro dos Armênios um doce pombal de pombas; e nós íamos lá contemplar a gloriosa bailadeira da Palestina, a "Flor de Jericó", a saracotear essa dança da abelha, que esbraseia os mais frios e deprava os mais puros...

A recatada portinha da Fatmé, ornada dum pé de vinha seca, abria-se ao canto dum muro negro junto à Torre de Davi. Fatmé esperava-nos, majestosa e obesa, envolta em véus brancos, com fios de corais entre as tranças, os braços nus – tendo cada um a cicatriz escura de um bubão de peste. Tomou-me submissamente a mão, levou-a à testa oleosa, levou-a aos lábios empastados d'escarlate, e conduziu-me em cerimônia defronte duma cortina preta, franjada d'ouro como o pano dum esquife. E eu estremeci, ao penetrar enfim nos segredos deslumbradores dum serralho mudo e cheirando a rosa.

Era uma sala caiada de fresco, com sanefas de algodão vermelho encimando a gelosia; e ao longo das paredes corria um divã amassado, revestido de seda amarela, com remendos de seda mais clara. Num bocado de tapete da Pérsia pousava um braseiro de latão, apagado, sob o montão de cinzas; aí ficara esquecido um pantufo de veludo, estrelado de lentejoulas. Do teto de madeira alvadia, onde se alastrava uma nódoa de umidade, pendia de duas correntes enfeitadas de borlas um candeeiro de petroline. Um bandolim dormia a um canto, entre almofadas. No ar morno errava um cheiro adocicado e mole a mofo e a benjoim.[196] Pelos ladrilhos, por baixo dos poiais da gelosia, corriam carochas.[197]

Sentei-me sisudamente ao lado do historiador dos Herodes. Uma negra de Dongola, encamisada de escarlate, com braceletes de prata a tilintar nos braços, veio oferecer-nos um café aromático; e quase imediatamente Topsius apareceu, descorçoado, dizendo que não podíamos saborear a famosa dança da abelha! A "Rosa de Jericó" fora bailar diante de um príncipe de Alemanha, chegado nessa manhã a Sião, a adorar o túmulo do Senhor. E Fatmé apertava com humildade o coração, invocava Alá, dizia-se nossa escrava! Mas era uma fatalidade! A Rosa de Jericó fora para o príncipe louro que viera, com cavalos e com plumas, do país dos germanos!...

Eu, despeitado, observei que não era um príncipe; mas minha tia tinha luzidas riquezas: os Raposos primavam pelo sangue no fidalgo Alentejo. Se Flor de Jericó estava ajustada para regozijar meus olhos católicos, era uma desconsideração tê-la cedido ao romeiro couraçado que viera da herege Alemanha...

O erudito Topsius resmungou, alçando o bico com petulância, que a Alemanha era a mãe espiritual dos povos...

– O brilho que sai do capacete alemão, dom Raposo, é a luz que guia a humanidade!

– Sebo para o capacete! A mim ninguém me guia! Eu sou Raposo, dos Raposos do Alentejo!... Ninguém me guia senão Nosso Senhor Jesus Cristo... E em Portugal há grandes homens! Há Afonso Henriques, há o Herculano... Sebo!

Ergui-me, medonho. O sapientíssimo Topsius tremia, encolhido. Potte acudiu:

– Paz, cristãos e amigos, paz!

Topsius e eu reencruzamo-nos logo no divã – tendo apertado as mãos, galhardamente e com honra.

---

196. Benjoim: resina aromática usada na fabricação de incenso.
197. Carochas: besouros da família dos carabídeos.

Fatmé, no entanto, jurava que Alá era grande e que ela era a nossa escrava. E, se nós a quiséssemos mimosear com sete piastras[198] d'ouro, ela em compensação da Rosa de Jericó oferecia-nos uma joia inapreciável, uma circassiana,[199] mais branca que a lua cheia, mais airosa que os lírios que nascem em Galgalá.

– Venha a circassiana! – gritei, excitado. – Caramba, eu vim aos santos lugares para me refocilar... Venha a circassiana! Larga as piastras, Potte! Irra! Quero regalar a carne!

Fatmé saiu, recuando; o festivo Potte reclinou-se entre nós, abrindo a sua bolsa perfumada de tabaco de Alepo. Então, uma portinha branca, sumida no muro caiado, rangeu a um canto, de leve; e uma figura entrou, velada, vaga, vaporosa. Amplos calções turcos de seda carmesim tufavam com languidez, desde a sua cinta ondeante até aos tornozelos, onde franziam, fixos por uma liga d'ouro; os seus pezinhos mal pousavam, alvos e alados, nos chinelos de marroquim amarelo; e através do véu de gaze que lhe enrodilhava a cabeça, o peito e os braços, brilhavam recamos[200] d'ouro, centelhas de joias, e as duas estrelas negras dos seus olhos. Espreguicei-me, túmido de desejo.

Por trás dela Fatmé, com a ponta dos dedos, ergueu-lhe o véu devagar, devagar – e dentre a nuvem de gaze surgiu um carão cor de gesso, escaveirado e narigudo, com um olho vesgo, e dentes podres que negrejavam no langor néscio do sorriso... Potte pulou do divã, injuriando Fatmé; ela gritava por Alá, batendo nos seios, que soavam molemente como odres mal cheios.

E desapareceram, assanhados, levados numa rajada de ira. A circassiana, requebrando-se, com o seu sorriso pútrido, veio estender-nos a mão suja, a pedir "presentinhos" num tom rouco d'aguardente. Repeli-a com nojo. Ela coçou um braço, depois a ilharga; apanhou tranquilamente o seu véu, e saiu arrastando as chinelas.

– Oh Topsius! – rosnei eu. – Isto parece-me uma grande infâmia!

O sábio fez considerações sobre a voluptuosidade. Ela é sempre enganadora. Debaixo do sorriso luminoso está o dente cariado. Dos beijos humanos só resta o amargor. Quando o corpo se extasia, a alma entristece...

– Qual alma! Não há alma! O que há é um eminentíssimo desaforo! Na rua do Arco do Bandeira, esta Fatmé tinha já dois murros na bochecha... Irra!

---

198. Piastras: moedas de prata de valor diferente em alguns países.
199. Circassiana: proveniente da Circássia, região às margens do mar Negro.
200. Recamos: adornos.

Sentia-me feroz, com desejos de escavacar[201] o bandolim... Mas Potte reapareceu, cofiando os bigodões, dizendo que por mais nove piastras d'ouro Fatmé consentia em mostrar a sua secreta maravilha, uma virgem das margens do Nilo, da Alta Núbia, bela como a noite mais bela do Oriente. E ele vira-a, afiançava-a, valia o tributo duma fértil província.

Frágil e liberal, cedi. Uma a uma, as nove piastras d'ouro tiniram na mão gordufa de Fatmé.

De novo a porta caiada rangeu, ficou cerrada – e, sobre o tom alvaiado, destacou, na sua nudez cor de bronze, uma esplêndida fêmea, feita como uma Vênus. Durante um momento parou, muda, assustada pela luz e pelos homens, roçando os joelhos lentamente. Uma tanga branca cobria-lhe os flancos possantes e ágeis; os cabelos hirsutos, lustrosos d'óleo, com cequins d'ouro entrelaçados, caíam-lhe sobre o dorso, como uma juba selvagem; um fio solto de contas de vidro azul enroscava-se-lhe em torno do pescoço e vinha escorregar por entre o rego dos seios rijos, perfeitos e de ébano. De repente soltou convulsamente, repicando a língua, uma ululação desolada: "Lu! lu! lu! lu! lu!". Atirou-se de bruços para o divã; e estirada, na atitude duma esfinge, ficou dardejando sobre nós, séria e imóvel, os seus grandes olhos tenebrosos.

– Hein? – dizia Potte, acotovelando-me. – Veja-lhe o corpo... Olhe os braços! Olhe a espinha como arqueia! É uma pantera!

E Fatmé, de olhos em alvo, chilreava beijos na ponta dos dedos – exprimindo os deleites transcendentes que devia dar o amor daquela núbia... Certo, pela persistência do seu olhar, que as minhas barbas fortes a tinham cativado, desenrosquei-me do divã, fui-me acercando, devagar, como para uma presa certa. Os seus olhos alargavam-se, inquietos e faiscantes. Gentilmente, chamando-lhe "minha lindinha", acariciei-lhe o ombro frio; e logo ao contato da minha pele branca a núbia recuou, arrepiada, com um grito abafado de gazela ferida. Não gostei. Mas quis ser amável. Disse-lhe paternalmente:

– Ah! se tu conhecesses a minha pátria!... E olha que sou capaz de te levar! Em Lisboa é que é! Vai-se ao Dafundo, ceia-se no Silva... Isto aqui é uma choldra! E as raparigas como tu são bem tratadas, dá-se-lhes consideração, os jornais falam delas, casam com proprietários...

Murmurava-lhe ainda outras coisas profundas e doces. Ela não compreendia o meu falar; e nos seus olhos esgazeados flutuava a longa

---

201. Escavacar: partir; destruir; deixar em pedaços.

saudade da sua aldeia da Núbia, dos rebanhos de búfalos que dormem à sombra das tamareiras, do grande rio que corre eterno e sereno entre as ruínas das religiões e os túmulos das dinastias...

Imaginando então despertar o seu coração com a chama do meu, puxei-a para mim lascivamente. Ela fugiu; encolheu-se toda a um canto, a tremer; e deixando cair a cabeça entre as mãos começou a chorar, longamente.

– Olha que maçada! – gritei, embaçado.

E agarrei o capacete, abalei, esgaçando quase no meu furor o pano preto franjado d'ouro. Paramos numa cela ladrilhada onde cheirava mal. E aí bruscamente foi entre Potte e a nédia matrona uma bulha ferina sobre a paga daquela radiante festa do Oriente; ela reclamava mais sete piastras d'ouro; Potte, de bigode erriçado, cuspia-lhe injúrias em árabe, rudes e chocando-se como calhaus[202] que se despenham num vale. E saímos daquele lugar de deleite perseguidos pelos gritos de Fatmé, que se babava de furor, agitava os braços marcados da peste e nos amaldiçoava, e a nossos pais, e aos ossos de nossos avós, e a terra que nos gerara, e o pão que comíamos, e as sombras que nos cobrissem! Depois na rua negra dois cães seguiram-nos muito tempo, ladrando lugubremente.

Entrei no Hotel do Mediterrâneo, afogado em saudades da minha terra risonha; os gozos de que me via privado nesta lôbrega,[203] inimiga Sião faziam-me ansiar mais inflamadamente pelos que me daria a fácil, amorável Lisboa, quando, morta a titi, eu herdasse a bolsa sonora de seda verde!... Lá não encontraria, nos corredores adormecidos, uma bota severa e bestial! Lá nenhum corpo bárbaro fugiria, com lágrimas, à carícia dos meus dedos. Dourado pelo ouro da titi, o meu amor não seria jamais ultrajado, nem a minha concupiscência jamais repelida. Ah! meu Deus! Assim eu lograsse pela minha santidade cativar a titi!... E logo, abancando, escrevi à hedionda senhora esta carta terníssima:

> Querida titi do meu coração! Cada vez me sinto com mais virtude. E atribuo-a ao agrado com que o Senhor está vendo esta minha visita ao seu santo túmulo. De dia e de noite passo o tempo a meditar a sua divina Paixão e a pensar na titi. Agora mesmo venho da Via Dolorosa. Ai, que enternecedora que estava! É uma rua tão benta, tão benta, que até tenho escrúpulo de a pisar com os botins; e noutro dia não me contive, agachei-me, beijei-lhe as ricas pedrinhas! Esta noite passei-a quase toda a rezar

---

202. Calhaus: fragmentos de rocha sólida.
203. Lôbrega: escura, sombria.

à Senhora do Patrocínio que todo o mundo aqui em Jerusalém respeita muitíssimo. Tem um altar muito lindo; ainda que a este respeito bem razão tinha a minha boa tia (como tem razão em tudo) quando dizia que lá para festas e procissões não há como os nossos portugueses. Pois esta noite, assim que ajoelhei diante da capela da Senhora, depois de seis salve-rainhas, voltei-me para a bela imagem e disse-lhe: "Ai, quem me dera saber como está minha tia Patrocínio!". E quer a titi acreditar? Pois olhe, a Senhora com a sua divina boca disse-me, palavras textuais, que até, para não me esquecerem, as escrevi no punho da camisa: "A minha querida afilhada vai bem, Raposo, e espera fazer-te feliz!". E isto não é milagre extraordinário, porque me contam aqui todas as famílias respeitáveis com quem vou tomar chá que a Senhora e seu divino Filho dirigem sempre algumas palavras bonitas a quem os vem visitar. Saberá que já lhe obtive certas relíquias, uma palhinha do presépio, e uma tabuinha aplainada por são José. O meu companheiro alemão, que, como mencionei à titi na minha carta de Alexandria, é de muita religião e muito sábio, consultou os livros que traz e afirmou-me que a tabuinha era das mesmas que, segundo está provado, são José costumava aplainar nas horas vagas. Enquanto à grande relíquia, aquela que lhe quero levar para a curar de todos os seus males e dar a salvação à sua alma e pagar-lhe assim tudo o que lhe devo, *essa espero em breve obtê-la*. Mas por ora não posso dizer nada... Recados aos nossos amigos em quem penso muito e por quem tenho rezado constantemente; sobretudo ao nosso virtuoso Casimiro. E a titi deite a sua bênção ao seu sobrinho fiel e que muito a venera e está chupadinho de saudades e deseja a sua saúde – Teodorico.

P. S.: Ai, titi, que asco que me fez hoje a casa de Pilatos! Até lhe escarrei! E cá disse à Santa Verônica que a titi tinha muita devoção com ela. Pareceu-me que a senhora santa ficou muito regalada... É o que eu digo aqui a todos estes eclesiásticos e aos patriarcas[204] – é necessário conhecer-se a titi para se saber o que é virtude!

Antes de me despir, fui escutar, colada a orelha ao tabique de ramagens. A inglesa dormia serena, insensível; eu resmunguei brandindo para lá o punho fechado:

– Besta!

Depois abri o guarda-roupa, tirei o dileto embrulho da camisinha da Mary, depus nele o meu beijo repenicado e grato.

Cedo, ao alvorar do outro dia, partimos para o devoto Jordão.

---

204. Patriarcas: dentro do sistema de organização dos hebreus, líderes de famílias que exerciam a função de chefes militares, sacerdotes e líderes políticos.

Fastidiosa, modorrenta, foi a nossa marcha entre as colinas de Judá! Elas sucedem-se, lívidas, redondas como crânios, ressequidas, escalvadas por um vento de maldição; só a espaços nalguma encosta rasteja um tojo[205] escasso, que na vibração inexorável da luz parece de longe um bolor de velhice e de abandono. O chão faísca, cor de cal. O silêncio radiante entristece como o que cai da abóboda de um jazigo. No fulgor duro do céu rondava em torno a nós, lento e negro, um abutre... Ao declinar do sol erguemos as nossas tendas nas ruínas de Jericó.

Saboroso foi então descansar sobre macios tapetes, bebendo devagar limonada, na doçura da tarde. A frescura de um riacho alegre, que chalrava junto ao nosso acampamento por entre arbustos silvestres, misturava-se ao aroma da flor que eles davam, amarela como a da giesta; adiante verdejava um prado de ervas altas, avivado pela brancura de vaidosos, lânguidos lírios; junto d'água passeavam aos pares pensativas cegonhas. Do lado de Judá erguia-se o monte da Quarentena, torvo, fusco na sua tristeza de eterna penitência; e para as bandas de Moabe os meus olhos perdiam-se na velha, sagrada terra de Canaã, areal cinzento e desolado que se estende, como a alva mortalha duma raça esquecida, até às solidões do mar Morto.

Fomos, ao alvorecer, com os alforjes fornidos, fazer essa votiva romaria. Era então em dezembro; esse inverno da Síria ia transparentemente doce; e trotando pela areia fina ao meu lado, o erudito Topsius contava-me como esta planície de Canaã fora outrora toda coberta de rumorosas cidades, de brancos caminhos entre vinhedos, e d'águas de rega refrescando os muros das eiras; as mulheres, toucadas d'anêmonas, pisavam a uva cantando; o perfume dos jardins era mais grato ao céu que o incenso; e as caravanas que entravam no vale pelo lado de Segor achavam aqui a abundância do rico Egito – e diziam que era este em verdade o vergel[206] do Senhor.

Depois, acrescentava Topsius sorrindo com infinito sarcasmo, um dia o Altíssimo aborreceu-se e arrasou tudo!

– Mas por quê? Por quê?

– Birra; mau humor; ferocidade...

Os cavalos relincharam sentindo a vizinhança das águas malditas – e bem depressa elas apareceram, estendidas até às montanhas de Moabe, imóveis, mudas, faiscando solitárias sob o céu solitário. Oh tristeza incomparável! E compreende-se que pesa ainda sobre elas a cólera do Senhor, quando se considera que ali jazem, há tantos séculos

---

205. Tojo: arbusto da família das leguminosas.
206. Vergel: jardim.

– sem uma recreável vila como Cascais; sem claras barracas de lona alinhadas à sua beira; sem regatas, sem pescas; sem que senhoras, meigas e de galochas, lhe recolham poeticamente as conchinhas na areia; sem que as alegrem, à hora das estrelas, as rebecas de uma assembleia toda festiva e com gás – ali mortas, enterradas entre duras serras como entre as cantarias de um túmulo.

– Além era a cidadela de Maqueros – disse gravemente o erudito Topsius, alçado sobre os estribos, alongando o guarda-sol para a costa azulada do mar. – Ali viveu um dos meus Herodes, Antipas, o tetrarca da Galileia, filho de Herodes o Grande; ali, dom Raposo, foi degolado o Batista.

E seguindo a passo para o Jordão (enquanto o alegre Potte nos fazia cigarros do bom tabaco de Alepo) Topsius contou-me essa lamentável história. Maqueros, a mais altiva fortaleza da Ásia, erguia-se sobre pavorosos rochedos de basalto. As suas muralhas tinham cento e cinquenta covados de altura; as águias mal podiam chegar até onde subiam as suas torres. Por fora era toda negra e soturna; mas dentro resplandecia de marfins, de jaspes, de alabastros;[207] e nos profundos tetos de cedro os largos broquéis de ouro suspensos faziam como as constelações dum céu de verão. No centro da montanha, num subterrâneo, viviam as duzentas éguas de Herodes, as mais belas da terra, brancas como o leite, com crinas negras como o ébano, alimentadas a bolos de mel, e tão ligeiras que podiam correr, sem lhes macular a pureza, por sobre um prado de açucenas. Depois, mais fundo ainda, num cárcere, jazia Iokanaan – que a Igreja chama o Batista.

– Mas então, esclarecido amigo, como foi essa desgraça?

– Pois foi assim, dom Raposo... O meu Herodes conhecera em Roma Herodíade, sua sobrinha, esposa de seu irmão Filipe, que vivia na Itália, indolente e esquecido da Judeia, gozando o luxo latino. Era esplendidamente, sombriamente bela, Herodíade!... Antipas Herodes arrebata-a numa galera para a Síria; repudia sua mulher, uma moabita[208] nobre, filha do rei Aretas, que governava o deserto e as caravanas; e fecha-se incestuosamente com Herodíade nessa cidadela de Maqueros. Cólera em toda a devota Judeia contra este ultraje à lei do Senhor! E então Antipas Herodes, arteiro, manda buscar o Batista que pregava no vão do Jordão...

– Mas para quê, Topsius?

---

207. Alabastros: variedades de gipsita branca.
208. Moabita: pertencente ao reino de Moabe, localizado a leste do rio Jordão e datado dos tempos bíblicos.

— Pois para isto, dom Raposo... A ver se o rude profeta, acariciado, amimado, amolecido pelo louvor e pelo bom vinho de Siquém, aprovava estes negros amores, e pela persuasão da sua voz, dominante em Judeia e Galileia, os tornava aos olhos dos fiéis brancos como a neve do Carmelo. Mas, desgraçadamente, dom Raposo, o Batista não tinha originalidade. Santo respeitável, sim; mas nenhuma originalidade... O Batista imitava em tudo servilmente o grande profeta Elias; vivia num buraco como Elias; cobria-se de peles de feras como Elias; nutria-se de gafanhotos como Elias; repetia as imprecações clássicas de Elias — e como Elias clamara contra o incesto de Acab, logo o Batista trovejou contra o incesto de Herodíade. Por imitação, dom Raposo!

— E emudeceram-no com a masmorra!

— Qual! Rugiu pior, mais terrivelmente! E Herodíade escondia a cabeça no manto para não ouvir esse clamor de maldição, saído do fundo da montanha.

Eu balbuciei, com uma lágrima a amolentar-me a pálpebra:

— E Herodes mandou então degolar o nosso bom são João!

— Não! Antipas Herodes era um frouxo, um tíbio... Muito lúbrico, dom Raposo, infinitamente lúbrico, dom Raposo! Mas que indecisão!... Além disso, como todos os galileus, tinha uma secreta fraqueza, uma irremediável simpatia por profetas. E depois arreceava a vingança de Elias, o patrono, o amigo d'Iokanaan... Porque Elias não morreu, dom Raposo. Habita o céu, vivo, em carne, ainda coberto de farrapos, implacável, vociferador e medonho...

— Safa! — murmurei, arrepiado.

— Pois aí está... Iokanaan ia vivendo, ia rugindo. Mas sinuoso e sutil é o ódio da mulher, dom Raposo. Chega, no mês de *shevat*, o dia dos anos de Herodes. Há um vasto festim em Maqueros, a que assistia Vitélio, então viajando na Síria. Dom Raposo lembra-se do crasso Vitélio que depois foi senhor do mundo... Pois à hora em que pelo cerimonial das províncias tributárias se bebia à saúde de César e de Roma, entra subitamente na sala, ao som dos tamborinos e dançando à maneira de Babilônia, uma virgem maravilhosa. Era Salomé, a filha de Herodíade e de seu marido Filipe, que ela educara secretamente em Cesareia, num bosque, junto do Templo de Hércules. Salomé dançou, nua e deslumbrante. Antipas Herodes, inflamado, estonteado de desejo, promete dar tudo o que ela pedisse pelo beijo dos seus lábios... Ela toma um prato d'ouro e, tendo olhado a mãe, pede a cabeça do Batista. Antipas, aterrado, oferece-lhe a cidade de Tiberíades, tesouros, as cem aldeias de Genesaré... Ela sorriu, olhou a mãe, e outra vez, incerta e gaguejando, pediu a cabeça de Iokanaan... Então todos os convivas, saduceus,[209] escribas, homens ricos da Decápole, mesmo Vitélio e os romanos, gritaram alegremente: "Tu prometeste, tetrarca, tu juraste, tetrarca!". Momentos depois, dom Raposo, um negro da Idumeia entrou, trazendo numa das mãos um alfange, na outra presa pelos cabelos a cabeça do profeta. E assim acabou são João, por quem se canta e se queimam fogueiras numa doce noite de junho...

Escutando, embevecidos e a passo, estas coisas tão antigas, avistamos ao longe, na areia fulva, uma sebe de verdura triste e da cor do bronze. Potte gritou: "O Jordão! O Jordão!". E arrebatadamente galopamos para o rio da Escritura.

O festivo Potte conhecia, à beira da corrente batismal, um sítio deleitosíssimo para uma sesta cristã; e aí passamos as horas quentes, recostados num tapete, lânguidos, e bebendo cerveja, depois de bem esfriada nas águas do rio santo. Ele faz ali um claro, suave remanso, a repousar da lenta, abrasada jornada que traz, através do deserto, desde o lago de Galileia; e antes de mergulhar para sempre no amargor do mar Morto – ali preguiça, espraiado sobre a areia fina; canta baixo e cheio de transparência, rolando os seixos lustrosos do seu leito; e dorme nos sítios mais frescos, imóvel e verde, à sombra dos tamarindos... Por sobre nós rumorejavam as folhas dos altos choupos da Pérsia; entre as ervas balançavam-se flores desconhecidas, das que toucavam outrora as tranças das virgens de Canaã em manhãs de vindima; e na escuridão fofa das ramagens, onde já as não vinha assustar a voz terrível de Jeová, gorjeavam pacificamente as toutinegras.[210] Defronte elevavam-se azuis e sem mancha, como feitas dum só bloco de pedra preciosa, as montanhas de Moabe. O céu branco, mudo, recolhido, parecia descansar deliciosamente do duro tumulto que o agitou quando ali vivia, entre preces e mortandades, o sombrio povo de Deus; e onde constantemente batiam as asas dos serafins, e flutuavam as roupagens dos profetas arrebatados pelo Altíssimo, era calmante ver agora passar apenas uma revoada de pombos-bravos, voando para os pomares de Engaddi.

Obedecendo à recomendação da titi, despi-me, e banhei-me nas águas do Batista. Ao princípio, enleado de emoção beata, pisei a areia reverentemente como se fosse o tapete dum altar-mor; e de braços cruzados, nu, com a corrente lenta a bater-me os joelhos, pensei em são Joãozinho, sussurrei um padre-nosso. Depois ri, aproveitei aquela bu-

---

209. Saduceus: membros de uma seita judaica contrária aos fariseus.
210. Toutinegras: aves da família dos muscicapídeos.

cólica banheira entre árvores; Potte atirou-me a minha esponja; e ensaboei-me nas águas sagradas, trauteando[211] o fado da Adélia.

Ao refrescar, quando montávamos a cavalo, uma tribo de beduínos, descendo das colinas de Galgalá, trouxe os seus rebanhos de camelos a beber ao Jordão; as crias brancas e felpudas corriam, balando; os pastores, de lança alta, soltando gritos de batalha, galopavam, num amplo esvoaçar de albornozes; e era como se ressurgisse em todo o vale, no esplendor da tarde, uma pastoral da idade bíblica, quando Agar era moça! Teso na sela, com as rédeas bem colhidas, eu senti um curto arrepio de heroísmo; ambicionava uma espada, uma lei, um deus por quem combater... Lentamente alargara-se pela planície sacra um silêncio enlevado. E o mais alto cerro de Moabe cobriu-se de um fulgor raro, cor-de-rosa e cor d'ouro, como se nele de novo, fugitivamente, ao passar, se refletisse a face do Senhor! Topsius alçou a mão sapiente:

– Aquele cimo iluminado, dom Raposo, é o Moriá, onde morreu Moisés!

Estremeci. E penetrado pelas emanações divinas dessas águas, desses montes, sentia-me forte – e igual aos homens fortes do Êxodo. Pareceu-me ser um deles, familiar de Jeová, e tendo chegado do negro Egito com as minhas sandálias na mão... Esse aliviado suspiro que trazia a brisa vinha das tribos d'Israel, emergindo enfim do deserto! Pelas encostas além, seguida duma escolta d'anjos, a arca dourada descia balançada sobre os ombros dos levitas vestidos de linho e cantando. Outra vez nas secas areias reverdecia[212] a terra da promissão. Jericó branquejava entre as searas; e através dos palmares cerrados já ressoavam em marcha os clarins de Josué!

Não me contive, arranquei o capacete, soltei por sobre Canaã este urro piedoso: "Viva Nosso Senhor Jesus Cristo! Viva toda a Corte do céu!".

Cedo, ao outro dia, domingo, o incansável Topsius partiu, bem enlapisado e bem enguardassolado, a estudar as ruínas de Jericó, essa velha "Cidade das Palmeiras" que Herodes cobrira de termas, de templos, de jardins, d'estátuas, e onde passaram os seus tortuosos amores com Cleópatra... E eu, à porta da tenda, escarranchado num caixote, fiquei a tomar o meu café, olhando os pacíficos aspectos do nosso acampamento. O cozinheiro depenava frangos; o beduíno triste areava à beira d'água o seu pacato alfange; o nosso lindo arrieiro esquecia a ração às

---

211. Trautear: cantar baixo, para si mesmo; cantarolar.
212. Reverdecer: revitalizar.

éguas para seguir no céu, dum brilho de safira, a branca passagem das cegonhas voando aos pares para a Samaria.

Depois pus o capacete, fui vadiar na doçura da manhã, de mãos nos bolsos, cantarolando um fado meigo. E ia pensando na Adélia e no senhor Adelino... Enroscados na alcova, beijando-se furiosamente, estavam-me talvez chamando "carola", enquanto eu passeava ali, nos retiros da Escritura! Àquela hora a titi, de mantelete preto, com o seu ripanço, saía para a missa de Santana; os criados do Montanha, esguedelhados, assobiando, escovavam o pano dos bilhares; e o doutor Margaride, à janela, na praça da Figueira, pondo os óculos, abria o *Diário de Notícias*. Ó minha doce Lisboa!... Mas ainda mais perto, para além do deserto de Gaza, no verde Egito, a minha Maricoquinhas nesse instante estava enchendo o vaso do balcão com magnólias e rosas; o seu gato dormia no veludo da cadeira; ela suspirava pelo "seu portuguesinho valente...". Suspirei também; mais triste nos lábios se me fez o fado triste.

E de repente, olhando, achei-me, como perdido, num sítio de grande solidão e de grande melancolia. Era longe do regato e dos aromáticos arbustos de flor amarela; já não via as nossas tendas brancas; e diante de mim arredondava-se um ermo árido, lívido, de areia, fechado todo por penedos lisos, direitos como os muros dum poço – tão lúgubres que a luz loura da quente manhã do Oriente desmaiava ali, mortalmente, desbotada e magoada. Eu lembrava-me de gravuras, assim desoladas, onde um eremita de longas barbas medita um infólio junto de uma caveira. Mas nenhum solitário aniquilava ali a carne em heroica penitência. Somente, ao meio do fero recinto, isolada, orgulhosa, com um ar de raridade e de relíquia, como se as penedias[213] se tivessem amontoado para lhe arranjarem um resguardo de sacrário – erguia-se uma árvore tão repelente, que logo me fez morrer nos lábios o resto do fado triste...

Era um tronco grosso, curto, atochado e sem nós de raízes, semelhante a uma enorme moca bruscamente cravada na areia; a casca corredia tinha o lustre oleoso de uma pele negra; e da sua cabeça entumecida, de um tom de tição apagado – rompiam, como longas pernas d'aranha, oito galhos que contei, pretos, moles, lanugentos,[214] viscosos, e armados de espinhos... Depois de olhar em silêncio para aquele monstro, tirei devagar o meu capacete e murmurei:

– Para que viva!

É que me encontrava certamente diante duma árvore ilustre! Fora um galho igual (o nono talvez) que, arranjado outrora em forma de

---

213. Penedias: locais repletos de penedos, rochedos.
214. Lanugentos: cobertos de lanugem; lanuginosos.

coroa por um centurião romano da guarnição de Jerusalém, ornara sarcasticamente, no dia do suplício, a cabeça de um carpinteiro de Galileia, condenado... Sim, condenado por andar, entre quietas aldeias e nos santos pátios do Templo, dizendo-se filho de Davi e dizendo-se filho de Deus, a pregar contra a velha religião, contra as velhas instituições, contra a velha ordem, contra as velhas formas! E eis que esse galho por ter tocado os cabelos incultos do rebelde torna-se divino, sobe aos altares, e do alto enfeitado dos andores faz prostrar no lajedo, à sua passagem, as multidões enternecidas...

No colégio dos Isidoros, às terças e sábados, o sebento padre Soares dizia esfuracando os dentes "que havia, meninos, lá num sítio da Judeia..." – era ali!... – "uma árvore que segundo dizem os autores é mesmo d'arrepiar...". Era aquela! Eu tinha ante meus frívolos olhos de bacharel a sacratíssima árvore d'espinhos!

E logo uma ideia sulcou-me o espírito com um brilho de visitação celeste... Levar à titi um desses galhos, o mais penugento, o mais espinhoso, como sendo a relíquia fecunda em milagres a que ela poderia consagrar seus ardores de devota e confiadamente pedir as mercês celestiais! "Se entendes que mereço alguma coisa pelo que tenho feito por ti, traze-me então desses santos lugares uma santa relíquia..." Assim dissera a senhora dona Patrocínio das Neves na véspera da minha jornada piedosa, entronada nos seus damascos vermelhos, diante da magistratura e da Igreja, deixando escapar uma baga de pranto sob seus óculos austeros. Que lhe podia eu oferecer mais sagrado, mais enternecedor, mais eficaz, que um ramo da árvore d'espinhos, colhido no vale do Jordão, numa clara, rosada manhã de missa?

Mas de repente assaltou-me uma áspera inquietação... E se realmente uma virtude transcendente circulasse nas fibras daquele tronco? E se a titi começasse a melhorar do fígado, a reverdecer, mal eu instalasse no seu oratório, entre lumes e flores, um desses galhos erriçados de espinhos? Ó misérrimo logro! Era eu pois que lhe levava nesciamente o princípio milagroso da saúde, e a tornava rija, indestrutível, inenterrável, com os contos de G. Godinho firmes na mão avara! Eu! Eu que só começaria a viver – quando ela começasse a morrer!

Rondando então em torno à árvore d'espinhos, interroguei-a, sombrio e rouco: "Anda, monstro, dize! És tu uma relíquia divina com poderes sobrenaturais? Ou és apenas um arbusto grutesco com um nome latino nas classificações de Lineu? Fala! Tens tu, como aquele cuja cabeça coroaste por escárnio, o dom de sarar? Vê lá... Se te levo comigo para um lindo oratório português, livrando-te do tormento da solidão e das melancolias da obscuridade, e dando-te lá os regalos de um altar, o incenso vivo das rosas, a chama louvadora das velas, o respeito das mãos postas, todas as carícias da oração – não é para que tu, prolongando indulgentemente uma existência estorvadora, me prives da rápida herança e dos gozos a que a minha carne moça tem direito! Vê lá! Se, por teres atravessado o Evangelho, te embebeste de ideias pueris de caridade e misericórdia, e vais com tenção de curar a titi – então fica-te aí, entre essas penedias, fustigado pelo pó do deserto, recebendo o excremento das aves de rapina, enfastiado no silêncio eterno!... Mas se prometes permanecer surdo às preces da titi, comportar-te como um pobre galho seco e sem influência, e não interromperes a apetecida decomposição dos seus tecidos – então vais ter em Lisboa o macio agasalho duma capela afofada de damascos, o calor dos beijos devotos, todas as satisfações de um ídolo, e eu hei de cercar-te de tanta adoração que não hás de invejar o Deus que os teus espinhos feriram... Fala, monstro!".

O monstro não falou. Mas logo senti perpassar-me na alma, aquietadoramente, com uma consolante fresquidão de brisa d'estio, o pressentimento de que breve a titi ia morrer e apodrecer na sua cova. A árvore d'espinhos mandava, pela comunicação esparsa da natureza, da sua seiva ao meu sangue, aquele palpite suave da morte da senhora dona Patrocínio – como uma promessa suficiente de que, transportado para o oratório, nenhum dos seus galhos impediria que o fígado dessa hedionda senhora inchasse e se desfizesse... E isto foi, entre nós, nesse ermo, como um pacto taciturno, profundo e mortal.

Mas era esta realmente a árvore d'espinhos? A rapidez da sua condescendência fazia-me suspeitar a excelência da sua divindade. Resolvi consultar o sólido, sapientíssimo Topsius.

Corri à Fonte de Eliseu, onde ele rebuscava pedras, lascas, lixos, restos da orgulhosa Cidade das Palmeiras. Avistei logo o luminoso historiógrafo acocorado junto a uma poça d'água, com os óculos sôfregos, esgaravunchando um pedaço de pilastra negra, meio enterrada no lodo. Ao lado um burro, esquecido da erva tenra, contemplava filosoficamente e com melancolia o afã, a paixão daquele sábio, de rastos no chão, à procura das termas de Herodes.

Contei a Topsius o meu achado, a minha incerteza... Ele ergueu-se logo, serviçal, zeloso, presto às lides do saber.

– Um arbusto d'espinhos? – murmurava, estancando o suor. – Há de ser o nabka... Banalíssimo em toda a Síria! Hasselquist, o botânico, pretende que daí se fez a coroa d'espinhos... Tem umas folhinhas verdes, muito tocantes, em forma de coração, como as da hera... Ah, não tem? Perfeitamente, então é o *Lycium spinosum*. Foi o que serviu, segundo a tradição latina, para a coroa d'injúria... Que quanto a mim a tradição é fútil; e Hasselquist ignaro,[215] infinitamente ignaro... Mas eu vou já aclarar isso, dom Raposo. Aclarar irrefutavelmente e para sempre!

Abalamos. No ermo, ante a árvore medonha, Topsius, alçando catedraticamente o bico, recolheu um momento aos depósitos interiores do seu saber – e depois declarou que eu não podia levar a minha tia devotíssima nada mais precioso. E a sua demonstração foi faiscante. Todos os instrumentos da crucificação (disse ele, floreando o guarda-sol), os pregos, a esponja, a cana verde, um momento divinizados como materiais da divina tragédia, reentraram pouco a pouco, pelas urgências da civilização, nos usos grosseiros da vida... Assim, o prego não ficou *per eternum* na ociosidade dos altares, memorando as chagas sacratíssimas: a humanidade, católica e comerciante, foi gradualmente levada a utilizar o prego como uma valiosa ferragem; e tendo trespassado as mãos do Messias, ele hoje segura, laborioso e modesto, as tampas de caixões impuríssimos... Os mais reverentes irmãos do Senhor dos Passos empregam a cana para pescar; ela entra na folgante composição do foguete; e o Estado mesmo (tão escrupuloso em matéria religiosa) assim a usa em noites alegres de nova Constituição ou em festivos delírios pelas bodas de príncipes... A esponja, outrora embebida no vinagre de sarcasmo e oferecida numa lança, é hoje aproveitada nesses irreligiosos cerimoniais da limpeza – que a Igreja sempre reprovou com ódio... Até a cruz, a forma suprema, tem perdido entre os homens a sua divina significação. A cristandade, depois de a ter usado como lábaro, usa-a como enfeite. A cruz é broche, a cruz é berloque; pende nos colares, tilinta nas pulseiras; é gravada em sinetes de lacre, é incrustada em botões de punho; e a cruz realmente neste soberbo século pertence mais à ourivesaria do que pertence à religião...

– Mas a coroa d'espinhos, dom Raposo, essa *não tornou a servir para mais nada!*

Sim, *para mais nada!* A Igreja recebeu-a das mãos de um procônsul romano – e ela ficou isoladamente e para toda a eternidade na Igreja, comemorando o grande ultraje. Em todo este vário universo ela só encontra um lugar congênere na penumbra das capelas; o seu único préstimo é persuadir à contrição. Nenhum joalheiro jamais a imitou em ouro, cravejada de rubis, para ornar um penteado loiro; ela é só instrumento de martírio; e com salpicos de sangue, sobre os caracóis frisados das imagens, inspira infinitamente as lágrimas... O mais astuto industrial, depois de a retorcer pensativamente nas mãos, restitui-la-ia

---

215. Ignaro: inculto, ignorante.

aos altares como coisa inútil na vida, no comércio, na civilização; ela é só atributo da Paixão, recurso de tristes, enternecedora de fracos. Só ela, entre os acessórios da Escritura, provoca sinceramente a oração. Quem, por mais adorabundo,[216] se prostraria, a borbulhar de padre-nossos, diante duma esponja caída numa tina, ou duma cana à beira dum regato?... Mas para a coroa d'espinhos erguem-se sempre as mãos crentes; e a sensação da sua desumanidade passa ainda na melancolia dos *Misereres*!

Que maior maravilha podia eu levar à titi?...

– Sim, Topsius, meu catita... Os teus dizeres são d'oiro puro... Mas a outra, a verdadeira, a que serviu, teria sido tirada daqui, deste tronco? Hein, amiguinho?

O erudito Topsius desdobrou lentamente o seu lenço de quadrados; e declarou (contra a fútil tradição latina e contra o ignaríssimo Hasselquist) que a coroa d'espinhos fora arranjada duma silva, fina e flexível, que abunda nos vales de Jerusalém, com que se acende o lume, com que se erriçam as sebes, e que dá uma florzinha roxa, triste e sem cheiro...

Eu murmurei, sucumbido:

– Que pena! A titi fazia tanto gosto que fosse daqui, Topsius! A titi é tão rica!...

Então este sagaz filósofo compreendeu que há razões de família como há razões d'Estado – e foi sublime. Estendeu a mão por cima da árvore, cobrindo-a assim largamente com a garantia da sua ciência – e disse estas palavras memoráveis:

– Dom Raposo, nós temos sido bons amigos... Pode pois afiançar à senhora sua tia da parte dum homem que a Alemanha escuta em questões de crítica arqueológica, que o galho que lhe levar daqui, arranjado em coroa, foi...

– Foi? – berrei ansioso.

– Foi o mesmo que ensanguentou a fronte do rabi Jeshua Natzarieh, a quem os latinos chamam Jesus de Nazaré, e outros também chamam o Cristo!...

Falara o alto saber germânico! Puxei o meu navalhão sevilhano, decepei um dos galhos. E enquanto Topsius voltava a procurar pelas ervas úmidas a cidadela de Cipro e outras pedras de Herodes, eu recolhi às tendas, em triunfo, com a minha preciosidade. O prazenteiro Potte, sentado num selim, estava moendo café.

---

216. Adorabundo: que se encontra em atitude de adoração.

— Soberbo galho! — gritou ele. — Quer-se arranjadinho em coroa... Fica duma devoção!

E logo, com a sua rara destreza de mãos, o jocundo[217] homem entrelaçou o galho rude em forma de coroa santa. E tão parecida! Tão tocante!...

— Só lhe faltam as pinguinhas de sangue! — murmurava eu, enternecido. — Jesus! O que a titi se vai babar!

Mas como levaríamos para Jerusalém, através dos cerros de Judá, aqueles incômodos espinhos — que, apenas armados na sua forma passional, pareciam já ávidos de rasgar carne inocente? Para o alegre Potte não havia dificuldades; tirou do fundo do seu provido alforje uma fofa nuvem de algodão em rama; envolveu nela delicadamente a coroa d'agravo, como uma joia frágil; depois com uma folha de papel pardo e um nastro escarlate fez um embrulho redondo, sólido, ligeiro e nítido... E eu, sorrindo, enrolando o cigarro, pensava nesse outro embrulho de rendas e laços de seda, cheirando a violeta e a amor, que ficara em Jerusalém, esperando por mim e pelo favor dos meus beijos.

— Potte, Potte! — gritei, radiante. — Nem tu sabes que grossa moeda me vai render esse galhinho, dentro desse pacotinho!

Apenas Topsius voltou da sacra Fonte d'Eliseu, eu ofereci, para celebrar o encontro providencial da grande relíquia, uma das garrafas de champanhe que Potte trazia nos alforjes, encarapuçadas d'ouro. Topsius bebeu "à ciência!". Eu bebi "à religião!". E largamente a espuma de Moët & Chandon regou a terra de Canaã.

À noite, para maior festividade, acendemos uma fogueira: e as mulheres árabes de Jericó vieram dançar diante das nossas tendas. Recolhemos tarde, quando por sobre Moabe, para os lados de Maqueros, a lua aparecia, fina e recurva, como esse alfange d'ouro que decepou a cabeça ardente d'Iokanaan.

O embrulho da coroa d'espinhos estava à beira do meu catre. O lume apagara-se, o nosso acampamento dormia no infinito silêncio do vale da Escritura... Tranquilo, regalado, adormeci também.

---

217. Jocundo: o mesmo que "jucundo": aprazível, agradável, alegre.

III

Havia certamente duas horas que assim dormia, denso e estirado no catre, quando me pareceu que uma claridade trêmula, como a duma tocha fumegante, penetrava na tenda – e através dela uma voz me chamava, lamentosa e dolente:

– Teodorico, Teodorico, ergue-te, e parte para Jerusalém!

Arrojei[218] a manta, assustado – e vi o doutíssimo Topsius, que, à luz mortal de uma vela, bruxuleando sobre a mesa onde jaziam as garrafas de champanhe, afivelava no pé rapidamente uma velha espora de ferro. Era ele que me despertava, açodado,[219] fervoroso:

– A pé, Teodorico, a pé! As éguas estão seladas! Amanhã é Páscoa! Ao alvorecer devemos chegar às portas de Jerusalém!

Arredando os cabelos, considerei com pasmo o sisudo, ponderado doutor:

– Oh Topsius! Pois nós partimos assim, bruscamente, sem os nossos alforjes, e deixando as tendas adormecidas, como quem foge espavorido?

O erudito homem alçou os seus óculos d'ouro que resplandeciam com uma desusada, irresistível intelectualidade. Uma capa branca, que eu nunca lhe vira, envolvia-lhe a douta magreza em pregas graves e puras de toga latina; e lento, esguio, abrindo os braços, disse, com lábios que pareciam clássicos e de mármore:

– Dom Raposo! Esta aurora que vai nascer, e em pouco tocar os cimos do Hebrom, é a de 15 do mês de *nissan*; e não houve em toda a história de Israel, desde que as tribos voltaram de Babilônia, nem haverá, até que Tito venha pôr o último cerco ao Templo, um dia mais interessante! Eu preciso estar em Jerusalém para ver, viva e rumorejando, esta página do Evangelho! Vamos pois fazer a santa Páscoa à casa de Gamaliel, que é um amigo de Hilel, e um amigo meu, um conhecedor das letras gregas, patriota forte e membro do Sanedrim.[220] Foi ele que disse: "Para te livrares do tormento da dúvida, impõe-te uma autoridade". Portanto, a pé, dom Raposo!

Assim murmurou o meu amigo, ereto e lento. E eu, submissamente, como perante um mandamento celeste, comecei a enfiar em silêncio as

---

218. Arrojar: lançar com força.
219. Açodado: acelerado, precipitado.
220. Sanedrim: assembleia composta por juízes judaicos anciãos com diversas funções políticas e religiosas.

minhas grossas botas de montar. Depois, apenas me agasalhei no albornoz, ele empurrou-me com impaciência para fora da tenda – sem mesmo me deixar recolher o relógio e a faca sevilhana, que todas as noites, cauteloso, eu guardava debaixo do travesseiro. A luz da vela esmorecia, fumarenta e vermelha...

Devia ser meia-noite. Dois cães ladravam ao longe, surdamente, como entre frondosos muros de quintas. O ar macio e ermo cheirava a rosas de vergel e à flor da laranjeira. O céu d'Israel faiscava com desacostumado esplendor; e em cima do monte Nebo, um belo astro mais branco, duma refulgência divina, olhava para mim, palpitando ansiosamente, como se procurasse, cativo na sua mudez, dizer um segredo à minha alma!

As éguas esperavam, imóveis sob as longas clinas. Montei. E então, enquanto Topsius arranjava laboriosamente os loros, avistei para os lados da Fonte d'Eliseu uma forma maravilhosa que me arrepiou de terror transcendente.

Era, ao clarão diamantino das estrelas da Síria, como a branca muralha duma cidade nova! Frontões de templos alvejavam palidamente entre a espessura de bosques sagrados; para as colinas distantes fugiam esbatidos os arcos ligeiros dum aqueduto. Uma chama fumegava no alto duma torre; mais baixo, movendo-se, faiscavam pontas de lanças; um som longo de buzina morria na sombra... E abrigada junto aos bastiões uma aldeia dormia entre palmeiras.

Topsius, na sela, pronto a marchar, embrulhara a mão nas clinas da égua.

– Aquilo, branco, além? – murmurei, sufocado.

Ele disse simplesmente:

– Jericó.

Rompeu, galopando. Não sei quanto tempo segui, emudecido, o nobre historiador dos Herodes; era por uma estrada direita, feita de lajes negras de basalto. Ah! Que diferente do áspero caminho por onde tínhamos descido a Canaã, faiscante e cor de cal, através de colinas onde o tojo escasso semelhava, na irradiação da luz, um bolor de velhice e de abandono! E tudo em redor me parecia diferente também, a forma das rochas, o cheiro da terra quente, até a palpitação das estrelas... Que mudança se fizera em mim, que mudança se fizera no universo? Por vezes uma faísca dura saltava das ferraduras das éguas. E sem descontinuar Topsius galopava, agarrado às clinas, com as duas bandas da capa branca batendo como os dois panos de uma bandeira...

Mas subitamente parou. Era junto duma casa quadrada, entre árvores, toda apagada e muda, tendo no topo uma haste sobre que pousava estranhamente, como recortada numa lâmina de ferro, a figura duma cegonha. À entrada esmorecia uma fogueira; remexi as achas; e à curta chama que ressaltou compreendi que era uma antiga estalagem à beira duma antiga estrada. Por baixo da cegonha, encimando a porta estreita e erriçada de pregos, brilhava em negro, numa lápide branca, a tabuleta latina: "*Ad gruem majorem*"; e ao lado, enchendo parte da fachada, desenrolava-se uma inscrição rudemente entalhada na pedra, que eu decifrei a custo, e em que Apolo prometia a saúde ao hóspede, e Septimanus, o hospedeiro, lhe garantia risonha acolhida, o banho reparador, vinho forte da Campânia, frescos palhetes[221] d'Engaddi, e "todas as comodidades à maneira de Roma".

Murmurei, desconfiado:

– À maneira de Roma!

Que estranhos caminhos ia eu então trilhando? Que outros homens, dissemelhantes de mim, no falar e no traje, bebiam ali, sob a proteção doutros deuses, o vinho em ânforas do tempo de Horácio?...

Mas de novo Topsius marchou, esguio e vago na noite. Agora findara a estrada de basalto sonoro; e subíamos a passo um brusco caminho, cavado entre rochas, onde grossos pedregulhos ressoavam, rolavam sob as patas das éguas, como no leito duma torrente que um lento agosto secou. O erudito doutor, sacudido na sela, praguejava roucamente contra o Sanedrim, contra a hirta lei judaica, oposta indobravelmente a toda a obra culta que quer fazer o procônsul... Sempre o fariseu[222] via com rancor o aqueduto romano que lhe trazia a água, a estrada romana que o levava às cidades, a terma romana que lhe curava as pústulas...

– Maldito seja o fariseu!

Sonolento, rememorando velhas imprecações do Evangelho, eu rosnava, encolhido no meu albornoz:

– Fariseu, sepulcro caiado... Maldito seja!

Era a hora calada em que os lobos dos montes vão beber. Cerrei os olhos; as estrelas desmaiavam.

Breves faz o Senhor as noites macias do mês de *nissan*, quando se come em Jerusalém o anho[223] branco de Páscoa; e bem cedo o céu se vestiu d'alvo do lado do país de Moabe.

Despertei. Já os gados balavam nos cerros. O ar fresco cheirava a rosmaninho.

---

221. Palhetes: vinho tinto de cor pouco carregada.
222. Fariseu: aquele que segue uma religião de maneira formalista.
223. Anho: cordeiro.

E então avistei, errando por cima dos penedos sobranceiros ao caminho, um homem estranho, bravio, coberto com uma pele de carneiro, que me recordou Elias e todas as cóleras da Escritura; o peito, as pernas pareciam de granito vermelho; por entre a grenha e a barba, rudes, emaranhadas, fazendo-lhe como uma juba feroz, os olhos refulgiam-lhe desvairadamente... Descobriu-nos; e logo, sacudindo os braços como quem arremessa pedras, despediu sobre nós todas as maldições do Senhor! Chamou-nos "pagãos", chamou-nos "cães"; gritava: "Malditas sejam as vossas mães, secos sejam os peitos que vos criaram!". Cruéis e cheios de presságios caíam os seus brados do alto das rochas; e, retardado pelos passos lentos da égua, Topsius encolhia-se na capa como sob uma saraiva[224] inclemente. Até que me enfureci; voltei-me na anca da cavalgadura, chamei-lhe "bêbedo", atirei-lhe obscenidades; e via no entanto, sob a chama selvagem dos seus olhos, a boca clamorosa e negra torcer-se-lhe, babar-se de furor devoto...

Mas, desembocando da ravina, encontramos, larga e lajeada, a estrada romana que vai a Siquém: e trotando por ela, sentíamos o alívio de penetrar enfim numa região culta, piedosa, humana e legal. A água abundava; sobre as colinas erguiam-se fortalezas novas; pedras sagradas delimitavam os campos. Nas eiras brancas, os bois enfeitados d'anêmonas pisavam o trigo da colheita de Páscoa; e em vergéis onde a figueira já tinha enfolhado, o servo na sua torre caiada, cantando com uma vara na mão, afugentava os pombos-bravos. Por vezes avistávamos um homem, de pé, junto da sua vinha, ou à beira dos canais de rega, direito, com a ponta do manto atirada por cima da cabeça, e os olhos baixos, dizendo a santa oração do Shemá. Um oleiro, que espicaçava[225] o seu burro, carregado de cântaros de barro amarelo, gritou-nos: "Benditas sejam as vossas mães, boa vos seja a Páscoa!". E um leproso, que descansava à sombra, nos olivedos, perguntou-nos, gemendo e mostrando as chagas, qual era em Jerusalém o rabi que curava, e aonde se apanhava a raiz do baraz.[226]

Já nos aproximávamos de Betânia. Para dar de beber às éguas paramos numa linda fonte que um cedro assombreava. E o douto Topsius, arranjando um loro, admirava-se de não termos encontrado a caravana que vem de Galileia celebrar a Páscoa a Jerusalém – quando soou, adiante, na estrada, um rumor lento d'armas em marcha... E eu vi, assombrado,

---

224. Saraiva: saraivada, grande quantidade de coisas lançadas em torrente.
225. Espicaçar: atiçar.
226. Baraz: arbusto da Judeia cujas raízes, segundo a crença popular, curavam as chagas da lepra.

aparecerem soldados romanos, desses que tantas vezes amaldiçoara em estampas da Paixão!

Barbudos, tostados pelo sol da Síria, marchavam solidamente, em cadência, com um passo bovino, fazendo ressoar sobre as lajes as sandálias ferradas; todos traziam às costas os escudos envoltos em sacos de lona; e cada um erguia ao ombro uma alta forquilha,[227] donde pendiam trouxas encordeladas, pratos de bronze, ferramentas e cachos de tâmaras. Algumas filas, descobertas, seguravam o capacete como um balde; outras, nas mãos cabeludas, balançavam um dardo curto. O decurião gordo e loiro, seguido de uma gazela familiar, enfeitada com corais, dormitava, ao passo miúdo da égua, embrulhado num manto escarlate. E atrás, ao lado das mulas carregadas de sacos de trigo e molhos de lenha, os arrieiros cantavam ao som duma flauta de barro, tocada por um negro quase nu que tinha no peito, em traços vermelhos, o número da legião.

Eu recuara para o escuro do cedro. Mas Topsius, logo, como um germano servil, desmontara, ajoelhando quase no pó, ante as armas de Roma; e não se conteve, berrou, agitando os braços e a capa:

– Longa vida a Caio Tibério, três vezes cônsul, ilírico, panônico, germânico, imperador, pacificador e augusto!...

Alguns legionários riram, crassamente. E passaram, cerrados, com um rumor de ferro – enquanto um pegureiro,[228] ao longe, arrebanhando as cabras aos brados, fugia para o cimo dos cerros.

De novo galopamos. A estrada de basalto findou; e penetramos entre arvoredos, num aroma de pomares, através de abundância e frescura.

Oh, que diferentes se mostravam estes caminhos, estas colinas, que eu vira dias antes, em torno à cidade santa, dessecadas por um vento d'abstração, e brancas, da cor das ossadas... Agora tudo era verde, regado, murmuroso, e com sombras. A mesma luz perdera o tom magoado, a cor dorida, com que eu sempre a vira, cobrindo Jerusalém; as folhas dos ramos d'abril desabrochavam num azul, moço, tenro, cheio de esperança como elas. E a cada instante se me iam os olhos longamente nesses vergéis da Escritura, que são feitos da oliveira, da figueira e da vinha, e onde crescem silvestres, e mais esplêndidos que o rei Salomão, os lírios-vermelhos dos campos!

Enlevado e cantarolando, eu trotava ao comprido duma sebe toda entrelaçada de rosas. Mas Topsius deteve-me, mostrou-me no alto dum

---

227. Forquilha: vara comprida bifurcada.
228. Pegureiro: pastor; quem guarda o gado.

outeiro, sobre um fundo sombrio de ciprestes e cedros, uma casa abrindo para o lado do Oriente e da luz o seu pórtico branco. Pertencia, disse ele, a um romano, parente de Valério Grato, antigo legado imperial da Síria; e tudo ali parecia penetrado de paz amável e de graça latina. Um tapete viçoso de relva bem lisa estendia-se em declive até a uma aleia de alfazema, tendo ao meio, sobre o verde, desenhadas com linhas de flores escarlates, as iniciais de Valério Grato; em redor, entre canteiros de rosas, de açucenas, orlados de mirto, resplandeciam nobres vasos de mármore coríntico, onde se enrolavam folhas de acanto; um servo, de capuz cinzento, talhava um teixo[229] em forma de urna, ao lado dum buxo alto já talhado sabiamente em feitio de lira; aves domésticas picavam o chão, coberto de areia escarlate, numa rua de plátanos onde os braços de hera faziam de tronco a tronco festões como os que ornam um templo; a rama dos loureiros velava de sombras a nudez das estátuas. E sob um caramanchão de vinha, ao rumor d'água lenta cantando numa bacia de bronze, um velho de toga, sereno, risonho, ditoso, lia junto a uma imagem d'Esculápio um longo rolo de papiro – enquanto uma rapariga, com uma flecha d'ouro nas tranças, toda vestida de linho alvo, fazia uma grinalda com as flores que lhe enchiam o regaço... Ao passo dos nossos cavalos ela ergueu os olhos claros. Topsius gritou: "*O, salve, pulcherrima!*".[230] Eu gritei: "*Viva la gracia!*". Os melros cantavam nas romãzeiras em flor.

Mas adiante o facundo Topsius deteve-me ainda, apontando-me outra vivenda de campo, escura e severa entre ciprestes; e disse-me baixo que era d'Osanias, um rico saduceu de Jerusalém, da família pontifical de Boethos, e membro do Sanedrim. Nenhum ornato pagão lhe profanava os muros. Quadrada, fechada, hirta, ela reproduzia a austeridade da lei. Mas os largos celeiros, cobertos de colmo, os lagares,[231] os vinhedos diziam as riquezas feitas de duros tributos; no pátio dez escravos não bastavam a guardar os sacos de trigo, odres, carneiros marcados de vermelho, recolhidos em pagamento do dízimo nesse dia de Páscoa. Junto à estrada, com uma piedade ostentosa, caiada de fresco, reluzia, ao sol, entre roseiras, a sepultura doméstica.

Assim caminhando chegamos aos palmares onde se aninha Betfagé. E por um atalho virente que Topsius conhecia, começamos a subir o monte das Oliveiras, até o Lagar da Moabita – que é uma paragem de

---

229. Teixo: árvore da família das taxáceas, utilizada para produzir cercas e para ornamentação.
230. *Pulcherrima*: "pulquérrima", em latim; belíssima, formosíssima.
231. Lagares: locais onde se espremem frutos.

caravanas nessa infinita, vetusta[232] Via Real que vem do Egito, seguindo até Damasco, a bem regada.

E foi como um deslumbramento, ao encontrarmos sobre todo o monte, por entre os olivedos da encosta até ao Cédron, por entre os pomares do vale até Siloé, em meio dos túmulos novos dos sacrificadores, e mesmo para os lados onde se empoeira a estrada de Hebrom – o despertar rumoroso de todo um povo acampado! Tendas negras do deserto, feitas de peles de carneiro e rodeadas de pedras; barracas de lona, da gente da Idumeia, alvejando ao sol entre as verduras; cabanas armadas com ramos, onde se abrigam os pastores de Ascalon; toldos de tapetes que os peregrinos de Naftali suspendem em varas de cedro – era toda a Judeia, às portas de Jerusalém, a celebrar a Páscoa sagrada! E havia ainda, em volta ao casal onde velava um posto de legionários, os mercadores gregos da Decápole, tecelões fenícios de Tiberíades, e a gente pagã que, através da Samaria, vem dos lados de Cesareia e do mar.

Fomos marchando, lentos e cautelosos. À sombra das oliveiras os camelos descarregados ruminavam placidamente; e as éguas da Pereia, com as patas entravadas, pendiam a cabeça sob a espessura das longas clinas. Junto às tendas, cujos panos meio levantados nos deixavam entrever brilhos d'armas penduradas ou o esmalte dum grande prato, raparigas, com os braços reluzindo de braceletes, pisavam entre duas pedras o grão do centeio; outras mugiam as cabras; por toda a parte se acendiam fogos claros; e com os filhos pela mão, o cântaro esguio ao ombro, uma fila de mulheres descia cantando para a Fonte de Siloé.

As patas dos nossos cavalos prendiam-se nas cordas retesadas das barracas dos idumeus.[233] Depois estacávamos diante de tapetes alastrados, onde um mercador de Cesareia, com um manto à cartaginesa, vistoso e bordado de flores, expunha peças de linho do Egito, estendia sedas de Cós, fazia reluzir armas marchetadas; ou com um frasco na palma de cada mão, celebrava as perfeições do nardo da Assíria e dos óleos doces da Pártia... Os homens em redor, arredando-se, demoravam em nós os seus olhos lânguidos e altivos; por vezes murmuravam uma injúria surda; ou por causa dos óculos do douto Topsius, um riso d'escárnio mostrava dentes agudos de fera, entre rudes barbas negras.

---

232. Vetusta: antiga.
233. Idumeus: habitantes da Idumeia, região da Palestina.

Sob as árvores, encostados aos muros, filas de mendigos ganiam, mostrando o caco com que rapavam as chagas. Diante duma cabana feita de ramos de loureiro, um velho obeso, rubro como um sileno, apregoava o vinho fresco de Siquém, as favas novas de abril. Os homens fuscos do deserto apinhavam-se em torno dos gigos de fruta. Um pastor de Ascalon, em andas, no meio dum rebanho de cordeiros brancos, tocava buzina, chamando os devotos a comprar o anho puro da Páscoa. E por entre a multidão onde constantemente se erguiam paus, em rixas bruscas, soldados romanos rondavam aos pares com um ramo d'oliveira no capacete, benignos e paternais.

Assim chegamos junto de dois altos, frondosos cedros – tão cobertos de pombas brancas voando, que eram como duas grandes macieiras, na primavera, que um vento estivesse destoucando das flores. Subitamente, Topsius parara, abria os braços; eu também; e com o coração suspenso ali ficamos imóveis, deslumbrados, vendo lá embaixo, na luz, resplandecer Jerusalém.

O sol banhava-a, suntuosamente! Uma severa, altiva muralha, guarnecida de torres novas, com portas onde as cantarias se entremeavam de lavores d'ouro, erguia-se sobre a ribanceira escarpada do Cédron, já seco pelos calores de *nissan*, e ia correndo, cingindo Sião, para o lado do Hinom e até aos cerros de Gareb. E, dentro, em face aos cedros que nos assombreavam, o Templo, sobre os seus alicerces eternos, parecia dominar toda a Judeia, soberbo em esplendor, murado de granitos polidos, armado de bastiões de mármore, como a refulgente cidadela dum deus!...

Debruçado sobre as clinas, o sapiente Topsius apontava-me o adro primordial, chamado "o Pátio dos Gentílicos", vasto bastante para receber todas as multidões de Israel, todas as da terra pagã; o chão liso rebrilhava como a água límpida duma piscina; e as colunas de mármore de Paros que o ladeavam, formando os Pórticos de Salomão, profundos e cheios de frescura, eram mais bastas que os troncos nos cerrados palmares de Jericó. Em meio desta área, cheia de ar e de luz, elevava-se, em escadarias lustrosas como se fossem d'alabastro, com portas chapeadas de prata, arcarias, torreões donde voavam pombas, um nobre terraço, só acessível aos fiéis da lei, ao povo eleito de Deus, o orgulhoso "Adro de Israel". Daí erguia-se ainda, com outras claras escadarias, outro branco terraço, o "Átrio dos Sacerdotes"; no brilho difuso que o enchia negrejava um enorme altar de pedras brutas, enristando[234] a cada ângulo um

---

234. Enristar: erguer-se.

sombrio corno de bronze; aos lados dois longos fumos direitos subiam devagar, mergulhavam no azul com a serenidade duma prece perenal. E ao fundo, mais alto, ofuscante, com os seus recamos d'ouro sobre a alvura dos mármores, níveo e fulvo, como feito de ouro puro e neve pura, refulgia maravilhosamente, lançando o seu clarão aos montes em redor, o Hieron, o santuário dos santuários, a morada de Jeová; sobre a porta pendia o véu místico, tecido em Babilônia, cor do fogo e cor dos mares; pelas paredes trepava a folhagem duma vinha d'esmeralda com cachos doutras pedrarias; da cúpula irradiavam longas lanças de ouro que o aureolavam de raios como um sol; e assim, resplandecente, triunfante, augusto, precioso, ele elevava-se para aquele céu de festa pascal, ofertando-se todo, como o dom mais belo, o dom mais raro da terra!

Mas ao lado do Templo, mais alto que ele, dominando-o com a severidade dum amo orgulhoso, Topsius mostrou-me a Torre Antônia, negra, maciça, impenetrável, cidadela de forças romanas... Na plataforma, entre as ameias,[235] movia-se gente armada; sobre um bastião, uma figura forte, envolta num manto vermelho de centurião, estendia o braço; e toques lentos de buzina pareciam falar, dar ordens, para outras torres que ao longe se azulavam no ar límpido, algemando a cidade santa. César pareceu-me mais forte que Jeová!

E mostrou-me ainda, para além da Antônia, o velho burgo de Davi. Era um tropel de casas cerradas, caiadas de fresco sobre o azul, descendo como um rebanho de cabras brancas para um vale ainda em sombra, onde uma praça monumental se abria entre arcarias; depois trepava, fendido em ruas tortuosas, a espalhar-se sobre a colina fronteira d'Acre, rica, com palácios, e cisternas redondas que luziam à luz semelhantes a broquéis d'aço. Mais longe ainda, para além de velhos muros derrocados era o bairro novo de Bezeta, em construção; o Circo de Herodes arredondava aí as suas arcarias; e os jardins d'Antipas estiravam-se por um último outeiro, até junto ao túmulo de Helena, assoalhados, frescos, regados pelas águas doces de En-Rogel.

– Ah Topsius, que cidade! – murmurei maravilhado.

– Rabi Eliezer diz que não viu jamais cidade bela quem não viu Jerusalém!

Mas ao nosso lado passava gente alegre, correndo, para os lados da verde estrada que sobe de Betânia; e um velho que puxava à pressa a arreata[236] do seu burro, carregado de molhos de palmas, gritou-nos que

---

235. Ameias: aberturas no alto das muralhas.
236. Arreata: corda com que se prendem as bestas de carga.

se avistara e vinha chegando a caravana da Galileia! Então, curiosos, trotamos até um cômoro,[237] junto a uma sebe de cactos, onde já se apinhavam mulheres com os filhos ao colo, sacudindo véus claros, soltando palavras de bênção e de boa acolhida – e logo vimos, numa poeirada lenta que o sol dourava, a densa fila dos peregrinos que são os derradeiros a chegar a Jerusalém, vindos de longe, da Alta Galileia, desde Gescala e dos montes. Um rumor de cânticos enchia a estrada festiva; em torno a um estandarte verde agitavam-se palmas e ramos floridos de amendoeira; e os grandes fardos, carregando o dorso dos camelos, balanceavam em cadência por entre os turbantes brancos cerrados e movendo-se em marcha.

Seis cavaleiros da guarda babilônica d'Antipas Herodes, tetrarca de Galileia, escoltavam a caravana desde Tiberíades; traziam mitras de felpo, as longas barbas separadas em tranças, as pernas ligadas em tiras de couro amarelo; e caracolavam à frente, fazendo estalar numa das mãos açoites de corda, com a outra atirando ao ar e aparando alfanges que faiscavam. Logo atrás era uma colegiada de levitas, em coro, a passos largos, apoiados a bordões enfeitados de flores, com os rolos da lei apertados sobre o peito, psalmodiando[238] rijo os louvores de Sião. E em torno moços robustos, com as faces infladas e rubras, sopravam para o céu furiosamente em trompas recurvas de bronze.

Mas, dentre a gente apertada à beira da estrada, rompeu uma aclamação. Era um velho, sem turbante, de cabelos soltos, recuando e dançando freneticamente; das mãos cabeludas que ele agitava no ar saía um repique de castanholas; ora arremessava uma perna, ora outra; e toda a sua face barbuda de rei Davi ardia com um fulgor inspirado. Atrás dele, raparigas, pulando compassadamente sobre a ponta ligeira das sandálias, feriam com dolência harpas leves; outras, rodando sobre si, batiam d'alto os tamborinos – e as suas manilhas de prata brilhavam no pó que os seus pés levantavam, sob a roda das túnicas enfunadas... Então, arrebatada, a turba entoou o velho canto das jornadas rituais e os psalmos de peregrinação.

– Meus passos vão todos para ti, ó Jerusalém! Tu és perfeita! Quem te ama conhece a abundância!

E eu bradava também, transportado:

– Tu és o palácio do Senhor, ó Jerusalém, e o repouso do meu coração!

---

237. Cômoro: pequena elevação do terreno.
238. Psalmodiar: o mesmo que salmodiar, recitar ou cantar de forma monótona.

Lenta e rumorosa a caravana passava. As mulheres dos levitas, em burros, veladas e rebuçadas, semelhavam grandes sacos moles; as mais pobres, a pé, traziam nas pontas dobradas do manto frutas e o grão da aveia. Os previdentes, já com a sua oferenda ao Senhor, arrastavam preso do cinto um cordeiro branco; os mais fortes seguravam às costas, presos pelos braços, os doentes – cujos olhos dilatados, nas faces maceradas, procuravam ansiosamente as muralhas da cidade santa, onde todo o mal se cura.

Entre os peregrinos e a alegre multidão que os acolhia, as bênçãos cruzavam-se, ruidosas e ardentes; alguns perguntavam pelos vizinhos, pelas searas ou pelos avós que tinham ficado na aldeia à sombra da sua vinha; e ouvindo que lhe fora roubada a pedra do seu moinho, um velho, ao meu lado, com as barbas dum Abraão, arremessou-se à terra a arrepelar-se[239] e a esfarrapar a túnica. Mas já, fechando a marcha, passavam as mulas com guizos carregadas de lenha e de odres d'azeite; e atrás uma turba de fanáticos que nos arredores, em Betfagé e em Refraim, se tinham juntado à caravana apareceu, atirando para os lados cabaças de vinho já vazias, brandindo facas, pedindo a morte dos samaritanos[240] e ameaçando a gente pagã...

Então seguindo Topsius trotei de novo através do monte para junto dos cedros cobertos do voo alvo das pombas; e nesse instante também os peregrinos, emergindo da estrada, avistavam enfim Jerusalém que resplandecia lá embaixo formosa, toda branca na luz... Então foi um santo, tumultuoso, inflamado delírio! Prostrada, a turba batia as faces na terra dura; um clamor de orações subia ao céu puro por entre o estridor das tubas; as mulheres erguiam os filhos nos braços ofertando-os arrebatadamente ao Senhor! Alguns permaneciam imóveis, como assombrados, ante os esplendores de Sião; e quentes lágrimas de fé, de amor piedoso rolavam sobre barbas incultas e feras. Os velhos mostravam com o dedo os terraços do Templo, as ruas antigas, os sacros lugares da história de Israel: "Ali é a Porta de Efraim, acolá era a Torre das Fornalhas; aquelas pedras brancas, além, são do túmulo de Raquel...". E os que escutavam em redor, apinhados, batiam as mãos, gritavam: "Bendita sejas, Sião!". Outros, estonteados, com o cinto desapertado, corriam tropeçando nas cordas das tendas, nos gigos de fruta, a trocar a moeda romana, a comprar o anho da oferta. Por vezes, dentre as árvores, um canto subia, claro, fino, cândido, e que ficava tremendo no ar; a terra um momento parecia escutar, como o céu; serenamente, Sião rebrilhava, do Templo os

---

239. Arrepelar: puxar os cabelos ou pelos de si próprio ou de alguém.
240. Samaritanos: provenientes de Samaria, região da Palestina.

dois fumos lentos ascendiam, com uma continuidade de prece eterna... Depois o canto morria; de novo as bênçãos rompiam, clamorosas; a alma inteira de Judá abismava-se no resplendor do santuário; e braços magros erguiam-se freneticamente para estreitar Jeová.

De repente Topsius colheu-me as rédeas da égua; e quase ao meu lado um homem com uma túnica cor d'açafrão, surgindo esgazeado de trás de uma oliveira e brandindo uma espada, saltou para cima duma pedra e gritou desesperadamente:

– Homens de Galileia, acudi, e vós, homens de Naftali!...

Peregrinos correram, erguendo os bastões; e as mulheres saíam das tendas, pálidas, apertando os filhos ao colo. O homem fazia tremer a espada no ar, todo ele tremia também; e outra vez bradou, desoladamente:

– Homens de Galileia, rabi Jeshua foi preso! Rabi Jeshua foi levado à casa de Hanã, homens de Naftali!

– Dom Raposo – disse Topsius então, com os olhos faiscantes –, o homem foi preso, e compareceu já diante do Sanedrim!... Depressa, depressa, amigo, a Jerusalém, à casa de Gamaliel!

E à hora em que no Templo se fazia a oferta do perfume, quando o sol já ia alto sobre o Hebrom, Topsius e eu penetramos, pela Porta do Pescado, a passo, numa rua da antiga Jerusalém. Era íngreme, tortuosa, poeirenta, com casas baixas e pobres de tijolo; sobre as portas, fechadas por uma correia, sobre as janelas esguias como fendas gradeadas, havia verduras e palmas entretecidas, fazendo ornatos de Páscoa. Nos terraços, rodeados de balaustradas, mulheres diligentes sacudiam os tapetes, joeiravam o trigo; outras, chalrando, penduravam lâmpadas de barro em festões para as iluminações rituais.

Ao nosso lado ia marchando fatigado um harpista egípcio, com uma pluma escarlate presa na peruca frisada, um pano branco envolvendo-lhe a cinta fina, os braços pesados de braceletes, e a harpa às costas, recurva como uma foice e lavrada em flores de lótus. Topsius perguntou-lhe se ele vinha d'Alexandria. E ainda se cantavam nas tabernas do Eunotos as cantigas da Batalha d'Áccio?[241] O homem logo, mostrando num riso triste os dentes longos, pousou a harpa, ia ferir os bordões... Picamos as éguas; e assustamos duas mulheres cobertas de véus amarelos, com casais de pombas enroladas na ponta do manto, que

---

241. Batalha d'Áccio: batalha ocorrida em 31 a.C. perto de Áccio, na Grécia, entre as tropas de Marco Antônio e Otaviano.

se apressavam decerto para o Templo, airosas, ligeiras, fazendo retinir os guizos das suas sandálias.

Aqui e além um lume caseiro ardia no meio da rua, com trempes,[242] caçarolas, donde saía um cheiro acre d'alho; crianças de ventre enorme que rolavam nuas pela poeira, roendo vorazmente cascas d'abóbora crua, ficavam pasmadas para nós, com grandes olhos ramelosos onde fervilhavam moscas. Diante duma forja um bando hirsuto de pastores de Moabe esperavam enquanto dentro, martelando num nimbo de chispas,[243] os ferreiros lhes batiam ferros novos para as lanças. Um negro, com um pente em forma de sol toucando-lhe a carapinha, apregoava, num grito lúgubre, bolos de centeio de feitios obscenos.

Calados, atravessamos uma praça, clara e lajeada, que andava em obras. Ao fundo uma casa de banhos, moderna, uma terma romana, estendia com ar de luxo e de ociosidade a longa arcada do seu pórtico de granito; no pátio interior, por entre os plátanos que o refrescavam, cujos ramos suspendiam velários de linho alvo, corriam escravos nus, reluzentes de suor, levando vasos d'essências e braçadas de flores; das aberturas gradeadas, ao rés das lajes, saía um bafo mole d'estufa que cheirava a rosa. E sob uma das colunas vestibulares, onde uma lápide d'ônix indicava a entrada das mulheres, estava de pé, imóvel, ofertando-se aos votos como um ídolo, uma criatura maravilhosa; sobre a sua face redonda, duma brancura de lua cheia, com lábios grossos, rubros de sangue, erguia-se a mitra amarela das prostitutas de Babilônia; dos ombros fortes, por cima da túmida rijeza dos seios direitos, caía em pregas duras de brocado uma dalmática[244] negra radiantemente recamada de ramagens cor de ouro. Na mão tinha uma flor de cacto; e as suas pálpebras pesadas, as pestanas densas abriam-se e fechavam-se em ritmo, ao mover onduloso dum leque que uma escrava preta, agachada a seus pés, balançava cantando. Quando os seus olhos se cerravam, tudo em redor parecia escurecer; e quando se levantava a negra cortina das suas pestanas, vinha dessa larga pupila um clarão, uma influência, como a do sol do meio-dia no deserto que abrasa e vagamente entristece. E assim se ofertava, magnífica, com os seus grandes membros de mármore, a sua mitra fulva, lembrando os ritos de Astarte e de Adônis, lasciva e pontifical...

Toquei no braço de Topsius, murmurei, pálido:

– Caramba! Vou aos banhos!

---

242. Trempes: tripés para sustentar panelas ao fogo.
243. Chispas: centelhas, faíscas.
244. Dalmática: pertencente à Dalmácia.

Seco, empertigado na sua capa branca, ele volveu asperamente:
— Espera-nos Gamaliel, filho de Simeão. E a sabedoria dos rabis lá disse que a mulher é o caminho da iniquidade![245]

E bruscamente penetrou numa lôbrega viela, toda abobadada; as patas das éguas, ferindo as lajes, acirraram contra nós uivos de cães, maldições de mendigos, amontoados juntos no escuro. Depois saltamos por uma brecha da antiga Muralha de Ezequias, passamos uma velha cisterna seca onde os lagartos dormiam; e trotando pela poeira solta duma longa rua, entre muros caiados que reluziam e portas besuntadas de alcatrão, paramos no alto diante duma entrada mais nobre, em arco, com uma grade baixa d'arame que a defendia dos escorpiões. Era a casa de Gamaliel.

No meio dum vasto pátio ladrilhado, escaldando ao sol, um limoeiro toldava a água clara dum tanque. Em volta, sobre pilastras de mármore verde, corria uma varanda, silenciosa e fresca, donde pendia aqui e além um tapete da Assíria com flores bordadas. Um puro azul brilhava no alto; e ao canto, sob um alpendre, um negro, atrelado por cordas como uma alimária a uma barra de pau, calçado de ferraduras, vincado de cicatrizes, ia fazendo gemer e girar lentamente a grande mó de pedra do moinho doméstico.

No escuro duma porta apareceu um homem obeso, sem barba, quase tão amarelo como a túnica lassa que o envolvia todo; tinha na mão uma vara de marfim e mal podia erguer as pálpebras moles.

— Teu amo? — gritou-lhe Topsius, desmontando.

— Entra — disse o homem numa voz fugidia e fina como um silvo de cobra.

Por uma escadaria rica de granito negro chegamos a um patamar — onde pousavam dois candelabros, espigados como os arbustos de que reproduziam, em bronze, o tronco sem folhas; e entre eles estava de pé, diante de nós, Gamaliel, filho de Simeão. Era muito alto, muito magro; e a barba solta, lustrosa, perfumada, enchia-lhe o peito, onde brilhava um sinete de coral pendurado duma fita escarlate. O seu turbante branco, entremeado de fios de pérolas, descobria uma tira de pergaminho colada sobre a testa e cheia de textos sagrados; sob aquela alvura, os seus olhos encovados tinham um fulgor frio e duro. Uma longa túnica azul cobria-o até às sandálias, orlada de compridas franjas que arrastavam; e cosidas às mangas, enroladas nos pulsos, tinha ainda outras tiras de pergaminho onde negrejavam outras escrituras rituais.

---

245. Iniquidade: caráter do que é contrário à justiça, à equidade.

Topsius saudou-o à moda do Egito, deixando cair lentamente a mão até à joelheira da sua calça de lustrina. Gamaliel alargou os braços e murmurou, como psalmodiando:
– Entrai, sede bem-vindos, comei e regozijai-vos...
E atrás de Gamaliel, pisando um chão sonoro de mosaico, penetramos numa sala onde se achavam três homens. Um, que se afastou da janela para nos acolher, era magnificamente belo, com longos cabelos castanhos, pendendo em anéis doces em torno dum pescoço forte, macio e branco como um mármore coríntio; na faixa negra que lhe apertava a túnica brilhava, com pedrarias, o punho d'ouro duma espada curta.

O outro, calvo, gordo, com uma face balofa sem sobrancelhas, e tão lívida que parecia coberta de farinha, ficara encruzado, embrulhado no seu manto cor de vinho, sobre um divã feito de correias – tendo uma almofada de púrpura debaixo de cada braço; e o seu gesto d'acolhida foi mais distraído e desdenhoso do que a esmola que se atira ao estrangeiro. Mas Topsius quase se prostrara, a beijar os seus sapatos redondos de couro amarelo, atados por fios de ouro – porque aquele era o venerando Osanias, da família pontifical de Boethos, ainda do sangue real de Aristóbulo! O outro homem não o saudamos, nem ele também nos viu; estava agachado a um canto, com a face sumida no capuz duma túnica de linho mais alvo que a neve fresca, como mergulhado numa oração; e só de vez em quando se movia, para limpar as mãos lentamente a uma toalha da fina brancura da túnica, que lhe pendia duma corda, apertada à cintura, grossa e cheia de nós, como as que cingem os monges.

No entanto, descalçando as luvas, eu examinava o teto da sala, todo de cedro, com lavores retocados d'escarlate. O azul liso e lustroso das paredes era como a continuação daquele céu d'Oriente, quente e puro, que resplandecia através da janela, onde se destacava, pendido do muro, na plena luz, um ramo solitário de madressilva. Sobre uma tripeça,[246] incrustada de nácar, num incensador de bronze, fumegava uma resina aromática.

Mas Gamaliel aproximara-se – e depois de ter olhado duramente as minhas botas de montar disse com lentidão:
– A jornada do Jordão é longa, deveis vir esfomeados...
Murmurei polidamente uma recusa... E ele, grave como se recitasse um texto:

---

246. Tripeça: assento sustentado por três pés.

— A hora do meio-dia é a mais grata ao Senhor. José disse a Benjamim: "Tu comerás comigo ao meio-dia". Mas a alegria do hóspede é também doce ao Muito Alto, ao Muito Forte... Estais fracos, ides comer, para que a vossa alma me abençoe.

Bateu as palmas – um servo, com os cabelos apertados num diadema de metal, entrou trazendo um jarro cheio d'água tépida que cheirava a rosa, onde eu purifiquei as mãos; outro ofereceu bolos de mel sobre viçosas folhas de parra; outro verteu em taças de louça brilhante um vinho forte e negro d'Emaús. E para que o hóspede não comesse só, Gamaliel partiu um gomo de romã, e com as pálpebras cerradas levou à beira dos lábios uma malga, onde boiavam pedaços de gelo entre flores de laranjeira.

— Pois agora – disse eu lambendo os dedos – tenho lastro até ao meio-dia...

— Que a tua alma se regozije!

Acendi um cigarro, debrucei-me na janela. A casa de Gamaliel ficava num alto, decerto por trás do Templo, sobre a colina d'Ophel; ali o ar era tão doce e macio, que só o sentir a sua carícia enchia de paz o coração. Por baixo corria a muralha nova erguida por Herodes o Grande; e para além floriam jardins e pomares dando sombra ao vale da Fonte, e subindo até à colina, em que branquejava, calada e fresca, a aldeia de Siloé. Por uma fenda, entre o monte do Escândalo e a colina dos Túmulos, eu via resplandecer o mar Morto como uma chapa de prata; as montanhas de Moabe ondulavam depois, suaves, dum azul apenas mais denso que o do céu; e uma forma branca, que parecia tremer na vibração da luz, devia ser a cidadela de Maqueros sobre o seu rochedo, nos confins da Idumeia. No terraço relvoso duma casa, ao pé das muralhas, uma figura imóvel, abrigada sob um alto guarda-sol franjado de guizos, olhava como eu para esses longes da Arábia; e ao lado uma rapariga, ligeira e delgada, com os braços nus erguidos, chamava um bando de pombas que esvoaçavam em redor. A túnica aberta descobria-lhe o seiozinho cheio de seiva; e era tão linda, morena e dourada pelo sol, que eu ia, no silêncio do ar, atirar-lhe um beijo... Mas recolhi, ouvindo Gamaliel que dizia, como o homem do manto cor d'açafrão no monte das Oliveiras: "Sim, esta noite, em Betânia, rabi Jeshua foi preso...".

Depois ajuntou, lento, com os olhos semicerrados, erguendo por entre os dedos os longos fios da barba:

— Mas Pôncio teve um escrúpulo... Não quis julgar um homem de Galileia que é súbdito de Antipas Herodes... E como o tetrarca veio à Páscoa a Jerusalém, Pôncio mandou o rabi à sua morada, a Bezeta...

Os doutos óculos de Topsius rebrilharam d'espanto.
— Coisa estranha! — exclamou, abrindo os braços magros. — Pôncio escrupuloso, Pôncio formalista! E desde quando respeita Pôncio a judicatura do tetrarca? Quantos pobres galileus não fez ele matar sem licença do tetrarca, quando foi da revolta do aqueduto, quando espadas romanas, por ordem de Pôncio, misturaram nos pátios do Templo o sangue dos homens de Naftali ao sangue dos bois do sacrifício!

Gamaliel murmurou sombriamente:
— O romano é cruel, mas escravo da legalidade.

Então Osanias, filho de Boethos, disse com um sorriso mole e sem dentes, agitando de leve, sobre a púrpura das almofadas, as mãos resplandecentes de anéis:
— Ou talvez seja que a mulher de Pôncio proteja o rabi.

Gamaliel, surdamente, amaldiçoou o impudor da romana. E como os óculos de Topsius interrogavam o venerando Osanias ele admirou-se que o doutor ignorasse coisas tão conversadas no Templo, até pelos pastores que vêm da Idumeia vender os cordeiros da oferenda. Sempre que o rabi pregava no Pórtico de Salomão, do lado da Porta de Susã, Cláudia vinha vê-lo do alto do terraço da Torre Antônia, só, envolta num véu negro... Menahem, que guardava no mês de *tevet* a Escadaria dos Gentios, vira a mulher de Pôncio acenar com o véu ao rabi. E talvez Cláudia, saciada de Capreia, de todos os cocheiros do circo, de todos os histriões[247] de Suburra, e dos brinquedos d'Atalanta que fizeram perder a voz ao cantor Ácio, quisesse provar, vindo à Síria, a que sabiam os beijos dum profeta de Galileia...

O homem vestido de linho alvo ergueu bruscamente a face, sacudindo o capuz de sobre os cabelos revoltos; o seu largo olhar azul fulgurou por toda a sala, num relâmpago, e apagou-se logo, sob a humildade grave das pestanas que se baixaram... Depois murmurou, lento e severo:
— Osanias, o rabi é casto!

O velho riu, pesadamente. Casto, o rabi! E então essa galileia de Magdala, que vivera no bairro de Bezeta, e nas festas do Purim, se misturava com as prostitutas gregas às portas do Teatro de Herodes?... E Joana, a mulher de Cuza, um dos cozinheiros de Antipas? E outra de Efraim, Suzana, que uma noite, a um gesto do rabi, a um aceno do seu desejo, deixara o tear, deixara os filhos, e com o pecúlio[248] doméstico, escondido na ponta do manto, o seguira até Cesareia...?

---

247. Histriões: bufões; comediantes.
248. Pecúlio: reserva em dinheiro.

– Oh Osanias! – gritou, batendo palmas folgazãs, o homem formoso que tinha uma espada com pedrarias. – Oh filho de Boethos, como tu conheces, uma a uma, as incontinências dum rabi galileu, filho das ervas do chão e mais miserável que elas! Nem que se tratasse d'Élio Lama, nosso legado imperial, que o Senhor cubra de males!

Os olhos d'Osanias, miudinhos como duas contas de vidro negro, reluziram d'agudeza e malícia.

– Oh Manassés! É para que vós outros, os patriotas, os puros herdeiros de Judas de Gaulanítida, não nos acuseis sempre, a nós saduceus, de saber só o que se passa no Átrio dos Sacerdotes e nos eirados da casa de Hanã...

Uma tosse rouca reteve-o um espaço, sufocando, sob a ponta do manto em que vivamente se embuçara. Depois, mais quebrado, com laivos roxos na face farinhenta:

– Que em verdade foi justamente na casa de Hanã que ouvimos isto a Menahem, passeando todos debaixo da vinha... E mesmo nos contou ele que esse rabi de Galileia chegava, no seu impudor, a tocar fêmeas pagãs, e outras mais impuras que o porco... Um levita viu-o, na estrada de Siquém, erguer-se afogoueado, de trás da borda dum poço, com uma mulher da Samaria!

O homem coberto d'alvo linho ergueu-se dum salto, todo direito e trêmulo; e no grito que lhe escapou havia o horror de quem surpreende a profanação dum altar!

Mas Gamaliel, com uma seca autoridade, cravou nele os olhos duros:

– Oh Gade, aos trinta anos o rabi não é casado! Qual é o seu trabalho? Onde está o campo que lavra? Alguém jamais conheceu a sua vinha? Vagabundeia pelos caminhos, e vive do que lhe ofertam essas mulheres dissolutas! E que outra coisa fazem esses moços sem barba de Síbaris e de Lesbos, que passeiam todo o dia na Via Judiciária, e que vós outros, essênios,[249] abominais de tal sorte, que correis a lavar as vestes numa cisterna se um deles roça por vós?... Tu ouviste Osanias, filho de Boethos... Só Jeová é grande! E em verdade te digo que quando rabi Jeshua, desprezando a lei, dá à mulher adúltera um perdão que tanto cativa os simples, cede à frouxidão da sua moral e não à abundância da sua misericórdia!

Com a face abrasada, e atirando os braços ao ar, Gade bradou:

– Mas o rabi faz milagres!

---

249. Essênios: adeptos de uma seita judaica que surgiu na Palestina aproximadamente em 2 a.C.

E foi o formoso Manassés, com um sereno desdém, que respondeu ao essênio:

— Sossega, Gade, outros têm feito milagres! Simão de Samaria fez milagres. Fê-los Apolônio, e fê-los Gabino... E que são os prodígios do teu galileu comparados aos das filhas do grão-sacerdote Ânio, e aos do sábio rabi Shekiná?

E Osanias escarnecia a simpleza de Gade:

— Em verdade, que aprendeis vós outros, essênios, no vosso oásis d'Engaddi? Milagres! Milagres até os pagãos os fazem! Vai a Alexandria, ao porto do Eunotos, para a direita, onde estão as fábricas de papiros, e vês lá magos fazendo milagres por uma dracma,[250] que é o preço dum dia de trabalho. Se o milagre prova a divindade, então é divino o peixe Oannes, que tem barbatanas de nácar e prega nas margens do Eufrates, em noites de lua cheia!

Gade sorria com altivez e doçura. A sua indignação expirara sob a imensidão do seu desdém. Deu um passo vagaroso, depois outro — e considerando, apiedadamente, aqueles homens enfatuados, endurecidos e cheios d'irrisão:

— Vós dizeis, vós dizeis, vãos à maneira de moscardos que zumbem! Vós dizeis, e vós não o ouvistes! Em Galileia, que é bem fértil, bem verde, quando ele falava era como se corresse uma fonte de leite em terra de fome e secura: até a luz parecia um bem maior! As águas, no lago de Tiberíades, amansavam para o escutar; e aos olhos das crianças que o rodeavam subia a gravidade duma fé já madura... Ele falava: e como pombas que desdobram as asas e voam da porta dum santuário, nós víamos desprender-se dos seus lábios, irem voar por sobre as nações do mundo toda a sorte de cousas nobres e santas, a caridade, a fraternidade, a justiça, a misericórdia, e as formas novas, belas, divinamente belas, do amor!

A sua face resplandecia, enlevada para os céus, como seguindo o voo dessas novas divinas. Mas já do lado, Gamaliel, doutor da lei, o rebatia com uma dura autoridade:

— Que há d'original e d'individual em todas essas ideias, homem? Pensas que o rabi as tirou da abundância do seu coração? Está cheia delas a nossa doutrina!... Queres ouvir falar de amor, de caridade, de igualdade? Lê o livro de Jesus, filho de Sidrá... Tudo isso o pregou Hilel, tudo isso o disse Shemaiá! Cousas tão justas se encontram nos livros pagãos, que são, ao pé dos nossos, como o lodo ao pé da água pura de

---

250. Dracma: moeda de prata da Grécia antiga.

Siloé!... Vós mesmos os essênios tendes preceitos melhores!... Os rabis de Babilônia, d'Alexandria ensinaram sempre leis puras de justiça e de igualdade! E ensinou-as o teu amigo Iokanaan, a quem chamais o Batista, que lá acabou tão miseravelmente num ergástulo[251] de Maqueros...

— Iokanaan! – exclamou Gade, estremecendo, como rudemente acordado da suavidade dum sonho.

Os seus olhos brilhantes umedeceram. Três vezes, curvado para o chão, com os braços abertos, repetiu o nome de Iokanaan, como chamando alguém dentre os mortos. Depois, com duas lágrimas rolando pela barba, murmurou muito baixo, numa confidência que o enchia de terror e de fé:

— Fui eu que subi a Maqueros a buscar a cabeça do Batista! E quando descia o caminho, com ela embrulhada no meu manto, ainda a outra, Herodíade, estirada por sobre a muralha como a fêmea lasciva do tigre, rugia e me gritava injúrias!... Três dias e três noites segui pelas estradas de Galileia, levando a cabeça do justo pendurada pelos cabelos... Às vezes, detrás dum rochedo, um anjo surgia todo coberto de negro, abria as asas e punha-se a caminhar ao meu lado...

De novo a cabeça lhe pendeu, os seus duros joelhos ressoaram nas lajes; e ficou prostrado, orando ansiosamente, com os braços estendidos em cruz.

Então Gamaliel adiantou-se para o sábio Topsius; e, mais direito que uma coluna do Templo, com os cotovelos colados à cinta, as mãos magras espalmadas para fora:

— Nós temos uma lei, a nossa lei é clara. Ela é a palavra do Senhor; e o Senhor disse: "Eu sou Jeová, o eterno, o primeiro e o último, o que não transmite a outros nem o seu nome, nem a sua glória; antes de mim não houve deus algum, não existe deus algum ao meu lado, não haverá deus algum depois de mim...". Esta é a voz do Senhor. E o Senhor disse ainda: "Se pois entre vós aparecer um profeta, um visionário que faça milagres e queira introduzir outro deus e chame os simples ao culto desse deus – esse profeta e visionário morrerá!". Esta é a lei, esta é a voz do Senhor. Ora o rabi de Nazaré proclamou-se Deus em Galileia, nas sinagogas, nas ruas de Jerusalém, nos pátios santos do Templo... O rabi deve morrer.

Mas o formoso Manassés, cujo lânguido olhar entenebrecia como um céu onde vai trovejar, interpôs-se entre o doutor da lei e o historiador dos Herodes. E nobremente repeliu a letra cruel da doutrina:

---

251. Ergástulo: cárcere em que os escravos eram confinados.

— Não, não! Que importa que a lâmpada dum sepulcro diga que é o sol? Que importa que um homem abra os braços e grite que é um deus? As nossas leis são suaves: por tão pouco não se vai buscar o carrasco ao seu covil a Gareb...

Eu, caridoso, ia louvar Manassés. Mas já ele bradava com violência e fervor:

— Todavia esse rabi de Galileia deve decerto morrer, porque é um mau cidadão e um mau judeu! Não o ouvimos nós aconselhar que se pague o tributo a César? O rabi estende a mão a Roma, o romano não é o seu inimigo. Ha três anos que prega, e ninguém jamais lhe ouviu proclamar a necessidade santa de expulsar o estrangeiro. Nós esperamos um Messias que traga uma espada e liberte Israel, e este, néscio e verboso, declara que traz só o "pão da verdade"! Quando há um pretor[252] romano em Jerusalém, quando são lanças romanas que velam às portas do nosso Deus, a que vem esse visionário falar do pão do céu e do vinho da verdade? A única verdade útil é que não deve haver romanos em Jerusalém!...

Osanias, inquieto, olhou a janela cheia de luz, por onde as ameaças de Manassés se evolavam, vibrantes e livres. Gamaliel sorria friamente. E o discípulo ardente de Judas de Gamala clamava, arrebatado na sua paixão:

— Oh! Em verdade vos digo, embalar as almas na esperança do reino do céu é fazer-lhes esquecer o dever forte para com o reino da terra, para esta terra d'Israel que está em ferros, e chora e não quer ser consolada! O rabi é traidor à pátria! O rabi deve morrer!

Trêmulo, agarrara a espada; e o seu olhar alargava-se, com uma fulguração de revolta, como chamando avidamente os combates e a glória dos suplícios.

Então Osanias ergueu-se apoiado a um bastão que rematava numa pinha d'ouro. Um penoso cuidado parecia agora anuviar a sua velhice leviana. E começou a dizer, de manso e tristemente, como quem através do entusiasmo e da doutrina aponta o mandado iludível da necessidade:

— Decerto, decerto, pouco importa que um visionário se diga Messias e filho de Deus, ameace destruir a lei e destruir o Templo. O Templo e a lei podem bem sorrir e perdoar, certos da sua eternidade... Mas, oh Manassés, as nossas leis são suaves; e não creio que se deva ir acordar o carrasco a Gareb, porque um rabi de Galileia, que se lembra

---

252. Pretor: na Roma antiga, magistrado responsável por administrar a justiça.

dos filhos de Judas de Gamala pregados na cruz, aconselha prudência e malícia nas relações com o romano! Ó Manassés, robustas são as tuas mãos; mas podes tu com elas desviar a corrente do Jordão da terra de Canaã para a terra da Traconítida? Não. Nem podes também impedir que as legiões de César, que cobriram as cidades da Grécia, venham cobrir o país de Judá! Sábio e forte era Judas Macabeu, e fez amizade com Roma... Porque Roma é sobre a terra como um grande vento da natureza; quando ele vem, o insensato oferece-lhe o peito e é derrubado; mas o homem prudente recolhe à sua morada e está quieto. Indomável era a Galácia; Filipe e Perseu tinham exércitos na planície; Antíoco o Grande comandava cento e vinte elefantes e carros de guerra inumeráveis... Roma passou; deles que resta? Escravos, pagando tributos...

Curvara-se, pesadamente, como um boi sob o jugo. Depois, fixando sobre nós os olhos miúdos que dardejavam um brilho inexorável e frio, prosseguiu, sempre de manso e sutil:

– Mas em verdade vos digo que esse rabi de Galileia deve morrer! Porque é o dever do homem que tem bens na terra e searas apagar depressa com a sandália, sobre as lajes da eira, a fagulha que ameaça inflamar-lhe a meda...[253] Com o romano em Jerusalém, todo aquele que venha e se proclame Messias, como o de Galileia, é nocivo e perigoso para Israel. O romano não compreende o reino do céu que ele promete; mas vê que essas prédicas,[254] essas exaltações divinas agitam sombriamente o povo dentro dos pórticos do Templo... E então diz: "Na verdade este Templo, com o seu ouro, as suas multidões, e tanto zelo, é um perigo para a autoridade de César na Judeia...". E logo, lentamente, anula a força do Templo diminuindo a riqueza, os privilégios do seu sacerdócio. Já para nossa humilhação, as vestes pontificais são guardadas no erário da Torre Antônia; amanhã será o candelabro d'ouro! Já o pretor usou, para nos empobrecer, o dinheiro do corbã![255] Amanhã os dízimos da colheita, o dos gados, o dinheiro da oferenda, o óbolo[256] das trombetas, os tributos rituais, todos os haveres do sacerdócio, até as viandas[257] dos sacrifícios, nada será nosso, tudo será do romano! E só nos ficará o bordão para irmos mendigar nas estradas de Samaria, à espera dos mercadores ricos da Decápole... Em verdade vos digo, se quisermos

---

253. Meda: amontoado de feixes ou de outra coisa da mesma espécie.
254. Prédicas: sermões.
255. Corbã: palavra hebraica que significa "dádiva dedicada a Deus".
256. Óbolo: esmola; donativo.
257. Viandas: quaisquer tipos de alimentos.

conservar as honras e os tesouros, que são nossos pela antiga lei, e que fazem o esplendor de Israel, devemos mostrar ao romano, que nos vigia, um Templo quieto, policiado, submisso, contente, sem fervores e sem Messias!... O rabi deve morrer!

Assim diante de mim falou Osanias, filho de Boethos, e membro do Sanedrim.

Então o magro historiador dos Herodes, cruzando com reverência as mãos sobre o peito, saudou três vezes aqueles homens facundos. Gade, imóvel, orava. No azul da janela uma abelha cor d'ouro zumbia em torno da flor de madressilva. E Topsius dizia com pompa:

– Homens que me haveis acolhido, a verdade abunda nos vossos espíritos como a uva abunda nas videiras! Vós sois três torres que guardais Israel entre as nações: uma defende a unidade da religião; outra mantém o entusiasmo da pátria; e a terceira, que és tu, venerando filho de Boethos, cauto e ondeante como a serpente que amava Salomão, protege uma cousa mais preciosa que é a ordem!... Vós sois três torres; e contra cada uma o rabi de Galileia ergue o braço e lança a primeira pedrada! Mas vós guardais Israel e o seu Deus e os seus bens, e não vos deveis deixar derrocar!... Em verdade, agora o reconheço, Jesus e o judaísmo nunca poderiam viver juntos.

E Gamaliel, com o gesto de quem quebra uma vara frágil, disse, mostrando os dentes brancos:

– Por isso o crucificamos!

Foi como uma faca acerada que, lampejando e silvando, se viesse cravar no meu peito! Arrebatei, sufocado, a manga do douto historiador:

– Topsius! Topsius! Quem é esse rabi que pregava em Galileia, e faz milagres e vai ser crucificado?

O sábio doutor arregalou os olhos com tanto pasmo, como se eu lhe perguntasse qual era o astro que d'além dos montes traz a luz da manhã. Depois, secamente:

– Rabi Jeshua bar José, que veio de Nazaré em Galileia, a quem alguns chamam Jesus e outros também chamam o Cristo.

– O nosso! – gritei, vacilando, como um homem atordoado.

E os meus joelhos católicos quase bateram as lajes, num impulso de ficar ali caído, enrodilhado no meu pavor, rezando desesperadamente e para sempre. Mas logo como uma labareda chamejou por todo o meu ser o desejo de correr ao seu encontro e pôr os meus olhos mortais no corpo do meu Senhor, no seu corpo humano e real, vestido do linho de que os homens se vestem, coberto com o pó que levantam os caminhos humanos!... E ao mesmo tempo, mais do que treme a folha num áspero vento, tremia a minha alma num terror sombrio – o terror do servo negligente diante do amo justo! Estava eu bastante purificado com jejuns e terços para afrontar a face fulgurante do meu Deus? Não! Oh mesquinha e amarga deficiência da minha devoção! Eu não beijara jamais, com suficiente amor, o seu pé dorido e roxo na sua igreja da Graça! Ai de mim! Quantos domingos, nesses tempos carnais em que a Adélia, sol da minha vida, me esperava na travessa dos Caldas, fumando e em camisa, não maldissera eu a lentidão das missas e a monotonia dos septenários! E sendo assim do crânio à sola dos pés uma crosta de pecado, como poderia meu corpo não tombar, já réprobo,[258] já tisnado, quando os dois globos dos olhos do Senhor, como duas metades do céu, se voltassem vagarosamente para mim?

Mas *ver* Jesus! Ver como eram os seus cabelos, que pregas fazia a sua túnica, e o que acontecia na terra quando os seus lábios se abriam!... Para além desses eirados onde as mulheres atiravam grão às pombas; numa dessas ruas donde me chegava claro e cantado o pregão dos vendedores de pães ázimos[259] – ia passando talvez nesse temeroso instante, entre barbudos, graves soldados romanos, Jesus, meu Salvador, com uma corda amarrada nas mãos. A lenta aragem que balançava na janela o ramo de madressilva, e lhe avivava o aroma, acabava talvez de roçar a fronte do meu Deus, já ensanguentada d'espinhos! Era só empurrar aquela porta de cedro, atravessar o pátio onde gemia a mó do moinho doméstico – e logo, na rua, eu poderia ver presente e corpóreo o meu Senhor Jesus tão realmente e tão bem como o viram são João e são Mateus. Seguiria a sua sacra sombra no muro branco – onde cairia também a minha sombra. Na mesma poeira que as minhas solas pisassem – beijaria a pegada ainda quente dos seus pés! E abafando com ambas as mãos o barulho do meu coração – eu poderia surpreender, saído da sua boca inefável, um ai, um soluço, um queixume, uma promessa! Eu saberia então uma palavra nova do Cristo, não escrita no Evangelho – e só eu teria o direito pontifical de a repetir às multidões prostradas. A minha autoridade surgia, na Igreja, como a dum Testamento novíssimo. Eu era uma testemunha inédita da Paixão. Tornava-me são Teodorico Evangelista!

Então, com uma desesperada ansiedade que espantou aqueles orientais de maneiras mesuradas, eu gritei:

– Onde o posso ver? Onde está Jesus de Nazaré, meu Senhor?

Nesse momento um escravo, correndo na ponta leve das sandálias, veio cair de bruços nas lajes, diante de Gamaliel; beijava-lhe as franjas

---

258. Réprobo: indivíduo que foi socialmente banido.
259. Pães ázimos: feitos sem fermento nem levedura.

da túnica, as suas costelas magras arquejavam; por fim murmurou, exausto:
— Amo, o rabi está no pretório!

Gade emergiu da sua oração com um salto de fera, apertou em torno dos rins a corda de nós, e correu arrebatadamente, com o capuz solto, espalhando em redor o sulco louro dos seus cabelos revoltos. Topsius traçara a sua capa branca, com essas pregas de toga latina que lhe davam a solenidade dum mármore; e tendo comparado a hospitalidade de Gamaliel à d'Abraão, bradou-me triunfantemente:
— Ao pretório!

Muito tempo segui Topsius através da antiga Jerusalém, numa caminhada ofegante, todo perdido no tumulto dos meus pensamentos. Passamos junto a um jardim de rosas, do tempo dos profetas, esplêndido e silencioso, que dois levitas guardavam com lanças douradas. Depois foi uma rua fresca, toda aromatizada pelas lojas dos perfumistas, ornadas de tabuletas em forma de flores e d'almofarizes; um toldo de esteiras finas assombreava as portas, o chão estava regado e juncado d'erva-doce e de folhas d'anêmonas; e pela sombra preguiçavam moços lânguidos, de cabelos frisados em cachos, de olheiras pintadas, mal podendo erguer, nas mãos pesadas d'anéis, as sedas roçagantes das túnicas cor de cereja e cor d'ouro. Além dessa rua indolente abria-se uma praça, que escaldava ao sol, com uma poeira grossa e branca, onde os pés se enterravam; solitária, no meio, uma vetusta palmeira arqueava o seu penacho, imóvel e como de bronze; e ao fundo, negrejavam na luz as colunatas de granito do velho Palácio de Herodes. Aí era o pretório.

Defronte do arco d'entrada, onde rondavam, com plumas pretas no elmo reluzente, dois legionários da Síria, um bando de raparigas, tendo detrás da orelha uma rosa e no regaço coifas d'esparto, apregoavam os pães ázimos. Sob um enorme guarda-sol de penas, cravado no chão, homens de mitra de feltro, com tábuas sobre os joelhos e balanças, trocavam a moeda romana. E os vendedores d'água, com os seus odres felpudos, lançavam um grito trêmulo. Entramos; e logo um terror me envolveu.

Era um claro pátio, aberto sob o azul, lajeado de mármore, tendo de cada lado uma arcada, elevada em terraço, com parapeito, fresca e sonora como um claustro de mosteiro. Da arcaria ao fundo, encimada pela frontaria austera do palácio, estendia-se um velário, dum estofo escarlate franjado d'ouro, fazendo uma sombra quadrada e dura; dois mastros de pau de sicômoro sustentavam-no, rematados por uma flor de lótus.

Aí apertava-se um magote[260] de gente – onde se confundiam as túnicas dos fariseus orladas d'azul, o rude saião d'estamenha[261] dos obreiros apertado com um cinto de couro, os vastos albornozes listrados de cinzento e branco dos homens de Galileia, e a capa carmesim de grande capuz dos mercadores de Tiberíades; algumas mulheres já fora do abrigo do velário alçavam-se na ponta das chinelas amarelas, estendendo por cima do rosto contra o sol uma dobra do manto ligeiro; e daquela multidão saía um cheiro morno de suor e de mirra. Para além, por cima dos turbantes alvos apinhados, brilhavam pontas de lança. E ao fundo, sobre um sólio,[262] um homem, um magistrado, envolto nas pregas nobres duma toga pretexta, e mais imóvel que um mármore, apoiava sobre o punho forte a barba densa e grisalha; os seus olhos encovados pareciam indolentemente adormecidos; uma fita escarlate prendia-lhe os cabelos; e por trás, sobre um pedestal que fazia espaldar à sua cadeira curul,[263] a figura de bronze da loba romana abria de través a goela voraz. Perguntei a Topsius quem era aquele magistrado melancólico.

– Um certo Pôncio, chamado Pilatos, que foi prefeito em Batávia.

Lentamente caminhei pelo pátio, procurando, como num templo, fazer mais subtil e respeitoso o ruído das minhas solas. Um grave silêncio caía do céu rutilante: só, por vezes, rompia do lado dos jardins, áspero e triste, o gritar dos pavões. Estendidos no chão, junto à balaustrada do claustro, negros dormitavam com a barriga ao sol. Uma velha contava moedas de cobre, acocorada diante do seu gigo de fruta. Em andaimes, postos contra uma coluna, havia trabalhadores compondo o telhado. E crianças, a um canto, jogavam com discos de ferro que tiniam de leve nas lajes.

Subitamente, alguém familiar tocou no ombro do historiador dos Herodes. Era o formoso Manassés; e com ele vinha um velho magnífico, duma nobreza de pontífice, a quem Topsius beijou filialmente a manga da simarra[264] branca, bordada de verdes folhas de parra. Uma barba de neve, lustrosa de óleo, caía-lhe até à faixa que o cingia; e os ombros largos desapareciam sob a esparsa abundância dos cabelos alvos, saindo do turbante como uma pura romeira de arminhos reais. Uma das mãos,

---

260. Magote: ajuntamento.
261. Estamenha: tecido de lã leve.
262. Sólio: trono.
263. Curul: cadeira reservada a pessoas importantes.
264. Simarra: batina de clérigo ou sacristão.

cheia de anéis, apoiava-se a um forte bastão de marfim; e a outra conduzia uma criança pálida, que tinha os olhos mais belos que estrelas, e semelhava junto ao ancião um lírio à sombra dum cedro.
– Subi à galeria – disse-nos Manassés. – Tereis lá repouso e frescura...
Seguimos o patriota; e eu perguntei cautelosamente a Topsius quem era o outro tão velho, tão augusto.
– Rabi Robam – murmurou com veneração o meu douto amigo. – Uma luz do Sanedrim, facundo e subtil entre todos, e confidente de Caifás...
Reverente, saudei três vezes rabi Robam – que se sentara num banco de mármore, pensativo, aconchegando sobre o seu vasto peito ancestral a cabeça da criança mais loura que os milhos de Jope. Depois continuamos devagar pela galeria sonora e clara; na sua extremidade brilhava uma porta suntuosa de cedro com chapas de prata lavradas; um pretoriano de Cesareia guardava-a, sonolento, encostado ao seu alto escudo de vime. Aí, comovido, caminhei para o parapeito; e logo meus olhos mortais encontraram lá embaixo – a forma encarnada do meu Deus!
Mas, oh rara surpresa da alma variável, não senti êxtasis nem terror! Era como se de repente me tivessem fugido da memória longos, laboriosos séculos de história e de religião. Nem pensei que aquele homem seco e moreno fosse o remidor da humanidade... Achei-me inexplicavelmente anterior nos tempos. Eu já não era Teodorico Raposo, cristão e bacharel; a minha individualidade como que a perdera, à maneira dum manto que escorrega, nessa carreira ansiosa desde a casa de Gamaliel. Toda a antiguidade das coisas ambientes me penetrara, me refizera um ser; eu era também um antigo. Era Teodoricus, um lusitano, que viera numa galera das praias ressoantes do Promontório Magno, e viajava, sendo Tibério imperador, em terras tributárias de Roma. E aquele homem não era Jesus, nem Cristo, nem Messias – mas apenas um moço de Galileia que, cheio dum grande sonho, desce da sua verde aldeia para transfigurar todo um mundo e renovar todo um céu, e encontra a uma esquina um netenim[265] do Templo que o amarra e o traz ao pretor, numa manhã d'audiência, entre um ladrão que roubara na estrada de Siquém e outro que atirara facadas numa rixa em Emath!
Num espaço ladrilhado de mosaico, em face do sólio onde se erguia o assento curul do pretor sob a loba romana – Jesus estava de pé,

---

265. Netenim: assistente do Templo na antiga Jerusalém.

com as mãos cruzadas e frouxamente ligadas por uma corda que rojava no chão. Um largo albornoz de lã grossa, em riscas pardas, orlado de franjas azuis, cobria-o até aos pés, calçados de sandálias já gastas pelos caminhos do deserto e atadas com correias. Não lhe ensanguentava a cabeça essa coroa inumana de espinhos, de que eu lera nos Evangelhos; tinha um turbante branco, feito duma longa faixa de linho enrolada, cujas pontas lhe pendiam de cada lado sobre os ombros; um cordel amarrava-lho por baixo da barba encaracolada e aguda. Os cabelos secos, passados por trás das orelhas, caíam-lhe em anéis pelas costas; e no rosto magro, requeimado, sob sobrancelhas densas, unidas num só traço, negrejava com uma profundidade infinita o resplendor dos seus olhos. Não se movia, forte e sereno diante do pretor. Só algum estremecimento das mãos presas traía o tumulto do seu coração; e às vezes respirava longamente, como se o seu peito, acostumado aos livres e claros ares dos montes e dos lagos de Galileia, sufocasse entre aqueles mármores, sob o pesado velário romano, na estreiteza formalista da lei.

A um lado, Sareias, o vogal do Sanedrim, tendo deposto no chão o seu manto e o seu báculo[266] dourado, ia desenrolando e lendo uma tira escura de pergaminho, num murmúrio cantado e dormente. Sentado num escabelo,[267] o assessor romano, sufocado pelo calor já áspero do mês de *nissan*, refrescava com um leque de folhas de heras secas a face rapada e branca como um gesso; um escriba, velho e nédio, numa mesa de pedra cheia de tabulários e de regras de chumbo, aguçava miudamente os seus cálamos; e entre ambos o intérprete, um fenício imberbe,[268] sorria com a face no ar, com as mãos na cinta, arqueando o peito onde trazia pintado sobre a jaqueta de linho um papagaio vermelho. Em torno ao velário, constantemente voavam pombas. E foi assim que eu vi Jesus de Galileia preso, diante do pretor de Roma...

No entanto Sareias, tendo enrolado em torno à haste de ferro o pergaminho escuro, saudou Pilatos, beijou um sinete sobre o dedo para marcar nos seus lábios o selo da verdade – e imediatamente encetou uma arenga em grego, com textos, verbosa e aduladora. Falava do tetrarca de Galileia, o nobre Antipas; louvava a sua prudência; celebrava seu pai Herodes o Grande, restaurador do Templo... A glória de Herodes enchia a terra; fora terrível, sempre fiel aos Césares; seu filho Antipas era engenhoso e forte!... Mas reconhecendo a sua sabedoria ele estranhava

---

266. Báculo: bastão alto usado por bispos.
267. Escabelo: arco que serve como banco.
268. Imberbe: jovem, iniciante.

que o tetrarca se recusasse a confirmar a sentença do Sanedrim que condenava Jesus à morte... Não fora essa sentença fundada nas leis que dera o Senhor? O justo Hanã interrogara o rabi, que emudecera, num silêncio ultrajante. Era essa a maneira de responder ao sábio, ao puro, ao piedoso Hanã? Por isso um zeloso, sem se conter, atirara a mão violenta à face do rabi... Onde estava o respeito dos antigos tempos, e a veneração do pontificado?

A sua voz cava e larga rolava, infindavelmente. Eu, cansado, bocejava. Por baixo de nós dois homens encruzados nas lajes comiam tâmaras de Betabara que traziam no saião, bebendo duma cabaça. Pilatos, com o punho sob a barba, olhava sonolentamente os seus borzeguins escarlates picados de estrelas d'ouro.

E Sareias agora proclamava os direitos do Templo. Ele era o orgulho da nação, a morada eleita do Senhor! César Augusto ofertara-lhe escudos e vasos de ouro... E esse Templo, como o respeitara o rabi? Ameaçando destruí-lo! "Eu derrocarei o templo de Jeová e edificá-lo-ei em três dias!" Testemunhas puras ouvindo esta rude impiedade tinham coberto a cabeça de cinza para afastar a cólera do Senhor... Ora a blasfêmia atirada ao santuário ressaltava até ao seio de Deus!...

Sob o velário, os fariseus, os escribas, os netenins do Templo, escravos sórdidos, sussurravam como arbustos agrestes que um vento começa a agitar. E Jesus permanecia imóvel, abstraidamente indiferente, com os olhos cerrados, como para isolar melhor o seu sonho contínuo e formoso, longe das coisas duras e vãs que o maculavam. Então o assessor romano ergueu-se, depôs no escabelo o seu leque de folhas, traçou com arte o manto forense, orlado de azul, saudou três vezes o pretor – e a sua mão delicada começou a ondear no ar, fazendo cintilar uma joia.

– Que diz ele?...

– Coisas infinitamente hábeis – murmurou Topsius. – É um pedante, mas tem razão. Diz que o pretor não é um judeu; que nada sabe de Jeová, nem lhe importam os profetas que se erguem contra Jeová; e que a espada de César não vinga deuses que não protegem César!... O romano é engenhoso!

Ofegando, o assessor recaiu languidamente no escabelo. E logo Sareias volveu a arengar, sacudindo os braços para a multidão dos fariseus, como a evocar os seus protestos, e refugiando-se na sua força. Agora, mais retumbante, acusava Jesus, não da sua revolta contra Jeová e o Templo, mas das suas pretensões como príncipe da casa de Davi! Toda a gente em Jerusalém o tinha visto, havia quatro dias, entrar pela Porta d'Ouro, num falso triunfo, entre palmas verdes, cercado duma

multidão de galileus, que gritavam: "Hosana ao filho de Davi, hosana ao rei de Israel!...".
– Ele é o filho de Davi, que vem para nos tornar melhores! – gritou ao longe a voz de Gade, cheia de persuasão e d'amor.
Mas de repente Sareias colou ao corpo as mangas franjadas, mudo e mais teso que um conto de lança; o escriba romano, de pé, com os punhos fincados na mesa, vergava o cachaço[269] reverente e nédio; o assessor sorria, atento. Era o pretor que ia interrogar o rabi; e eu, tremendo, vi um legionário empurrar Jesus que ergueu a face...
Debruçado de leve para o rabi, com as mãos abertas que pareciam soltar, deixar cair todo o interesse por esse pleito ritual de sectários arguciosos, Pôncio murmurou, enfastiado e incerto:
– És tu então o rei dos judeus?... Os da tua nação trazem-te aqui!... Que fizeste tu?... Onde é o teu reino?
O intérprete, enfatuado, perfilado junto ao sólio de mármore, repetiu muito alto estas coisas na antiga língua hebraica dos livros santos: e, como o rabi permanecia silencioso, gritou-as na fala caldaica[270] que se usa em Galileia.
Então Jesus deu um passo. Eu ouvi a sua voz. Era clara, segura, dominadora e serena:
– O meu reino não é daqui! Se por vontade de meu Pai eu fosse rei de Israel, não estaria diante de ti com esta corda nas mãos... Mas o meu reino não é deste mundo!
Um grito estrugiu,[271] desesperado:
– Tirai-o então deste mundo!
E logo, como lenha preparada que uma faísca inflama, o furor dos fariseus e dos serventes do Templo irrompeu, crepitando, em clamores impacientes:
– Crucificai-o! Crucificai-o!
Pomposamente o intérprete redizia em grego ao pretor os brados tumultuosos, lançados na língua siríaca que fala o povo em Judeia... Pôncio bateu o borzeguim sobre o mármore. Os dois lictores[272] ergueram ao ar as varas rematadas numa figura d'águia; o escriba gritou o nome de Caio Tibério; e logo os braços frementes se abaixaram, e foi como um terror diante da majestade do povo romano.
De novo Pôncio falou, lento e vago:

---

269. Cachaço: parte posterior do pescoço.
270. Caldaica: relativa à Caldeia ou aos caldeus.
271. Estrugir: atordoar.
272. Lictores: na Roma antiga, guardas portadores de varas que abriam caminho aos cônsules.

– Dizes então que és rei... E que vens tu fazer aqui?

Jesus deu outro passo para o pretor. A sua sandália pousou fortemente sobre as lajes como se tomasse posse suprema da terra. E o que saiu dos seus lábios trêmulos pareceu-me fulgurar, vivo no ar, como o resplendor que dos seus olhos negros saiu.

– Eu vim a este mundo testemunhar a verdade! Quem desejar a verdade, quem quiser pertencer à verdade tem de escutar a minha voz!

Pilatos considerou-o um momento, pensativo; depois encolhendo os ombros:

– Mas, homem, o que é a verdade?

Jesus de Nazaré emudeceu – e no pretório espalhou-se um silêncio como se todos os corações tivessem parado, cheios subitamente de incerteza...

Então, apanhando devagar a sua vasta toga, Pilatos desceu os quatro degraus de bronze – e precedido dos lictores, seguido do assessor, penetrou no palácio, por entre o rumor d'armas dos legionários que o saudavam batendo o ferro das lanças sobre o bronze dos escudos.

Imediatamente elevou-se por todo o pátio um áspero e ardente sussurro como de abelhas irritadas. Sareias perorava,[273] brandindo o báculo entre os fariseus, que apertavam as mãos num terror. Outros, afastados, cochichavam sombriamente. Um grande velho, com um manto negro que esvoaçava, corria numa ânsia o pretório, por entre os que dormiam ao sol, por entre os vendedores de pães ázimos, gritando: "Israel está perdido!". E eu vi levitas fanáticos arrancarem as borlas das túnicas, como numa calamidade pública.

Gade surgiu diante de nós, erguendo os braços triunfantes:

– O pretor é justo e liberta o rabi!...

E, com a face cheia de brilho, revelava-nos a doçura da sua esperança! O rabi, apenas solto, deixaria Jerusalém – onde as pedras eram menos duras que os corações. Os seus amigos armados esperavam-no em Betânia; e partiriam ao romper da lua para o oásis d'Engaddi! Lá estavam aqueles que o amavam. Não era Jesus o irmão dos essênios? Como eles o rabi pregava o desprezo dos bens terrestres, a ternura pelos que são pobres, a incomparável beleza do reino de Deus...

Eu, crédulo, regozijava-me – quando um tumulto invadiu a galeria que um escravo viera regar. Era o bando escuro dos fariseus, em marcha para o banco de pedra, onde rabi Robam conversava com Manassés, enrolando docemente nos dedos os cabelos da criança, mais louros que

---

273. Perorar: falar com entusiasmo.

os milhos. Topsius e eu corremos para a turba intolerante. Já Sareias, no meio, curvado, mas com a firmeza de quem intima, dizia:

– Rabi Robam, é necessário que vás falar ao pretor e salvar a nossa lei!

E logo, de todos os lados, foi um suplicar ansioso:

– Rabi, fala ao pretor! Rabi, salva Israel!

Lentamente o velho erguia-se, majestoso como um grande Moisés. E diante dele um levita, muito pálido, vergava os joelhos, murmurava a tremer:

– Rabi, tu és justo, sábio, perfeito e forte diante do Senhor!

Rabi Robam levantou as duas mãos abertas para o céu: e todos se curvaram como se o espírito de Jeová, obedecendo à muda invocação, tivesse descido para encher aquele coração justo. Depois, com a mão da criança na sua, pôs-se a caminhar em silêncio; atrás a turba fazia um rumor de sandálias lassas sobre as lajes de mármore.

Paramos, amontoados, diante da porta de cedro – onde o pretoriano cruzara a lança, depois de bater as argolas de prata. Os pesados gonzos rangeram; um tribuno do palácio acudiu tendo na mão um longo galho de vide.[274] Dentro era uma fria sala, mal alumiada, severa, com os muros forrados de estuques escuros. Ao centro erguia-se palidamente uma estátua de Augusto, com o pedestal juncado de coroas de louro e de ramos votivos; dois grandes tocheiros de bronze dourado reluziam aos cantos, na sombra.

Nenhum dos judeus entrou – porque pisar em dia pascal um solo pagão era coisa impura diante do Senhor. Sareias anunciou altivamente ao tribuno que "alguns da nação d'Israel, à porta do palácio de seus pais, estavam esperando o pretor". Depois pesou um silêncio, cheio d'ansiedade...

Mas dois lictores avançaram; e logo atrás, caminhando a passos largos, com a vasta toga apanhada contra o peito, Pilatos apareceu.

Todos os turbantes se curvaram, saudando o procurador da Judeia. Ele parara junto à estátua de Augusto. E, como repetindo o gesto nobre da figura de mármore, estendeu a mão que segurava um pergaminho enrolado, e disse:

– Que a paz seja convosco e com as vossas palavras... Falai!

Sareias, vogal do Sanedrim, adiantando-se, declarou que os seus corações vinham em verdade cheios de paz... Mas, tendo o pretor deixado o pretório sem confirmar nem anular a sentença do Sanedrim que condenava Jesus ben José – eles se achavam como o homem que vê a uva na vinha, suspensa, sem secar e sem amadurecer!

---

274. Vide: o mesmo que videira.

Pôncio pareceu-me penetrado d'equidade e clemência.

– Eu interroguei o vosso preso – disse ele –; e não lhe achei culpa que deva punir o procurador da Judeia... Antipas Herodes, que é prudente e forte, que pratica a vossa lei e ora no vosso Templo, interrogou-o também e nenhuma culpa nele encontrou... Esse homem diz apenas coisas incoerentes como os que falam em sonhos... Mas as suas mãos estão puras de sangue; nem ouvi que ele escalasse o muro do seu vizinho... César não é um amo inexorável... Esse homem é apenas um visionário.

Então, com um sombrio murmúrio, todos recuaram, deixando rabi Robam só no limiar da sala romana. Um brilho de joia tremia na ponta da sua tiara; as suas cãs caindo sobre os vastos ombros coroavam-no de majestade como a neve faz aos montes; as franjas azuis do seu manto solto rojavam nas lajes, em redor. Devagar, sereno, como se explicasse a lei aos seus discípulos, ergueu a mão e disse:

– Oficial de César, Pôncio, muito justo e muito sábio! O homem que tu chamas visionário há anos que ofende todas as nossas leis e blasfema o nosso Deus. Mas quando o prendemos nós, quando to trouxemos nós? Somente quando o vimos entrar em triunfo pela Porta d'Ouro, aclamado como rei da Judeia. Porque a Judeia não tem outro rei senão Tibério; e apenas um sedicioso[275] se proclama em revolta contra César, apressamo-nos a castigá-lo. Assim fazemos nós, que não temos mandado de César, nem cobramos do seu erário; e tu, oficial de César, não queres que seja castigado o rebelde a teu amo?...

A face larga de Pôncio, que uma sonolência amolecia, relampeou, raiada vivamente de sangue. Aquela tortuosidade de judeus que, execrando Roma, apregoavam agora um zelo ruidoso por César para poderem, em nome da sua autoridade, saciar um ódio sacerdotal – revoltou a retidão do romano; e a audaciosa admoestação foi intolerável ao seu orgulho. Desabridamente exclamou, com um gesto que os sacudia:

– Cessai! Os procuradores de César não vêm aprender a uma colônia bárbara da Ásia os seus deveres para com César!

Manassés que ao meu lado, já impaciente, puxava a barba afastou-se com indignação. Eu tremi. Mas o soberbo rabi prosseguiu, mais indiferente à ira de Pôncio do que ao balar dum anho que arrastasse às aras:

– Que faria o procurador de César em Alexandria se um visionário descesse de Bubastes proclamando-se rei do Egito? O que tu não queres fazer nesta terra bárbara da Ásia! Teu amo dá-te a guardar uma vinha, e tu deixas que entrem nela e que a vindimem? Para que estás então na

---

275. Sedicioso: insurgente, revoltoso.

Judeia, para que está a sexta legião na Torre Antônia? Mas o nosso espírito é claro, e a nossa voz é clara e alta bastante, Pôncio, para que César a ouça!...

Pôncio deu um passo lento para a porta. E com os olhos faiscantes, cravados naqueles judeus que astutamente o iam enlaçando na trama subtil dos seus rancores religiosos:

– Eu não receio as vossas intrigas! – murmurou surdamente. – Élio Lama é meu amigo!... E César conhece-me bem!

– Tu vês o que não está nos nossos corações! – disse rabi Robam, calmo como se conversasse à sombra do seu vergel. – Mas nós vemos bem o que está no teu, Pôncio! Que te importa a ti a vida ou a morte de um vagabundo de Galileia?... Se tu não queres, como dizes, vingar deuses cuja divindade não respeitas, como podes querer salvar um profeta cujas profecias não crês?... A tua malícia é outra, romano! Tu queres a destruição de Judá!

Um estremecimento de cólera, de paixão devota, passou entre os fariseus; alguns palpavam o seio da túnica como procurando uma arma. E rabi Robam continuava, denunciando o pretor, com serenidade e lentidão:

– Tu queres deixar impune o homem que pregou a insurreição, declarando-se rei numa província de César, para tentar, pela impunidade, outras ambições mais fortes e levar outro Judas de Gamala a atacar as guarnições de Samaria! Assim preparas um pretexto para abater sobre nós a espada imperial, e inteiramente apagar a vida nacional da Judeia. Tu queres uma revolta para a afogares em sangue, e apresentar-te depois a César como soldado vitorioso, administrador sábio, digno dum proconsulado ou dum governo na Itália! É a isso que chamais a fé romana? Eu não estive em Roma, mas sei que a isso se chama lá a fé púnica... Não nos suponhas porém tão simples como um pastor de Idumeia! Nós estamos em paz com César, e cumprimos o nosso dever condenando o homem que se revoltou contra César... Tu não queres cumprir o teu, confirmando essa condenação? Bem! Mandaremos emissários a Roma, levando a nossa sentença e a tua recusa, e tendo salvaguardado perante César a nossa responsabilidade, mostraremos a César como procede na Judeia aquele que representa a lei do Império!... E agora, pretor, podes voltar ao pretório.

– E lembra-te dos escudos votivos – gritou Sareias. Talvez novamente vejas a quem César dá razão!

Pôncio baixara a face, perturbado. Decerto imaginava já ver além, num claro terraço junto ao mar de Capreia, Sejano, Cesônio, todos os seus inimigos, falando ao ouvido de Tibério e mostrando-lhe os emissários do Templo... César, desconfiado e sempre inquieto, suspeitaria logo um pacto dele com esse "rei dos judeus" para sublevarem uma rica província imperial... E assim a sua justiça e o orgulho em a manter podiam custar-lhe o proconsulado da Judeia! Orgulho e justiça foram então na sua alma frouxa como ondas um momento altas que uma sobre outra se abatem, se desfazem. Veio até ao limiar da porta, devagar, abrindo os braços, como trazido por um impulso magnânimo de conciliação – e começou a dizer, mais branco que a sua toga:

– Há sete anos que governo a Judeia. Encontrastes-me jamais injusto, ou infiel às promessas juradas?... Decerto as vossas ameaças não me movem... César conhece-me bem... Mas entre nós, para proveito de César, não deve haver desacordo. Sempre vos fiz concessões! Mais que nenhum outro procurador desde Copônio tenho respeitado as vossas leis... Quando vieram os dois homens de Samaria poluir o vosso Templo, não os fiz eu suplicar? Entre nós não deve haver dissensões,[276] nem palavras amargas...

Um momento hesitou; depois, esfregando lentamente as mãos, e sacudindo-as, como molhadas numa água impura:

– Quereis a vida desse visionário? Que me importa? Tomai-a... Não vos basta a flagelação? Quereis a cruz? Crucificai-o... Mas não sou eu que derramo esse sangue!

O levita macilento bradou com paixão:

– Somos nós, e que esse sangue caia sobre as nossas cabeças!

E alguns estremeceram – crentes de que todas as palavras têm um poder sobrenatural e tornam vivas as coisas pensadas.

Pôncio deixara a sala: o decurião, saudando, cerrou a porta de cedro. Então rabi Robam voltou-se, sereno, resplandecente como um justo; e adiantando-se por entre os fariseus, que se baixavam a beijar-lhe as franjas da túnica – murmurava com uma grave doçura:

– Antes sofra um só homem do que sofra um povo inteiro!

Limpando as bagas de suor de que a emoção me alagara a testa, caí, trêmulo, sobre um banco. E, através da minha lassidão, confusamente distinguia no pretório dois legionários, de cinturão desapertado, bebendo numa grande malga de ferro que um negro ia enchendo com o odre suspenso aos ombros; adiante uma mulher bela e forte, sentada ao sol, com os filhos pendurados dos dois peitos nus; mais longe um pegureiro envolto em peles, rindo e mostrando o braço manchado de sangue. Depois cerrei os olhos; um momento pensei na vela que deixara na tenda, ardendo junto ao meu catre, fumarenta e verme-

---

276. Dissensões: divergências.

lha; por fim roçou-me um sono ligeiro... Quando despertei a cadeira curul permanecia vazia – com a almofada de púrpura em frente, sobre o mármore, gasta, cavada pelos pés do pretor; e uma multidão mais densa enchia, num longo rumor de arraial, o velho Átrio de Herodes. Eram homens rudes, com capas curtas d'estamenha, sujas de pó, como se tivessem servido de tapetes sobre as lajes duma praça. Alguns traziam balanças na mão, gaiolas de rolas; e as mulheres que os seguiam, sórdidas e macilentas, atiravam de longe com o braço fremente maldições ao rabi. Outros no entanto, caminhando na ponta das sandálias, apregoavam baixo coisas ínfimas e ricas, metidas no seio entre as dobras dos saiões – grãos d'aveia torrada, potes de unguentos, corais, braceletes de filigrana de Sídon. Interroguei Topsius: e o meu douto amigo, limpando os óculos, explicou-me que eram decerto os mercadores contra quem Jesus, na véspera de Páscoa, erguendo um bastão, reclamara a estreita aplicação da lei que interdiz tráficos profanos no Templo, fora dos Pórticos de Salomão...

– Outra imprudência do rabi, dom Raposo! – murmurou com ironia o fino historiador.

Entretanto, como caíra a sexta hora judaica e findara o trabalho, vinham entrando obreiros das tinturarias vizinhas, enodoados de escarlate ou azul; escribas das sinagogas apertando debaixo dos braços os seus tabulários; jardineiros com a fouce a tiracolo, o ramo de murta no turbante; alfaiates com uma longa agulha de ferro pendendo da orelha... Tocadores fenícios a um canto afinavam as harpas, tiravam suspiros das flautas de barro; e diante de nós rondavam duas prostitutas gregas de Tiberíades, com perucas amarelas, mostrando a ponta da língua e sacudindo a roda da túnica donde voava um cheiro de manjerona. Os legionários, com as lanças atravessadas no peito, apertavam uma cercadura de ferro em torno de Jesus; e eu, agora, mal podia distinguir o rabi através dessa multidão sussurrante, em que as consoantes ásperas de Moabe e do deserto se chocavam por sobre a moleza grave da fala caldaica...

Por baixo da galeria veio tilintando uma sineta triste. Era um hortelão[277] que oferecia num cabaz[278] d'esparto, acamados sobre folhas de parra, figos rachados de Betfagé. Debilitado pelas emoções, perguntei-lhe, debruçado no parapeito, o preço daquele mimo dos vergéis que os Evangelhos tanto louvam. E o homem, rindo, alargou os braços como se encontrasse o esperado do seu coração:

---

277. Hortelão: aquele que cuida de uma horta.
278. Cabaz: cesta de vime ou junco que geralmente possui tampa e alças.

– Entre mim e ti, ó criatura d'abundância que vens d'além do mar, que são estes poucos figos? Jeová manda que os irmãos troquem presentes e bênçãos! Estes frutos colhi-os no horto, um a um, à hora em que o dia nasce no Hebrom; são suculentos e consoladores; poderiam ser postos na mesa de Hanã!... Mas que valem vãs palavras entre mim e ti se os nossos peitos se entendem? Toma estes figos, os melhores da Síria, e que o Senhor cubra de bens aquela que te criou!

Eu sabia que esta oferta era uma cortesia consagrada, em compras e vendas, desde o tempo dos patriarcas. Cumpri também o cerimonial: declarei que Jeová, o muito forte, me ordenava que com o dinheiro cunhado pelos príncipes eu pagasse os frutos da terra... Então o hortelão abaixou a cabeça, cedeu ao mandamento divino; e pousando o cesto nas lajes, tomando um figo em cada uma das mãos negras e cheias de terra:

– Em verdade – exclamou –, Jeová é o mais forte! Se ele o manda, eu devo pôr um preço a estes frutos da sua bondade, mais doces que os lábios da esposa! Justo é pois, ó homem abundante, que por estes dois que me enchem as palmas, tão perfumados e frescos, tu me dês um bom *traphik*.

Oh Deus magnífico de Judá! O facundo hebreu reclamava por cada figo um tostão da moeda real da minha pátria! Bradei-lhe: "Irra, ladrão!". Depois, guloso e tentado, ofereci-lhe uma dracma por todos os figos que coubessem no forro largo dum turbante. O homem levou as mãos ao seio da túnica, para a despedaçar na imensidade da sua humilhação. E ia invocar Jeová, Elias, todos os profetas seus patronos – quando o sapiente Topsius, enojado, interveio secamente, mostrando-lhe uma miúda rodela de ferro que tinha por cunho um lírio aberto:

– Na verdade Jeová é grande! E tu és ruidoso e vazio como o odre cheio de vento! Pois pelos figos do cesto inteiro te dou eu este *meah*. E se não queres, conheço o caminho dos hortos tão bem como o do Templo, e sei onde as águas doces de En-Rogel banham os melhores pomares... Vai-te!

O homem logo, trepando ansiosamente até ao parapeito de mármore, atulhou de figos a ponta do albornoz que eu lhe estendera, carrancudo e digno. Depois, descobrindo os dentes brancos, murmurou risonhamente que nós éramos mais benéficos que o orvalho do Carmelo!

Saborosa e rara me parecia aquela merenda de figos de Betfagé, no Palácio de Herodes. Mas apenas nos acomodáramos com a fruta no regaço, reparei embaixo num velhito magro, que cravava em nós humildemente uns olhos enevoados, queixosos, cheios de cansaço. Compadecido ia arremessar-lhe figos e uma moeda de prata dos Ptolomeus

– quando ele, mergulhando a mão trêmula nos farrapos que mal lhe velavam o peito cabeludo, estendeu-me, com um sorriso macerado, uma pedra que reluzia. Era uma placa oval d'alabastro tendo gravada uma imagem do Templo. E enquanto Topsius doutamente a examinava, o velho foi tirando do seio outras pedras de mármore, d'ônix, de jaspe, com representações do Tabernáculo no deserto, os nomes das tribos entalhados, e figuras confusas em relevo simulando as batalhas dos macabeus... Depois ficou com os braços cruzados; e no seu pobre rosto escavado pelos cuidados luzia uma ansiedade, como se de nós somente esperasse misericórdia e descanso.

Topsius deduziu que ele era um desses guebros,[279] adoradores do fogo e hábeis nas artes, que vão descalços até ao Egito, com fachos acesos, salpicar sobre a Esfinge o sangue dum galo negro. Mas o velho negou, horrorizado – e tristemente murmurou a sua história. Era um pedreiro de Naim, que trabalhara no Templo e nas construções que Antipas Herodes erguia em Bezeta. O açoite dos intendentes rasgara-lhe a carne; depois a doença levara-lhe a força como a geada seca a macieira. E agora, sem trabalho, com os filhos de sua filha a alimentar, procurava pedras raras nos montes – e gravava nelas nomes santos, sítios santos, para as vender no Templo aos fiéis. Em véspera de Páscoa, porém, viera um rabi de Galileia cheio de cólera que lhe arrancara o seu pão!...

– Aquele! – balbuciou sufocado, sacudindo a mão para o lado de Jesus.

Eu protestei. Como lhe poderia ter vindo a injustiça e a dor desse rabi, de coração divino, que era o melhor amigo dos pobres?

– Então vendias no Templo? – perguntou o terso historiador dos Herodes.

– Sim – suspirou o velho –, era lá, pelas festas, que eu ganhava o pão do longo ano! Nesses dias subia ao Templo, ofertava a minha prece ao Senhor, e junto à Porta de Susã, diante do Pórtico do Rei, estendia a minha esteira e dispunha as minhas pedras que brilhavam ao sol... Decerto, eu não tinha direito de pôr ali tenda; mas como poderia eu pagar ao Templo o aluguel de um covado de lajedo para vender o trabalho das minhas mãos? Todos os que apregoam à sombra, debaixo do pórtico, sobre tabuleiros de cedro, são mercadores ricos que podem satisfazer a licença: alguns pagam um siclo[280] d'ouro. Eu não podia com crianças em casa sem pão... Por isso ficava a um canto, fora do pórtico, no pior sítio. Ali estava bem encolhido, bem calado; nem mesmo me queixava quando homens

---

279. Guebros: indivíduos de origem persa que seguem a religião de Zoroastro.
280. Siclo: unidade de medida usada no Oriente antigo.

duros me empurravam ou me davam com os bastões na cabeça. E ao pé de mim havia outros, pobres como eu: Eboim, de Jope, que oferecia um óleo para fazer crescer os cabelos, e Oseias, de Ramá, que vendia flautas de barro... Os soldados da Torre Antônia que fazem a ronda passavam por nós e desviavam os olhos. Até Menahem, que estava quase sempre de guarda pela Páscoa, nos dizia: "Está bem, ficai, contanto que não apregoeis alto". Porque todos sabiam que éramos pobres, não podíamos pagar o covado de laje, e tínhamos nas nossas moradas crianças com fome... Na Páscoa e nos Tabernáculos vêm da terra distante peregrinos a Jerusalém; e todos me compravam uma imagem do Templo para mostrar na sua aldeia, ou uma das pedras da lua que afugentam o demônio... Às vezes, ao fim do dia, tinha feito três dracmas; enchia o saião de lentilha e descia ao meu casebre, alegre, cantando os louvores do Senhor!...

Eu, d'enternecido, esquecera a merenda.

E o velho desafogava o seu longo queixume:

– Mas eis que há dias esse rabi de Galileia aparece no Templo, cheio de palavras de cólera, ergue o bastão e arremessa-se sobre nós, bradando que aquela "era a casa de seu pai, e que nós a poluíamos!...". E dispersou todas as minhas pedras, que nunca mais vi, que eram o meu pão! Quebrou nas lajes os vasos de óleo de Eboim, de Jope, que nem gritava, espantado. Acudiram os guardas do Templo. Menahem acudiu também; até, indignado, disse ao rabi: "És bem duro com os pobres. Que autoridade tens tu?". E o rabi falou "de seu pai", e reclamou contra nós a lei severa do Templo. Menahem baixou a cabeça... E nós tivemos de fugir, apupados pelos mercadores ricos, que bem encruzados, nos seus tapetes de Babilônia, e com o seu lajedo bem pago, batiam palmas ao rabi... Ah! contra esses o rabi nada podia dizer: eram ricos, tinham pago!... E agora aqui ando! Minha filha, viúva e doente, não pode trabalhar, embrulhada a um canto nos seus trapos; e os filhos de minha filha, pequeninos, têm fome, olham para mim, veem-me tão triste e nem choram. E que fiz eu? Sempre fui humilde, cumpro o Shabat, vou à sinagoga de Naim que é a minha, e as raras migalhas que sobravam do meu pão juntava-as para aqueles que nem migalhas têm na terra... Que mal fazia eu vendendo? Em que ofendia o Senhor? Sempre, antes de estender a esteira, beijava as lajes do Templo; cada pedra era purificada pelas águas lustrais... Em verdade Jeová é grande, e sabe... Mas eu fui expulso pelo rabi, somente porque sou pobre!

Calou-se – e as suas mãos magras, tatuadas de linhas mágicas, tremiam, limpando as longas lágrimas que o alagavam.

Bati no peito, desesperado. E a minha angústia toda era por Jesus ignorar esta desgraça, que, na violência do seu espiritualismo, suas mãos misericordiosas tinham involuntariamente criado, como a chuva benéfica por vezes, fazendo nascer a sementeira, quebra e mata uma flor isolada. Então para que não houvesse nada imperfeito na sua vida, nem dela ficasse uma queixa na terra – paguei a dívida de Jesus (assim seu Pai perdoe a minha!) atirando para o saião do velho moedas consideráveis, dracmas, crisos gregos de Filipe, áureos romanos, d'Augusto, até uma grossa peça da Cirenaica que eu estimava por ter uma cabeça de Zeus Amon que parecia a minha imagem. Topsius juntou a este tesouro um lepta de cobre – que tem em Judeia o valor dum grão de milho...

O velho pedreiro de Naim empalidecia, sufocado. Depois, com o dinheiro numa dobra do saião, bem apertado contra o peito, murmurou tímida e religiosamente, erguendo os olhos ainda molhados para as alturas:

– Pai, que estás nos céus, lembra-te da face deste homem, que me deu o pão de longos dias!...

E soluçando sumiu-se entre a turba – que agora de todo o átrio rumorosamente afluía, se apinhava em torno aos mastros altos do velário. O escriba aparecera, mais vermelho e limpando os beiços. Ao lado do rabi e dos guardas do Templo, Sareias viera perfilar-se encostado ao seu báculo. Depois, entre um brilho d'armas, surgiram as varas brancas dos lictores; e novamente Pôncio, pálido e pesado, na sua vasta toga, subiu os degraus de bronze, retomou o assento curul.

Um silêncio caiu, tão atento, que se ouviam as buzinas tocando ao longe na Torre Mariana. Sareias desenrolou o seu escuro pergaminho, estendeu-o sobre a mesa de pedra entre os tabulários; e eu vi as mãos gordas e morosas do escriba traçarem uma rubrica, estamparem um selo sob as linhas vermelhas que condenavam à morte Jesus de Galileia, meu Senhor... Depois Pôncio Pilatos, com uma dignidade indolente, erguendo apenas de leve o braço nu, confirmou em nome de César a "sentença do Sanedrim, que julga em Jerusalém...".

Imediatamente Sareias atirou sobre o turbante uma ponta do manto, ficou orando, com as mãos abertas para o céu. E os fariseus triunfavam; junto a nós, dois muito velhos beijavam-se em silêncio nas barbas brancas; outros sacudiam no ar os bastões, ou lançavam sarcasticamente a aclamação forense dos romanos: *"Bem et bette! Non potest melius!"*.

Mas de súbito o intérprete apareceu em cima dum escabelo, alteando sobre o peito o seu papagaio flamante.[281] A turba emudecera, surpreendida. E o fenício, depois de ter consultado com o escriba,

---

281. Flamante: avermelhado.

sorriu, gritou em caldaico, alargando os braços cercados de manilhas de coral:

— Escutai! Nesta vossa festa de Páscoa, o pretor de Jerusalém costuma, desde que Valério Grato assim o determinou, e com assenso[282] de César, perdoar a um criminoso... O pretor propõe-vos o perdão deste... Escutai ainda! Vós tendes também o direito de escolher, vós mesmos, entre os condenados... O pretor tem em seu poder, nos ergástulos de Herodes, outro sentenciado à morte...

Hesitou — e debruçado do escabelo interrogava de novo o escriba que remexia numa atarantação os papiros e os tabulários. Sareias, sacudindo a ponta do manto que escondia a sua oração, ficara assombrado para o pretor, com as mãos abertas no ar. Mas já o intérprete bradava, erguendo mais a face risonha:

— Um dos condenados é rabi Jeshua, que aí tendes, e que se disse filho de Davi... É esse que propõe o pretor. O outro, endurecido no mal, foi preso por ter morto um legionário traiçoeiramente, numa rixa, ao pé do Xisto. O seu nome é Barrabás... Escolhei!

Um grito brusco e roufenho partiu dentre os fariseus:

— Barrabás!

Aqui e além, pelo átrio, confusamente ressoou o nome de Barrabás. E um escravo do Templo, de saião amarelo, pulando até aos degraus do sólio, rompeu a berrar, em face de Pôncio, com palmadas furiosas nas coxas:

— Barrabás! Ouve bem! Barrabás! O povo só quer Barrabás!

A haste dum legionário fê-lo rolar nas lajes. Mas já toda a multidão, mais leve e fácil d'inflamar do que a palha na meda, clamava por Barrabás: uns com furor, batendo as sandálias e os cajados ferrados como para aluir o pretório; outros de longe, encruzados ao sol, indolentes e erguendo um dedo. Os vendilhões do Templo, rancorosos, sacudindo as balanças de ferro e repicando sinetas, berravam, por entre maldições ao rabi: "Barrabás é o melhor!". E até as prostitutas de Tiberíades, pintadas de vermelhão como ídolos, feriam o ar de gritos silvantes:

— Barrabás! Barrabás!

Raros ali conheciam Barrabás; muitos, decerto, não odiavam o rabi — mas todos engrossavam o tumulto prontamente, sentindo, nessa reclamação do preso que atacara legionários, um ultraje ao pretor romano, togado[283] e augusto no seu tribunal. Pôncio no entanto, indiferente, traçava letras numa vasta lauda de pergaminho pousada sobre os

---

282. Assenso: assentimento.
283. Togado: que veste toga, manto utilizado na Roma antiga.

joelhos. E em torno os clamores disciplinados retumbavam em cadência, como malhos numa eira:

– Barrabás! Barrabás! Barrabás!

Então Jesus, vagarosamente, voltou-se para aquele mundo duro e revoltoso que o condenava; e nos seus refulgentes olhos umedecidos, no fugitivo tremor dos seus lábios, só transpareceu nesse instante uma mágoa misericordiosa pela opaca inconsciência dos homens, que assim empurravam para a morte o melhor amigo dos homens... Com os pulsos presos, limpou uma gota de suor; depois ficou diante do pretor, tão imperturbado e quedo, como se já não pertencesse à terra.

O escriba, batendo com uma regra de ferro na pedra da mesa, três vezes bradara o nome de César. O tumulto ardente esmorecia. Pôncio ergueu-se; e grave, sem trair impaciência ou cólera, lançou, sacudindo a mão, o mandado final:

– Ide e crucificai-o!

Desceu o estrado; a turba batia ferozmente as palmas.

Oito soldados da coorte[284] siríaca apareceram, apetrechados em marcha, com os escudos revestidos de lona, as ferramentas entrouxadas, e o largo cantil da *posca*.[285] Sareias, vogal do Sanedrim, tocando no ombro de Jesus, entregou-o ao decurião; um soldado desapertou-lhe as cordas, outro tirou-lhe o albornoz de lã; e eu vi o doce rabi de Galileia dar o seu primeiro passo para a morte.

Apressados, enrolando o cigarro, deixamos logo o Palácio de Herodes por uma passagem que o douto Topsius conhecia, lôbrega e úmida, com fendas gradeadas donde vinha um canto triste de escravos encarcerados... Saímos a um terreiro, abrigado pelo muro dum jardim todo plantado de ciprestes. Dois dromedários deitados no pó ruminavam, junto dum montão d'ervas cortadas. E o alto historiador tomava já o caminho do Templo, quando, sob as ruínas dum arco que a hera cobria, vimos povo apinhado em torno dum essênio, cujas mangas d'alvo linho batiam o ar como as asas dum pássaro irritado.

Era Gade, rouco d'indignação, clamando contra um homem esgrouviado, de barba rala e ruiva, com grossas argolas de ouro nas orelhas, que tremia e balbuciava:

– Não fui eu, não fui eu...

– Foste tu! bradava o essênio, estampando a sandália na terra. Conheço-te bem. Tua mãe é cardadeira em Cafarnaum, e maldita seja pelo leite que te deu!...

---

284. Coorte: décima parte da legião do exército romano.
285. *Posca*: bebida à base de vinagre e água, consumida pelos antigos romanos.

O homem recuava, baixando a cabeça, como um animal encurralado à força:

– Não fui eu! Eu sou Refraim, filho de Eliezer, de Ramá! Sempre todos me conheceram são e forte como a palmeira nova!

– Torto e inútil eras tu como um sarmento velho de vide, cão e filho dum cão! – gritou Gade. – Vi-te bem... Foi em Cafarnaum, na viela onde está a fonte, ao pé da sinagoga, que tu apareceste a Jesus, rabi de Nazaré! Beijavas-lhe as sandálias, dizias "Rabi, cura-me! Rabi, vê esta mão que não pode trabalhar!". E mostravas-lhe a mão, essa, a direita, seca, mirrada e negra, como o ramo que definhou sobre o tronco! Era no Shabat; estavam os três chefes da sinagoga, e Elzéar, e Simeão. E todos olhavam Jesus para ver se ele ousaria curar no dia do Senhor... Tu choravas, de rojo no chão. E por acaso o rabi repeliu-te? Mandou-te procurar a raiz do baraz? Ah cão, filho dum cão! O rabi, indiferente às acusações da sinagoga, e só escutando a sua misericórdia, disse-te: "Estende a mão!". Tocou-a, e ela reverdeceu logo como a planta regada pelo orvalho do céu! Estava sã, forte, firme; e tu movias ora um dedo, ora outro, espantado e tremendo.

Um murmúrio d'enlevo correu entre a multidão, maravilhada pelo doce milagre. E o essênio exclamava, com os braços trêmulos no ar:

– Assim foi a caridade do rabi! E estendeu-te ele a ponta do manto, como fazem os rabis de Jerusalém, para que lhe deitasses dentro um siclo de prata? Não. Disse aos seus amigos que te dessem da provisão de lentilha... E tu largaste a correr pelo caminho, refeito e ágil, gritando para o lado da tua casa: "Oh mãe, oh mãe, estou curado!...". E foste tu, porco e filho de porco, que há pouco no pretório pedias a cruz para o rabi e gritavas por Barrabás! Não negues, boca imunda; eu ouvi-te; estava por trás de ti, e via incharem-te as cordoveias[286] do pescoço com o furor da tua ingratidão!

Alguns, escandalizados, gritavam: "Maldito! Maldito!". Um velho, com justiceira gravidade, apanhara duas grossas pedras. E o homem de Cafarnaum, encolhido, esmagado, ainda rosnou surdamente:

– Não fui eu, não fui eu... Eu sou de Ramá!

Gade, furioso, agarrou-o pelas barbas:

– Nesse braço, quando o arregaçaste diante do rabi, todos te viram duas cicatrizes curvas como de dois golpes de foice!... E tu vais mostrá-las agora, cão e filho dum cão!

---

286. Cordoveias: veias salientes no pescoço.

Despedaçou-lhe a manga da túnica nova; arrastou-o em redor, apertado nas suas mãos de bronze, como um bode teimoso; mostrou bem as duas cicatrizes, lívidas no pelo ruivo; e assim o arremessou desprezivelmente para entre o povo – que, levantando o pó do caminho, perseguiu o homem de Cafarnaum com apupos[287] e com pedradas...

Acercamo-nos de Gade sorrindo, louvando a sua fidelidade a Jesus. Ele, acalmado, estendera as mãos a um vendedor d'água, que lhas purificava com um largo jorro do seu odre felpudo; depois limpando-as à toalha de linho que lhe pendia do cinto:

– Escutai! José de Ramatha reclamou o corpo do rabi, o pretor concedeu-lho... Esperai-me à nona hora romana no pátio de Gamaliel... Onde ides?

Topsius confessou que íamos ao Templo, por motivos intelectuais d'arte, d'arqueologia...

– Vão é aquele que admira pedras! rosnou o altivo idealista.

E afastou-se puxando o capuz sobre a face, por entre as bênçãos do povo que crê e ama os essênios.

Para poupar, até ao Templo, a rude caminhada pelo Tiropeon e pela ponte do Xisto, tomamos duas liteiras – das que um liberto de Pôncio ultimamente alugava, junto ao pretório, "à moda de Roma".

Cansado, estirei-me, com as mãos sob a nuca, no colchão de folhas secas que cheirava a murta; e lentamente começou a invadir-me a alma uma inquietação estranha, temerosa, que já no pretório me roçara de leve como a asa arrepiada duma ave agourenta... Ia eu ficar para sempre nesta cidade forte dos judeus? Perdera eu irremediavelmente a minha individualidade de Raposo, de católico, de bacharel, contemporâneo do *Times* e do *Gaz* – para me tornar um homem da antiguidade clássica, coevo[288] de Tibério? E, dado este mirífico retrogresso nos tempos, se voltasse à minha pátria, que iria eu encontrar à beira do rio claro?...

Decerto encontraria uma colônia romana: na encosta da colina mais fresca uma edificação de pedra onde vive o procônsul; ao lado um templo pequeno de Apolo ou de Marte coberto de lousa; nos altos um campo entrincheirado onde estão os legionários; e em redor a vila lusitana, esparsa, com os seus caminhos agrestes, cabanas de pedra solta, alpendres para recolher o gado, e estacadas no lodo onde se amarram jangadas... Assim encontraria a minha pátria. E que faria lá, pobre, solitário? Seria pastor

---

287. Apupos: vaias.
288. Coevo: contemporâneo.

nos montes? Varreria as escadarias do Templo, racharia a lenha das coortes para ganhar um salário romano?... Miséria incomparável!

Mas se ficasse em Jerusalém? Que carreira tomaria nesta sombria, devota cidade da Ásia? Tornar-me-ia um judeu, rezando o Shemá, cumprindo o Shabat, perfumando a barba de nardo,[289] indo preguiçar nos átrios do Templo, seguindo as lições dum rabi, e passeando às tardes, com um bastão dourado, nos jardins de Gareb entre os túmulos?... E esta existência igualmente me parecia pavorosa!... Não! A ficar encarcerado no mundo antigo com o doutíssimo Topsius, então deveríamos galopar nessa mesma noite, ao erguer da lua, para Jope; de lá embarcar em qualquer trirema fenícia que partisse para Itália; e ir habitar Roma, ainda que fosse numa das escuras vielas do Velabro, numa dessas altas, fumarentas trapeiras, com duzentas escadas a subir, empestadas pelos guisados d'alho e tripa, que escassamente atravessam duas calendas sem desabar ou arder.

Assim me inquietava quando a liteira parou; descerrei as cortinas; vi ante mim os vastos granitos da muralha do Templo. Penetramos sob a abóbada da Porta de Huldá; e fomos logo detidos enquanto os guardas do Templo arrancavam a um pegureiro, teimoso e rude, a clava armada de pregos com que ele queria atravessar o santuário. O rolante rumor que vinha de longe, dos átrios, já me atemorizava, semelhante ao duma selva ou dum grande mar irritado...

E ao emergir enfim da abóbada estreita agarrei o braço magro do historiador dos Herodes, no deslumbramento que me tornou, intenso e repassado de terror! Um brilho de neve e ouro vibrava profusamente no ar mole, irradiado dos claros mármores, dos granitos brunidos,[290] dos recamos preciosos banhados pelo divino sol de *nissan*. Os lisos pátios que eu de manhã vira desertos, alvejando como a água quieta dum lago, desapareciam agora sob o povo que os atulhava, adornado e festivo. Os cheiros estonteavam, acres, emanados dos estofos tingidos, das resinas aromáticas, da gordura frigindo em brasas. Sobre o denso ruído passavam roucos mugidos de bois. E perenemente os fumos votivos se sumiam na refulgência do céu...

– Caramba! – murmurei, enfiado. – Isto são magnificências de entupir!

Fomos penetrando sob os Pórticos de Salomão, onde ressoava o profano tumulto dum mercado. Por trás de grossas caixas gradeadas encruzavam-se os cambistas, com uma moeda d'ouro pendente da orelha

---

289. Nardo: perfume extraído de planta da família das valerianáceas.
290. Brunidos: a que se deu lustro.

entre as melenas sórdidas, trocando o dinheiro sacerdotal do Templo pelas moedas pagãs de todas as regiões, de todas as idades, desde as maciças rodelas do velho Lácio, mais pesadas que broquéis, até aos tijolos gravados que circulam como "notas" nas feiras da Assíria. Adiante, brilhava a frescura e abundância dum pomar: as romãs, estaladas de maduras, trasbordavam dos gigos; hortelões com um ramo d'amendoeira preso ao carapuço apregoavam grinaldas d'anêmonas ou ervas amargas de Páscoa; jarras de leite puro pousavam sobre sacos de lentilha; e os cordeiros, deitados nas lajes, amarrados pelas patas às colunas, balavam tristemente de sede.

Mas a multidão sobretudo apinhava-se, com suspiros de cobiça, em torno aos tecidos e às joias. Mercadores das colônias fenícias, das ilhas gregas, de Tárdis, da Mesopotâmia, de Tadmor, uns com soberbas simarras de lã bordada, outros com toscos tabardos[291] de couro pintado, desdobravam os panos azuis de Tiro que reproduzem o brilho ardente dos céus do Oriente, as sedas impudicas de Shebá duma transparência verde que voa na aragem, e esses estofos solenes de Babilônia que sempre me extasiavam, negros com largas flores cor de sangue... Dentro de cofres de cedro, espalhados sobre tapetes da Galácia, reluziam espelhos de prata simulando a lua e os seus raios, sinetes de turmalina que os hebreus usam ao peito, manilhas de pedrarias enfiadas em cornos d'antílopes, diademas de sal-gema com que se enfeitam os noivos; e, resguardados mais preciosamente, talismãs e amuletos que me pareciam pueris, pedaços de raízes, pedregulhos negros, couros tisnados e ossos com letras.

Topsius ainda parou entre as tendas dos perfumistas apreçando um esplêndido bastão de Tilos, duma rara madeira mosqueada como a pele do tigre, mas logo fugimos ao ardente cheiro que ali sufocava, vindo das resinas, das gomas dos países dos negros, dos molhos de plumas de avestruz, da mirra d'Orontes, das ceras de Cirenaica, dos óleos rosados de Císico, e das grandes coifas de pele de hipopótamo cheias de violetas secas e de folhas de bácaris...

Entramos então na galeria chamada Real, toda votada à doutrina e à lei. Aí, cada dia, tumultuam rancorosamente as controvérsias entre saduceus, escribas, soforins,[292] fariseus, sectários de Shemaiá, sectários de Hilel, juristas, gramáticos, fanáticos de toda a terra judaica. Junto às colunas de mármore instalavam-se os mestres da lei, sobre altos escabelos, tendo ao lado um prato de metal onde caíam os óbolos dos

---

291. Tabardos: capotes com mangas e capuz.
292. Soforins: escribas judeus.

fiéis; e em torno, encruzados no chão, com as sandálias ao pescoço, as pelicas cobertas de letras vermelhas desdobradas nos joelhos, os discípulos, imberbes ou decrépitos, resmoneavam os ditames balançando os ombros lentos. Aqui e além, no meio de devotos embebidos, dois doutores disputavam, com as faces assanhadas, sobre temerosos pontos da doutrina. "Pode-se comer um ovo de galinha posto no dia de Shabat? Por que osso da espinha dorsal começa a ressurreição?". O filosófico Topsius ria, disfarçado numa prega da capa; mas eu tremia quando os doutores, escaveirados e barbudos, se ameaçavam, gritavam "*Racca! Racca!*" mergulhando a mão no seio da túnica à procura dum ferro escondido.

A cada momento cruzávamos esses fariseus, ressoantes e vazios como tambores, que vêm ao Templo assoalhar a sua piedade – uns com as costas vergadas, esmagadas pela vastidão do pecado humano; outros, tropeçando e apalpando o ar, d'olhos fechados, para não ver as formas impuras das mulheres; alguns mascarados de cinza, gemendo, com as mãos apertadas sobre o estômago – em testemunho dos seus duros jejuns! Depois Topsius mostrou-me um rabi, interpretador de sonhos: num carão lívido e chupado os seus olhos fundos luziam com a tristeza de lâmpadas de sepulcro; e, sentado sobre sacos de lã, estendia por cima de cada devoto, que vinha ajoelhar aos seus pés nus, a ponta dum vasto manto negro com signos brancos pintados. Eu, curioso, pensava em o consultar – quando de repente gritos aflitos ressoaram no átrio. Corremos. Eram levitas, com cordas e vergas,[293] chibatando furiosamente um leproso que, em estado de impureza, penetrara no pátio de Israel. O sangue salpicava as lajes. Em torno crianças riam.

Ia caindo a sexta hora judaica, a mais grata ao Senhor, quando o sol, na sua marcha para o mar, para sobre Jerusalém a contemplá-la com paixão; e, para nos acercarmos do Átrio d'Israel, fomos penosamente fendendo a multidão que ali remoinhava vinda de toda a terra culta e bárbara... O rude saião de peles dos pegureiros das Idumeias roçava a clâmide[294] curta dos gregos de face rapada e mais brancos que mármores. Havia homens solenes da planície de Babilônia, com as barbas metidas dentro de sacos azuis que uma corrente de prata lhes prendia às mitras de couro pintado; e havia gauleses ruivos, de bigodes pendentes como as ervas das suas lagoas, que riam e parolavam, devorando com a casca os limões doces da Síria. Por vezes um romano togado passava, tão grave como se descesse dum pedestal. Gente da Dácia e da Mísia,

---

293. Vergas: ripas de madeira.
294. Clâmide: manto usado pelos antigos gregos.

com as pernas enfeixadas em ligaduras de feltro, tropeçava deslumbrada pelo claro esplendor dos mármores. E não era menos estranho ir eu, Teodorico Raposo, arrastando ali as minhas botas de montar, atrás dum sacerdote de Moloch, enorme e sensual na sua simarra de púrpura, que, em meio dum bando de mercadores de Serepta, desdenhava daquele templo sem imagens, sem bosques, e mais ruidoso que uma feira fenícia.

Assim lentamente nos fomos chegando à porta chamada "A Bela", que dava acesso para o Átrio Sagrado de Israel. Bela em verdade, preciosa e triunfal, sobre os quatorze degraus de mármore verde de Numídia, mosqueado de amarelo; os seus largos batentes, revestidos de chapas de prata, faiscavam como os dum relicário; e os dois umbrais, semelhantes a grossos molhos de palmas, sustentavam uma torre, redonda e branca, guarnecida de escudos tomados aos inimigos de Judá, brilhantes no sol como um colar de glória sobre o pescoço forte dum herói! Mas diante deste adito maravilhoso erguia-se severamente um pilar, encimado por uma placa negra com letras d'ouro, onde se desenrolava esta ameaça em grego, em latim, em aramaico, em caldaico: "Que nenhum estrangeiro aqui penetre sob pena de morrer!".

Fortunadamente avistamos o magro Gamaliel que se encaminhava ao santo pátio, descalço, apertando ao peito um molho d'espigas votivas; com ele vinha um homem nédio e risonho, de face cor de papoula, coroado por uma enorme mitra de lã negra enfeitada de fios de coral... Curvados até às lajes, saudamos o austero doutor da lei. Ele psalmodiou logo, de pálpebras cerradas:

– Sede bem-vindos... Esta é a hora melhor para receber a bênção do Senhor. O Senhor disse: "Saí das vossas habitações, vinde a mim com as primícias dos vossos frutos, eu vos abençoarei em todas as obras das vossas mãos...". Vós hoje pertenceis miraculosamente a Israel. Subi à morada do Eterno! Este que vem a meu lado é Eliezer de Silo, benéfico e sábio entre todos nas coisas da natureza.

Deu-nos duas espigas de milho; e atrás dele pisamos com as nossas solas gentílicas o adro interdito de Judá.

Caminhando ao meu lado, Eliezer de Silo, cortês e suave, perguntou-me se era remota a minha pátria e perigosos os seus caminhos...

Eu rosnei, vaga e recatadamente:

– Sim... Chegamos de Jericó.

– Boa, por lá, a colheita do bálsamo?

– Rica! – afiancei, com calor. – Louvado seja o Eterno, que neste seu ano de graça estamos lá abarrotadinhos de bálsamo!

Ele pareceu regozijado. E revelou-me então que era um dos médicos que residem no Templo – onde os sacerdotes e os sacrificadores sofrem perenemente "dissabores intestinais", por pisarem suados e descalços as lajes frias dos adros.

Por isso, murmurou ele com uma faísca alegre no olho benigno, o povo em Sião nos chama "doutores da tripa"!

Torci-me de riso, de gozo, com aquela jocosidade assim sussurrada na austera morada do Eterno... Depois, recordando os meus dissabores intestinais em Jericó, por muito amar os divinos e pérfidos melões da Síria – perguntei ao amável físico se nessas ocorrências ele preconizava o bismuto...[295]

O homem magistral abanou cautamente a sua mitra bojuda. Depois, espetando um dedo no ar, segredou-me esta receita incomparável:

– Tomai goma de Alexandria, açafrão de jardim, uma cebola da Pérsia e vinho negro de Emaús... Misturai, cozei... Deixai esfriar num vaso de prata... Colocai-vos numa encruzilhada, ao nascer do sol...

Mas emudeceu subitamente, com os braços abertos e a face pendida para as lajes. Penetráramos no soberbo adro, chamado Pátio das Mulheres; e nesse instante terminavam as bênçãos que à sexta hora um sacerdote vem ali derramar do alto da Porta de Nicanor.

Severa, toda de bronze – ela deixava entrever, lá ao fundo, os ouros, a neve, as pedrarias do santuário refulgindo com serenidade... Nos largos degraus, mais lustrosos que alabastro, desenrolavam-se duas colegiadas de levitas, ajoelhados e vestidos de branco – uns com uma trompa recurva, outros pousando os dedos sobre as cordas mudas de liras. E, por entre estas alas de homens prostrados, um grande velho emaciado[296] vinha descendo devagar os degraus, com um incensador de ouro na mão...

A sua túnica justa de bisso[297] tinha a fímbria orlada de pinhas d'esmeralda, alternando com guizos que tiniam finamente; os pés sem sandálias e tingidos de henê pareciam de coral; e ao meio da faixa que lhe cingia as costelas magras brilhava, bordado a ouro, um grande sol. Os fiéis ajoelhados, quedos, sem um murmúrio, quase pousavam nas lajes a cabeça escondida sob os mantos e sob os véus; e com as cores festivas, onde dominava o vermelho da anêmona e o verde da figueira, era como se o adro estivesse juncado de flores e folhagens, numa manhã de triunfo, para passar Salomão!

Com a barba aguda e dura levantada aos céus, o velho incensou o lado do Oriente e das areias, depois o lado do Ocidente e dos mares; e o recolhimento era tão enlevado que se ouviam no fundo do santuário

---

295. Bismuto: elemento químico de número atômico 83 e símbolo Bi, muito empregado na medicina.
296. Emaciado: magro ao extremo.
297. Bisso: espécie de linho utilizado pelos antigos para confecção de tecidos mais finos.

os mugidos lentos dos bois. Desceu ainda, alçou mais a mitra salpicada de joias, atirou o incensador que rangeu faiscando ao sol – e com o fumo branco veio rolando tênue e cheirosa, sobre Israel, a bênção do Muito Forte. Então os levitas, unissonamente, feriram as cordas das liras; das trombetas curvas subiu um grito de bronze; e todo o povo erguido, com os braços ao céu, entoou um psalmo celebrando a eternidade de Judá...
E subitamente tudo cessou: os levitas recolhiam pela escadaria de mármore sem um rumor dos pés nus; Eliezer de Silo e o rígido Gamaliel tinham desaparecido sob os pórticos; e o claro pátio em redor resplandecia suntuoso e cheio de mulheres.

Os revestimentos de alabastro eram tão lustrosos que Topsius mirava neles como num espelho as pregas nobres da sua capa; todos os frutos da Ásia e as flores dos vergéis se entrelaçavam, em copiosos lavores de prata, nas portas das câmaras rituais onde se perfuma o óleo, se consagra a lenha, se purifica a lepra; entre as colunas pendiam em festões fios grossos de pérolas e de contas d'ônix, mais numerosos que no peito de uma noiva; e nos mealheiros de bronze, semelhantes a trombetas de guerra colossais, pousadas nas lajes, enrolavam-se, cintilando e reclamando as dádivas, inscrições em relevo de ouro, graciosas como versos de cânticos – "Queimai incensos e nardos, ofertai pombas e rolas...".

Mas o santo adro resplandecia de mulheres; e meus olhos bem depressa deixaram metais e mármores, para cativadamente se prenderem àquelas filhas de Jerusalém, cheias de graça e morenas como as tendas do Cedar! Todas traziam no Templo o rosto descoberto; ou apenas um fofo véu, duma musselina leve como o ar, à moda romana, enrodilhado finamente no turbante, punha em torno das faces uma alvura d'espuma, onde os olhos negros tomavam um quebranto mais úmido, enlanguescidos pelas densas pestanas, alongados pela tintura de cipro. A abundância bárbara dos ouros, das pedrarias envolvia-as numa radiância trêmula desde os peitos fortes até aos cabelos mais crespos que a lã das cabras de Galaad. As sandálias, ornadas de guizos e de correntes, arrastavam sobre as lajes uma melodia argentina, tanta era a graça concertada dos seus movimentos ondulados e graves; e os tecidos bordados, os algodões de Galácia, os finos linhos de cores que as cingiam, ensopados nas essências ardentes d'âmbar, de malóbatro[298] e de bácaris, enchiam o ar de fragrância e de moleza a alma dos homens. As mais ricas caminhavam solenemente entre escravas vestidas de panos amarelos, que lhes traziam o para-sol de penas de pavão, os rolos devotos em que

---

298. Malóbatro: árvore da Síria, do Egito e da Índia da qual era extraído óleo para produzir perfumes.

está escrita a lei, sacos de tâmaras doces, espelhos ligeiros de prata. As mais pobres, com uma simples camisa de algodão de riscadinho multicor, e sem mais joias que um rude talismã de coral, corriam, chalravam, mostrando nus os braços e o colo cor de medronho[299] mal maduro... E sobre todas o meu desejo zumbia – como uma abelha que hesita entre flores de igual doçura!
– Ai Topsius, Topsius! – rosnava eu. – Que mulheres! Que mulheres! Eu estoiro, esclarecido amigo!

O sábio afirmava com desdém que elas não tinham mais intelectualidade que os pavões dos jardins d'Antipas; e que nenhuma decerto ali lera Aristóteles ou Sófocles!... Eu encolhia os ombros. Oh esplendor dos céus! Por qual destas mulheres que não lera Sófocles não daria eu, se fosse César, uma cidade de Itália e toda a Ibéria! Umas entonteciam-me pela sua graça dolente e macerada de virgens de devoção, vivendo na penumbra constante dos quartos de cedro, com o corpo saturado de perfumes, a alma esmagada de orações. Outras deslumbravam-me pela suntuosidade sólida e suculenta da sua beleza. Que largos, escuros olhos d'ídolos! Que claros, macios membros de mármore! Que sombria moleza! Que nudezes magníficas, quando à beira do leito baixo se lhes desenrolassem os cabelos pesados, e fossem docemente escorregando os véus e os linhos de Galácia!...

Foi necessário que Topsius me arrastasse pelo albornoz para a Escadaria de Nicanor. E ainda estacava a cada degrau, alongando para trás os olhos esbraseados, resfolgando como um touro em maio nas lezírias.[300]

– Ai, filhinhas de Sião! Que sois de vos deixar aqui os miolos!

Ao voltar-me, puxado pelo douto historiador, bati no focinho dum cordeiro branco que um velho conduzia às costas, amarrado pelas patas e enfeitado de rosas. Em frente corria uma longa balaustrada de cedro lavrado – onde uma cancela toda de prata, aberta e lassa nos seus gonzos, se movia em silêncio, faiscando.

– É aqui – disse o erudito Topsius – que se dão a beber as águas amargas às mulheres adúlteras... E agora, dom Raposo, aí tem Israel adorando o seu Deus.

Era enfim o adro sacerdotal! E eu estremeci diante daquele santuário entre todos monstruoso e deslumbrante. Ao meio do vasto e claro terrado erguia-se, feito de enormes pedras negras, o altar dos holocaustos; aos seus cantos enristavam-se quatro cornos de bronze; dum pendiam

---

299. Medronho: fruto com o qual se faz aguardente em Portugal.
300. Lezírias: terrenos alagadiços.

grinaldas de lírios; doutros fios de corais; o outro pingava sangue. Da imensa grelha do altar subia uma fumaça avermelhada e lenta; e em redor apinhavam-se os sacrificadores, descalços, todos de branco – com forquilhas de bronze nas mãos pálidas, espetos de prata, facas passadas nos cintos cor de céu... No afanoso, severo rumor do cerimonial sacrossanto confundia-se o balar de cordeiros, o som argentino de pratos, o crepitar das lenhas, as pancadas surdas de malho, o cantar lento da água em bacias de mármore, e o estridor das buzinas. Apesar dos aromáticos que ardiam em caçoulas,[301] das longas ventarolas de folhas de palmeira com que os serventes agitavam o ar, eu pus o lenço na face, enjoado com esse cheiro mole de carne crua, de sangue, de gordura frita e de açafrão, que o Senhor reclamou a Moisés como o dom melhor a receber da terra...

Ao fundo, bois enfeitados de flores, vitelas brancas com os cornos dourados sacudiam, mugindo e marrando, as cordas que os prendiam a fortes argolas de bronze; mais longe, sobre mesas de mármore, entre pedaços de gelo, pousavam, vermelhas e sangrentas, grossas peças de carne, sobre que os levitas balançavam leques de penas para afugentar os moscardos. De colunas rematadas por faiscantes globos de cristal, pendiam cordeiros mortos, que os netenins, resguardados por aventais de couro cobertos de textos sagrados, esfolavam com cutelos de prata; enquanto os vitimários de saião azul, retesando os braços, conduziam baldes donde trasbordavam e iam arrastando entranhas. Coroados por uma mitra redonda de metal, escravos idumeus constantemente limpavam as lajes com esponjas; alguns vergavam sob molhos de lenha; outros, agachados, sopravam fogareiros de pedra.

A cada momento algum velho sacrificador, descalço, marchava para o altar, trazendo ao colo um anho tenro que não balava, contente e quente entre os dois braços nus; um tocador de lira precedia-o; levitas atrás transportavam os jarros d'óleos aromáticos. Em frente à ara, rodeado de acólitos,[302] o sacrificador lançava sobre o cordeiro um punhado de sal; depois, psalmodiando, cortava-lhe uma pouca de lã entre os cornos. As buzinas ressoavam; um grito d'animal ferido perdia-se no tumulto sacro; por cima das tiaras brancas duas mãos vermelhas erguiam-se ao ar sacudindo sangue; da grelha do altar ressaltava, avivada pelos óleos e pela gordura, uma chama d'alegria e de oferta; e o fumo avermelhado e lento ascendia serenamente ao azul, levando nos seus rolos o cheiro que deleita o Eterno.

---

301. Caçoulas: recipientes onde se queimavam substâncias aromáticas.
302. Acólitos: aqueles que ajudam na missa; sacerdotes que receberam o grau mais elevado entre as ordens menores.

– É um talho! – murmurei eu, aturdido. – É um talho! Topsius, doutor, vamos outra vez lá baixo às mulherinhas...

O sábio olhou para o sol. Depois, gravemente, pousando-me no ombro a mão amiga:

– É quase a nona hora, dom Raposo!... E temos de ir fora da Porta Judiciária, para além do Gareb, a um sítio agreste que se chama o Calvário.

Empalideci. E pareceu-me que nenhuma vantagem espiritual obteria minha alma, nenhuma inesperada aquisição enriqueceria o saber de Topsius por irmos contemplar no alto dum morro, entre urzes,[303] Jesus atado a um madeiro e sofrendo; era apenas um tormento para a nossa sensibilidade! Mas, submisso, segui o meu sapiente amigo pela Escadaria das Águas, que leva ao largo lajeado de basalto onde começam as primeiras casas d'Acre. Vizinhas do santuário, habitadas por sacerdotes, elas ostentavam uma profusa devoção pascal, em palmas, lâmpadas, alcatifas penduradas dos eirados; e algumas tinham os umbrais salpicados com o sangue fresco dum anho.

Antes de penetrar numa sórdida, andrajosa rua que se ia torcendo sob velhos toldes[304] de esparto, voltei-me para o Templo; agora só via a imensa muralha de granito, com bastiões no alto, sombria e inderrubável; e a arrogância da sua força e da sua eternidade encheu de cólera o meu coração. Enquanto sobre uma colina de morte, destinada aos escravos, o homem de Galileia, incomparável amigo dos homens, arrefecia na sua cruz, e para sempre se apagava aquela pura voz de amor e d'espiritualidade – ali ficava o Templo que o matava, rutilante e triunfal, com o balar dos seus gados, o estridor dos seus sofismas, a usura sob os pórticos, o sangue sobre as aras, a iniquidade do seu duro orgulho, a importunidade do seu perene incenso... Então, com os dentes cerrados, mostrei o punho a Jeová e à sua cidadela, e bradei:

– Arrasados sejais!

Não descerrei mais os lábios secos até chegarmos à estreita porta nas Muralhas de Ezequias, que os romanos denominavam a Judiciária. E logo aí estremeci, vendo colado num pilar de pedra um pergaminho com três sentenças transcritas – "a dum ladrão de Betabara, a dum assassino de Emath, e a de Jesus de Galileia!". O escriba do Sanedrim, que conforme à lei ali vigiara para recolher, até que os condenados

---

303. Urzes: plantas da família das ericáceas.
304. Toldes: panos sobre os quais se colocam cereais para secar.

passassem, algum inesperado testemunho d'inculpabilidade, ia partir, com os seus tabulários debaixo do braço, depois de traçar sobre cada sentença um grosso risco vermelho. E aquele corte final, cor de sangue, passado à pressa por um escriturário que recolhia contente à sua morada, a comer o seu anho, comoveu-me mais que a melancolia dos livros santos.

Sebes de cactos em flor bordavam a estrada; e para além eram verdes outeiros onde os muros baixos de pedra solta, vestidos de rosas-bravas, delimitavam os hortos. Tudo ali resplandecia, festivo e pacífico. À sombra das figueiras, debaixo dos pilares das parreiras, as mulheres, encruzadas em tapetes, fiavam o linho ou atavam os ramos d'alfazema e manjerona que se oferecem na Páscoa; e crianças em redor, com o pescoço carregado d'amuletos de coral, balouçavam-se em cordas, atiravam à seta... Pela estrada descia uma fila de lentos dromedários levando mercadorias para Jope; dois homens robustos recolhiam da caça, com altos coturnos vermelhos cobertos de pó, a aljava[305] batendo-lhe a coxa, uma rede atirada para as costas, e os braços carregados de perdizes e d'abutres amarrados pelas patas; e diante de nós caminhava devagar, apoiado ao ombro duma criança que o conduzia, um velho pobre, de longas barbas, trazendo presa ao cinto como um bardo a lira grega de cinco cordas, e sobre a fronte uma coroa de louro...

Ao fundo dum muro, coberto de ramos de amendoeiras, diante duma cancela pintada de vermelho, dois servos esperavam, sentados num tronco caído, com os olhos baixos e as mãos sobre os joelhos. Topsius parou, puxou-me o albornoz:

– É este o horto de José de Ramatha, um amigo de Jesus, membro do Sanedrim, homem d'espírito inquieto, que se inclina para os essênios... E justamente, aí vem Gade!

Do fundo do horto, com efeito, por uma rua de murta e rosas, Gade descia correndo com uma trouxa de linho e um cabaz de vime enfiados num pau. Paramos.

– O rabi? – gritou-lhe o alto historiador, transpondo a cancela.

O essênio entregou a um dos escravos a trouxa e o cesto que estava cheio de mirra e d'ervas aromáticas; e ficou diante de nós um momento, trêmulo, sufocado, com a mão fortemente pousada sobre o coração para lhe serenar a ansiedade.

– Sofreu muito! – murmurou, por fim. – Sofreu quando lhe trespassaram as mãos... Mais ainda ao erguer da cruz... E repeliu primeiro

---

305. Aljava: coldre colocado nas costas em que eram transportadas as setas.

o vinho de misericórdia, que lhe daria a inconsciência... O rabi queria entrar com a alma clara na morte por que chamara!... Mas José de Ramatha, Nicodemos estavam lá vigiando. Ambos lhe lembraram as coisas prometidas uma noite em Betânia... O rabi então tomou a malga das mãos da mulher de Rosmofim, e bebeu.

E o essênio, pregados em Topsius os olhos reluzentes, como para cravar bem seguramente na sua alma uma recomendação suprema, recuou um passo e disse com uma grave lentidão:

– À noite, depois da ceia, no eirado de Gamaliel...

E outra vez desapareceu na rua fresca do horto, entre a murta e as roseiras. Topsius deixou logo a estrada de Jope; e estugando o passo por um atalho agreste, onde o meu largo albornoz se prendia aos espinhos das piteiras, explicava-me que a bebida de misericórdia era um vinho forte de Társis, com suco de papoulas e especiarias, fornecido por uma confraria de mulheres devotas para insensibilizar os supliciados... Mas eu mal escutava aquele copioso espírito. No alto dum áspero outeiro, todo de rocha e urze, avistara, destacando duramente no claro azul do céu liso, um montão de gente parada; e em meio dela sobrelevavam-se três pontas grossas de madeiros e moviam-se, faiscando ao sol, elmos polidos de legionários. Turbado, encostei-me à beira do caminho, num penedo branco que escaldava. Mas vendo Topsius marchar, com a sábia serenidade de quem considera a morte uma purificadora libertação das formas imperfeitas – não quis ser menos forte, nem menos espiritual: arranquei o albornoz que me abafava, galguei intrepidamente a colina temerosa.

Dum lado cavava-se o vale de Hinom, abrasado e lívido, sem uma erva, sem uma sombra, juncado d'ossos, de carcaças, de cinzas. E diante de nós o morro ascendia, com manchas leprosas de tojo negro, e a espaços furado por uma ponta de rocha polida e branca como um osso. O córrego, onde os nossos passos espantavam os lagartos, ia perder-se entre as ruínas dum casebre de adobe; duas amendoeiras, mais tristes que plantas crescidas na fenda dum sepulcro, erguiam ao lado a sua rama rala e sem flor, onde cantavam asperamente cigarras. E na sombra tênue, quatro mulheres descalças, desgrenhadas, com rasgões de luto nas túnicas pobres, choravam como num funeral.

Uma, sem se mover, hirta contra um tronco, gemia surdamente sob a ponta do manto negro; outra, exausta de lágrimas, jazia numa pedra, com a cabeça caída nos joelhos, e os esplêndidos cabelos louros desmanchados, alastrados até ao chão. Mas as outras duas deliravam, arranhadas, ensanguentadas, batendo desesperadamente nos peitos, cobrindo a face de terra; depois, lançando ao céu os braços nus, abalavam o morro com gritos – "Oh meu encanto, oh meu tesouro, oh meu sol!". E um cão, que farejava entre as ruínas, abria a goela, uivava também, sinistramente.

Espavorido, puxei a capa do douto Topsius – e cortamos pelas urzes até ao alto, onde se apinhavam, olhando e galrando, obreiros das oficinas de Gareb, serventes do Templo, vendilhões, e alguns desses sacerdotes miseráveis e em farrapos, que vivem de negromancia[306] e de esmolas. Diante da branca capa em que Topsius se togava, dois cambistas, com moedas d'ouro pendentes das orelhas, arredaram-se, murmurando bênçãos servis. Uma corda d'esparto deteve-nos, presa a postes cravados no chão para isolar o alto do morro e, no sítio em que ficáramos, enrolada a uma velha oliveira que tinha pendurados dos ramos escudos de legionários e um manto vermelho.

Então, ansioso, ergui os olhos... Ergui os olhos para a cruz mais alta, cravada com cunhas numa fenda de rocha. O rabi agonizava. E aquele corpo que não era de marfim nem de prata, e que arquejava, vivo, quente, atado e pregado a um madeiro, com um pano velho na cinta, um travessão passado entre as pernas – encheu-me de terror e d'espanto... O sangue que manchara a madeira nova, enegrecia-lhe as mãos, coalhado em torno aos cravos; os pés quase tocavam o chão, amarrados numa grossa corda, roxos e torcidos de dor. A cabeça, ora escurecida por uma onda de sangue, ora mais lívida que um mármore, rolava dum ombro a outro docemente; e por entre os cabelos emaranhados, que o suor empastara, os olhos esmoreciam, sumidos, apagados – parecendo levar com a sua luz para sempre toda a luz e toda a esperança da terra...

O centurião, sem manto, com os braços cruzados sobre a couraça de escamas, rondava gravemente junto à cruz do rabi, cravando por vezes os olhos duros na gente do Templo, cheia de rumores e de risos. E Topsius mostrou-me defronte, rente à corda, um homem cuja face amarela e triste quase desaparecia entre as duas longas mechas negras de cabelo que lhe desciam sobre o peito – e que abria e enrolava com impaciência um pergaminho, ora espiando a marcha lenta do sol, ora falando baixo a um escravo ao seu lado.

– É José de Ramatha, segredou-me o douto historiador. Vamos ter com ele, ouvir as coisas que convém saber...

Mas nesse instante, dentre o bando sórdido dos servos do Templo e dos sacerdotes miseráveis que são nutridos pelos sobejos[307] dos

---

306. Negromancia: forma arcaica do termo "necromancia", arte de adivinhar o futuro por meio do contato com os mortos.
307. Sobejos: sobras, restos.

holocaustos, rompeu um ruído mais forte como o grasnar de corvos num alto. E um deles, colossal, esquálido, com costuras de facadas através da barba rala, atirou os braços para a cruz do rabi, e gritou numa baforada de vinho:
– Tu que és forte, e querias destruir o Templo e as suas muralhas, por que não quebras ao menos o pau dessa cruz?
Em torno estalaram risadas alvares. E outro, espalmando as mãos sobre o peito, curvado com infinito escárnio, saudava o rabi:
– Herdeiro de Davi, oh meu príncipe, que te parece esse trono?
– Filho de Deus! Chama teu pai, vê se teu pai te vem salvar! – rouquejava a meu lado um magro velho, que tremia e sacudia a barba, apoiado ao seu bordão.
Alguns vendilhões bestiais apanhavam torrões secos a que misturavam cuspo, para arremessar ao rabi; uma pedra por fim passou, ressoou cavamente no madeiro. Então o centurião correu, indignado; a folha da sua larga espada lampejou no ar; e o bando recuou blasfemando – enquanto alguns embrulhavam na ponta do saião os dedos que escorriam sangue.
Nós acercamo-nos de José de Ramatha. Mas o sombrio homem abalou bruscamente, esquivando a importunidade do sábio Topsius. E, magoados com a sua rudeza ali ficamos junto dum tronco de oliveira seca, defronte das outras cruzes.
Os dois condenados tinham acordado do primeiro desmaio, sob a frescura da aragem da tarde. Um, grosso, peludo, com os olhos esbugalhados, o peito atirado para diante e as costelas a estalar, como se num esforço desesperado quisesse arrancar-se do madeiro – urrava sem descontinuar, medonhamente; o sangue pingava-lhe em gotas lentas dos pés negros, das mãos esgaçadas; e abandonado, sem afeição ou piedade que o assistissem, era como um lobo ferido que uiva e morre num brejo. O outro, delgado e louro, pendia sem um gemido, como uma haste de planta meio quebrada. Defronte dele uma mulher macilenta e em farrapos, passando a cada instante o joelho sobre a corda, estendia-lhe nos braços uma criancinha nua, e gritava, já rouca: "Olha ainda, olha ainda!". As pálpebras lívidas não se moviam; um negro, que entrouxava as ferramentas da crucificação, ia empurrá-la com brandura: ela emudecia, apertava desesperadamente o filho para que lho não levassem também, batendo os dentes, tremendo toda; e a criancinha entre os farrapos procurava o seio magro.
Soldados, sentados no chão, desdobravam as túnicas dos supliciados; outros, com o elmo enfiado no braço, limpavam o suor – ou por uma malga de ferro, a goles lentos, bebiam a posca. E embaixo, na poeira da

estrada, sob o sol mais doce, passava gente recolhendo pacificamente dos campos e dos hortos. Um velho picava as suas vacas para o lado da Porta de Genath; mulheres, cantando, carregavam lenha; um cavaleiro trotava, embrulhado num manto branco. Às vezes os que atravessavam o caminho ou voltavam dos pomares de Gareb avistavam as três cruzes erguidas; arregaçavam a túnica, subiam a colina devagar através das urzes. O rótulo da cruz do rabi, escrito em grego e em latim, causava logo assombro: "Rei dos judeus"! Quem era esse? Dois moços, patrícios e saduceus, com brincos de pérolas nas orelhas e bordaduras d'ouro nos borzeguins, interpelaram o centurião, escandalizados. Por que escrevera o pretor "Rei dos judeus"? Era aquele, ali pregado na cruz, Caio Tibério? Só Tibério era rei da Judeia! O pretor quisera ofender Israel! Mas em verdade só ultrajava César!

Impassível, o centurião falava a dois legionários que remexiam no chão em grossas barras de ferro. E a mulher que acompanhava os saduceus, uma romana miudinha e morena, com fitas de púrpura nos cabelos empoados d'azul, contemplava suavemente o rabi e aspirava o seu frasco de essências – lamentando decerto aquele moço, rei vencido, rei bárbaro, que morria no poste dos escravos.

Cansado, fui sentar-me com Topsius numa pedra. Era perto da oitava hora judaica: o sol, sereno como um herói que envelhece, descia para o mar por sobre as palmeiras de Betânia. Diante de nós o Gareb verdejava, coberto de jardins. Junto às muralhas, no bairro novo de Bezeta, grandes panos vermelhos e azuis secavam em cordas às portas das tinturarias; um lume vermelhejava no fundo duma forja; crianças corriam brincando sobre a borda duma piscina. Adiante, no alto da Torre Hípica, que estendia já a sua sombra sobre o vale de Hinom, soldados de pé na amurada apontavam a seta aos abutres voando no azul. E para além, entre arvoredos, surgiam, frescos e rosados pela tarde, os eirados do Palácio de Herodes.

Triste, com o espírito disperso, eu pensava no Egito, nas nossas tendas, na vela que lá me esquecera ardendo, fumarenta e vermelha – quando avistei, subindo a colina devagar, apoiado ao ombro da criança que o conduzia, o velho que já cruzáramos na estrada de Jope, com uma lira presa à cintura. Os seus passos arrastavam-se mais incertos, na fadiga duma jornada penosa; uma tristeza abatia-lhe sobre o peito a clara barba ondeante; e debaixo do manto cor de vinho, que lhe cobria a cabeça, as folhas da coroa de louro pendiam raras e murchas.

Topsius gritou-lhe: "Eh, rapsodo!". E quando ele, tenteando as urzes do caminho, se acercou – o douto historiador perguntou-lhe se das doces ilhas do mar trazia algum canto novo. O velho ergueu a face entristecida; e muito nobremente murmurou que uma mocidade imperecível sorri nos mais antigos cantos da Helênia. Depois, tendo assentado a sandália sobre uma pedra, tomou a lira entre as mãos vagarosas; a criança, direita, com as pestanas baixas, pôs à boca uma flauta de cana; e, no resplandor da tarde que envolvia e dourava Sião, o rapsodo soltou um canto já trêmulo, mas glorioso e repassado de adoração, como ante a ara dum templo, numa praia da Jônia... E eu percebi que ele cantava os deuses, a sua beleza, a sua atividade heroica. Dizia o délfico, imberbe e cor d'ouro, afinando os pensamentos humanos pelo ritmo da sua cítara; Ateneia, armada e industriosa, guiando as mãos dos homens sobre os teares; Zeus, ancestral e sereno, dando a beleza às raças, a ordem às cidades; e acima de todos, sem forma e esparso, o Fado, mais forte que todos!

Mas subitamente um grito varou o céu no alto da colina, supremo e arrebatado como o de uma libertação! Os dedos frouxos do velho emudeceram entre as cordas de metal; com a cabeça descaída, a coroa do louro épico meio desfolhada, parecia chorar sobre a lira helênica, d'ora em diante e para longas idades silenciosa e inútil. E ao lado a criança, tirando a flauta dos lábios, erguia para as cruzes negras os olhos claros – onde subia a curiosidade e a paixão dum mundo novo.

Topsius pediu ao velho a sua história. Ele contou-a, com amargura. Viera de Samos a Cesareia, e tocava o *konnor* junto ao Templo de Hércules. Mas a gente abandonava o puro culto dos heróis; e só havia festas e oferendas para a boa deusa da Síria! Acompanhara depois uns mercadores a Tiberíades; os homens aí não respeitavam a velhice, e tinham corações interesseiros como escravos. Seguira então pelas longas estradas, parando nos postos romanos onde os soldados o escutavam; nas aldeias de Samaria batia às portas dos lagares; e para ganhar o pão duro tocara a cítara grega nos funerais dos bárbaros. Agora errava ali, nessa cidade onde havia um grande templo, e um deus feroz e sem forma que detestava as gentes. E o seu desejo era voltar a Mileto, sua pátria, sentir o fino murmúrio das águas do Meandro, poder palpar os mármores santos do templo de Febo Didimeu – onde ele em criança levara num cesto e cantando os primeiros anéis dos seus cabelos...

As lágrimas rolavam pela sua face, tristes como a chuva por um muro em ruínas. E a minha piedade foi grande por aquele rapsodo das ilhas da Grécia, perdido também na dura cidade dos judeus, envolto pela influência sinistra dum deus alheio! Dei-lhe a minha derradeira moeda de prata. Ele desceu a colina, apoiado ao ombro da criança, lento e curvado, com a orla esfarrapada do manto trapejando nas pernas nuas, e muda e mal segura do cinto a lira heroica de cinco cordas.

No entanto, em torno às cruzes, no alto, crescera um rumor de revolta. E fomos encontrar a gente do Templo, com as mãos no ar, mostrando o sol que descia como um escudo d'ouro para o lado do mar de Tiro, intimando o centurião a que baixasse os condenados da cruz antes de soar a hora santa da Páscoa! Os mais devotos reclamavam que se aplicasse aos crucificados, se ainda viviam, o crurifrágio[308] romano, quebrando-lhes os ossos com barras de ferro, arrojando-os ao despenhadeiro de Hinom. E a indiferença do centurião exasperava o zelo piedoso. Ousaria ele macular o Shabat, deixando um corpo morto no ar? Alguns enrolavam a ponta do manto para correr, e ir a Acre avisar o pretor.

– O sol declina! O sol vai deixar o Hebrom! – gritou de cima duma pedra um levita, aterrado. – Acabai-os, acabai-os!

E ao nosso lado, um formoso moço exclamava, requebrando os olhos lânguidos, movendo os braços cheios de manilhas d'ouro:

– Atirai o rabi aos corvos! Dai às aves de rapina a sua Páscoa!

O centurião, que espreitava o alto da Torre Mariana onde os escudos suspensos luziam batidos pelo sol derradeiro – acenou devagar com a espada. Dois legionários, lançando pesadamente ao ombro as barras de ferro, marcharam com ele para as cruzes. Eu, arrepiado, agarrei o braço de Topsius. Mas diante do madeiro de Jesus o centurião parou, erguendo a mão...

O corpo branco e forte do rabi tinha a serenidade dum adormecimento: os pés empoeirados, que há pouco a dor torcia dentro das cordas, pendiam agora direitos para o chão como se o fossem em breve pisar; e a face não se via, tombada para trás molemente por sobre um dos braços da cruz, toda voltada para o céu onde ele pusera o seu desejo e o seu reino... Eu olhei também o céu: rebrilhava, sem uma sombra, sem uma nuvem, liso, claro, mudo, muito alto, e cheio de impassibilidade...

– Quem reclamou o corpo deste homem? – gritou, procurando para os lados, o centurião.

– Eu, que o amei em vida! – acudiu José de Ramatha, estendendo por cima da corda o seu pergaminho.

O escravo que esperava junto dele depôs logo no chão a trouxa de linho e correu para as ruínas do casebre onde as mulheres choravam entre as amendoeiras.

E por trás de nós, fariseus e saduceus que se tinham juntado estranhavam com azedume que José de Ramatha, um membro do Sanedrim, assim solicitasse o corpo do rabi para o perfumar e lhe fazer soar em

---

308. Crurifrágio: punição utilizada na antiguidade na qual se quebravam as pernas dos condenados.

torno as flautas e os prantos dum funeral... Um deles, corcovado, com estiadas melenas luzidias d'óleo, afirmava que sempre conhecera José de Ramatha inclinado para todos os inovadores, todos os sediciosos... Mais duma vez o vira falar com esse rabi junto ao Campo dos Tintureiros... E com eles estava Nicodemos, homem rico que tem gados, que tem vinhas, e todas as casas que estão d'ambos os lados da sinagoga de Cirenaica...

Outro, rubicundo[309] e mole, gemeu:

– Que será da nação, se os mais considerados se juntam aos que adulam o pobre, e lhe ensinam que os frutos da terra devem ser igualmente para todos!...

– Raça de Messias! – bradou o mais moço com furor, atirando o bastão contra as urzes. – Raça de Messias, perdição d'Israel!

Mas o saduceu de melenas oleosas ergueu devagar a mão, ligada em tiras sagradas:

– Sossegai: Jeová é grande; e tudo em verdade determina para melhor... No Templo e no conselho não faltarão jamais homens fortes que mantenham a velha ordem; e em cima dos calvários, felizmente, hão de sempre erguer-se as cruzes!...

E todos sussurraram:

– Amém!

No entanto o centurião, com os soldados atrás levando ao ombro as barras de ferro, marchava para os outros madeiros onde os condenados, vivos e cheios d'agonia, pediam água – um pendido e gemendo, outro torcido, com as mãos rasgadas, rugindo terrivelmente. Topsius, que sorria friamente, murmurou: "É tempo, vamos".

Com os olhos alagados d'água amarga, tropeçando nas pedras, desci ao lado do fecundo crítico a colina de imolação. E sentia uma densa melancolia entenebrecer a minha alma pensando nessas cruzes vindouras, anunciadas pelo conservador de guedelha oleosa... Assim seria, oh dura miséria! Sim! doravante, por todos os séculos a vir, iria sempre recomeçando em torno à lenha das fogueiras, sob a frialdade das masmorras, junto às escadas das forcas – este afrontoso escândalo de se juntarem sacerdotes, patrícios, magistrados, soldados, doutores e mercadores para matarem ferozmente no alto dum morro o justo que penetrado do esplendor de Deus ensine a adoração em espírito, ou cheio do amor dos homens proclame o reino da igualdade!

Com estes pensamentos recolhi a Jerusalém – enquanto as aves, mais felizes que os homens, cantavam nos cedros do Gareb...

---

309. Rubicundo: corado.

Escurecera e era a hora da ceia pascal, quando chegamos à casa de Gamaliel: no pátio, preso a uma argola, estava o burro, albardado de panos pretos, que trouxera o amável físico Eliezer de Silo.

Na sala azul, de teto de cedro, perfumada de malóbatro, o austero doutor já nos aguardava estendido no divã de correias brancas, com os pés nus, as largas mangas arregaçadas e pregadas no ombro – e ao lado um bordão de viagem, uma cabaça d'água e uma trouxa, emblemas rituais da saída do Egito. Defronte dele, numa mesa incrustada de madrepérola, entre vasos de barro com flores pintadas, açafates[310] de filigrana de prata transbordando de fruta e pedaços cintilantes de gelo, erguia-se um candelabro em forma de arbusto, tendo na ponta de cada galho uma pálida chama azul; e, com os olhos perdidos no seu brilho trêmulo, as mãos cruzadas no ventre, Eliezer, o benigno "doutor da tripa", sorria beatificamente encostado a almofadas de couro vermelho. Junto dele dois escabelos, recobertos com tapetes da Assíria, esperavam por mim e pelo sagaz historiador.

– Sede bem-vindos – rosnou Gamaliel. – Grandes são as maravilhas de Sião, deveis vir esfomeados...

Bateu de leve as palmas. Os escravos, caminhando sem ruído nas sandálias de feltro, e precedidos majestosamente pelo homem obeso de túnica amarela, entraram, erguendo muito alto largos pratos de cobre que fumegavam.

A um lado tínhamos, para limpar os dedos, um bolo de farinha branco, fino e mole como um pano de linho; do outro um prato largo, com cercadura de pérolas, onde negrejava entre ramos de salsa um montão de cigarras fritas; no chão jarros com água de rosa. Cumprimos as abluções; e Gamaliel, tendo purificado a boca com um pedaço de gelo, murmurou a oração ritual sobre a vasta travessa de prata, onde o cabrito assado fazia transbordar o molho d'açafrão e salmoura.

Topsius, bom sabedor das maneiras orientais, arrotou fortemente, por cortesia, demonstrando fartura e deleite; depois, com uma febra de anho entre os dedos, afirmou sorrindo aos doutores que Jerusalém lhe parecera magnífica, formosa de claridade, e bendita entre as cidades...

Eliezer de Silo acudiu, com os olhos cerrados de gozo, como se o acariciassem:

– Ela é uma joia melhor que o diamante, e o Senhor engastou-a no centro da terra para que irradiasse igualmente o seu brilho em redor...

---

310. Açafates: pequenos cestos.

– No centro da terra!... – murmurou o historiador, com douto espanto.

– Sim! – E, ensopando um pedaço de bolo no molho d'açafrão, o profundo físico explicou a terra. – Ela é chata e mais redonda que um disco; no meio está Jerusalém a santa, como um coração cheio do amor do Altíssimo; em redor a Judeia, rica em bálsamos e palmeiras, cerca-a de sombra e de aromas; para além ficam os pagãos, em regiões duras onde nem o mel nem o leite abundam; depois são os mares tenebrosos... E por cima o céu, sonoro e sólido.

– Sólido!... – balbuciou o meu sapiente amigo, esgazeado.

Os escravos serviam em taças de prata cerveja amarela da Média. Com solicitude Gamaliel aconselhou-me que, para lhe avivar o sabor, trincasse uma cigarra frita. E rabi Eliezer, sábio entre todos nas coisas da natureza, revelava a Topsius a divina construção do céu.

Ele é feito de sete duras, maravilhosas, rutilantes camadas de cristal; por cima delas constantemente rolam as grandes águas; sobre as águas flutua num fulgor o espírito de Jeová... Estas lâminas de cristal, furadas como um crivo, resvalam umas sobre as outras com uma música doce e lenta que os profetas mais queridos por vezes ouviam... Ele mesmo, uma noite que orava no eirado da sua casa em Silo, sentira por um raro favor do Altíssimo essa harmonia, tão penetrante e suave que as lágrimas uma a uma lhe caíam nas mãos abertas... Ora nos meses de *kislev* e de *tevet* os furos das lâminas coincidem, e por eles caem sobre a terra as gotas das águas eternas que fazem crescer as searas!

– A chuva? – perguntou Topsius, com acatamento.

– A chuva! – respondeu Eliezer, com serenidade.

Topsius, mordendo um sorriso, ergueu para Gamaliel os seus óculos d'ouro que faiscavam de sábia ironia; mas o piedoso filho de Simeão conservava sobre a face, emagrecida no estudo da lei, uma seriedade impenetrável. Então o historiador, remexendo as azeitonas, desejou saber do esclarecido físico por que tinham os cristais do céu essa cor azul que enleva a alma...

Eliezer de Silo elucidou-o:

– Uma grande montanha azul, invisível até hoje aos homens, ergue-se a Ocidente; ora, quando o sol a bate, a sua reverberação banha o cristal do céu e anila-o.

– É talvez nessa montanha que vivem as almas dos justos!...

Gamaliel tossiu brandamente e murmurou: "Bebamos, louvando o Senhor!".

Ergueu uma taça cheia de vinho de Siquém, pronunciou sobre ela uma bênção – e passou-ma, chamando a paz sobre o meu coração. Eu rosnei: "À sua, muitos e felizes!". E Topsius, recebendo a taça com veneração, bebeu – "à prosperidade d'Israel, à sua força, ao seu saber!".

Depois os servos, precedidos pelo homem obeso de túnica amarela, que fazia ressoar sobre as lajes com pompa a sua vara de marfim, trouxeram a mais devota comida pascal – as ervas amargas. Era uma travessa repleta de alface, agriões, chicória, macela, com vinagre e grossas pedras de sal. Gamaliel mastigava-as solenemente, como cumprindo um rito. Elas representavam as amarguras de Israel no cativeiro do Egito. E Eliezer, chupando os dedos, declarou-as deliciosas, fortificadoras e repassadas de alta lição espiritual.

Mas Topsius lembrou, fundado nos autores gregos, que todos os legumes amolecem no homem a virilidade, lhe descoram a eloquência, lhe enervam o heroísmo; e com torrencial erudição citou logo Teofrasto, Êubulo, Nicandro na segunda parte do seu *Dicionário*, Fênias no seu *Tratado das plantas*, Défilo e Epicarmo!...

Gamaliel, secamente, condenou a inanidade dessa ciência – porque Hecateu de Mileto, só no primeiro livro da sua *Descrição da Ásia*, encerra cinquenta e três erros, quatorze blasfêmias e cento e nove omissões... Assim dizia o leviano grego que a tâmara, maravilhoso dom do Altíssimo, enfraquece o intelecto!...

– Mas, exclamou Topsius com ardor, a mesma doutrina estabelece Xenofonte no livro segundo do *Anábase*! E Xenofonte...

Gamaliel rejeitou a autoridade de Xenofonte. Então Topsius, vermelho, batendo com uma colher de ouro na borda da mesa, exaltou a eloquência de Xenofonte, a forte nobreza do seu sentimento, a sua terna reverência por Sócrates!... E enquanto eu partia um empadão de Comagena, os dois facundos doutores, asperamente, romperam debatendo Sócrates. Gamaliel afirmava que as "vozes secretas" ouvidas por Sócrates, e que tão divina e puramente o governavam, eram murmúrios distantes que lhe chegavam da Judeia, repercussões miraculosas da voz do Senhor... Topsius pulava, encolhia os ombros, com desesperado sarcasmo. Sócrates inspirado por Jeová! Ora lérias![311]

No entanto era certo (insistia Gamaliel, já lívido) que os gentílicos iam emergindo da sua treva, atraídos pela luz forte e pura que derramava Jerusalém – porque a reverência pelos deuses aparecia em Ésquilo profunda e cheia de terror; em Sófocles, amável e cheia de serenidade; em Eurípides, superficial e cheia de dúvida... E cada um dos trágicos dava assim, largamente, um passo para o Deus verdadeiro!

---

311. Lérias: lábias; lorotas.

– Oh, Gamaliel, filho de Simeão – murmurou Eliezer de Silo –, tu, que possuis a verdade, para que dás acesso no teu espírito aos pagãos?
Gamaliel respondeu:
– Para os desprezar melhor dentro em mim!
Farto de tão clássica controvérsia, acheguei a Eliezer um covilhete[312] de mel do Hebrom – e contei-lhe quanto me agradara o caminho do Gareb entre jardins. Ele concordou que Jerusalém, cercada de vergéis, era doce à vista como a fronte da noiva toucada d'anêmonas. Depois estranhou que eu escolhesse, para me recrear, esses arredores de Giom, cheios d'açougues, junto ao morro escalvado onde se erguem as cruzes. Mais suave me teria sido a fragrância de Siloé...
– Fui ver Jesus – atalhei severamente. – Fui ver Jesus, crucificado esta tarde por mandado do Sanedrim...
Eliezer, com oriental cortesia, bateu no peito demonstrando mágoa. E quis saber se pertencia ao meu sangue, ou partilhara comigo o pão de aliança, esse Jesus que eu fora assistir na sua morte d'escravo.
Eu considerei-o, assombrado:
– É o Messias!
E ele considerou-me mais assombrado ainda, com um fio de mel a escorrer-lhe na barba.
Oh raridade! Eliezer, doutor do Templo, físico do Sanedrim, não conhecia Jesus de Galileia! Atarefado com os enfermos que pela Páscoa atulham Jerusalém (confessou ele) não fora ao Xisto, nem à loja do perfumista Cleos, nem aos eirados de Hanã, onde as novas voam mais numerosas que as pombas; por isso nada ouvira da aparição dum Messias...
De resto, acrescentou, não podia ser o Messias! Esse deveria chamar-se Manahem "o consolador", porque traria a consolação a Israel. E haveria dois Messias: o primeiro, da tribo de José, seria vencido por Gogue; o segundo, filho de Davi e cheio de força, venceria Magogue. Antes de ele nascer começariam sete anos de maravilhas: haveria mares evaporados, estrelas despregadas do céu, fomes e tais farturas que até as rochas dariam fruto; no último ano correria sangue entre as nações; enfim ressoaria uma voz portentosa;[313] e, sobre o Hebrom, com uma espada de fogo, surgiria o Messias!...
Dizia estas coisas peregrinas fendendo a casca dum figo. Depois com um suspiro:

---

312. Covilhete: pequeno prato no qual em geral se serve a sobremesa.
313. Portentosa: miraculosa; prodigiosa.

— Ora ainda nenhuma dessas maravilhas, meu filho, anunciou a consolação!...

E atolou os dentes no figo.

Então fui eu, Teodorico, ibero, dum remoto município romano, que contei a um físico de Jerusalém, criado entre os mármores do Templo, a vida do Senhor! Disse as coisas doces e as coisas fortes: as três claras estrelas sobre o seu berço; a sua palavra amansando as águas de Galileia; o coração dos simples palpitando por ele; o reino do céu que prometia; e a sua face augusta brilhando diante do pretor de Roma...

— Depois os padres, os patrícios e os ricos crucificaram-no!

Doutor Eliezer, volvendo a remexer o açafate de figos, murmurou pensativamente:

— Triste, triste!... Todavia meu filho, o Sanedrim é misericordioso. Em sete anos, desde que o sirvo, apenas tem lançado três sentenças de morte... Sim, decerto o mundo necessita bem escutar uma palavra de amor e de justiça; mas Israel tem sofrido tanto com inovadores, com profetas!... Enfim, nunca se deveria derramar o sangue do homem... E a verdade é que estes figos de Betfagé não valem os meus de Silo!

Calado, enrolei um cigarro. E nesse instante o douto Topsius, debatendo ainda com Gamaliel o helenismo e as escolas socráticas, empinado, d'óculos na ponta do bico, soltava este resumo forte:

— Sócrates é a semente; Platão a flor; Aristóteles o fruto... E desta árvore, assim completa, se tem nutrido o espírito humano!

Mas Gamaliel subitamente ergueu-se; doutor Eliezer também, arrotando com efusão. Ambos tomaram os cajados, ambos gritaram:

— Aleluia! Louvai o Senhor que nos tirou da terra do Egito!

Findara a ceia pascal. O esclarecido historiador, que limpava o suor da controvérsia, olhou logo vivamente o relógio e rogou a Gamaliel permissão de subir ao terraço, a refrescar a sua emoção no ar macio d'Ophel... O doutor da lei conduziu-nos à varanda alumiada palidamente por lâmpadas de mica, mostrou-nos a íngreme escada de ébano que levava aos eirados; e chamando sobre nós a graça do Senhor, penetrou com Eliezer num aposento cerrado por cortinas de Mesopotâmia — donde saiu um aroma, um fino rumor de risos e sons lentos de lira.

Que doce ar no terraço! E que alegre essa noite de Páscoa em Jerusalém! No céu, mudo e fechado como um palácio onde há luto, nenhum astro brilhava; mas o burgo de Davi e a colina do Acre, com as suas iluminações rituais, pareciam salpicadas de ouro. Em cada eirado, vasos com estopa ardendo em óleo lançavam uma chama ondeante e vermelha. Aqui e além, nalguma casa mais alta os fios de luzes, na parede escura, reluziam como um colar de joias no pescoço duma negra. O ar estava docemente cortado dos gemidos de flauta, da dolente vibração das cordas do *konnor*; e em ruas alumiadas por grandes fogueiras de lenha, víamos esvoaçar, claras e curtas, as túnicas de gregos dançando a *callabida*. Só as torres, mais vastas na noite, a Hípica, a Mariana, a Farsala se conservavam escuras; e o mugido das suas buzinas passava por vezes, rouco e rude, como uma ameaça, sobre a santa cidade em festa.

Mas para além das muralhas recomeçava a alegria da noite pascal. Havia luzes em Siloé. Nos acampamentos, sobre o monte das Oliveiras, ardiam fogos claros; e como as portas ficavam abertas, filas de tochas fumegavam pelos caminhos, por entre um rumor de cantares.

Só uma colina, além do Gareb, permanecera em treva. Nessa hora, por baixo dela, numa ravina entre rochas, alvejavam dois corpos despedaçados, onde os bicos dos abutres com um ruído seco de ferros entrechocados faziam a sua ceia pascal. Ao menos outro corpo, precioso envólucro dum espírito perfeito, jazia resguardado num túmulo novo, envolto em linho fino, ungido, perfumado de canela e de nardo. Assim o tinham deixado nessa noite, a mais santa d'Israel, aqueles que o amavam – e que desde então para todo o sempre mais entranhadamente o amariam... Assim o tinham deixado com uma pedra lisa por cima; e agora entre as casas de Jerusalém, cheias de luzes e cheias de cantos – alguma havia, escura e fechada, onde corriam lágrimas sem consolação. Aí o lar esfriara, apagado; a lâmpada triste esmorecia sobre o alqueire; na bilha não havia água, porque ninguém fora à fonte; e sentadas na esteira, com os cabelos caídos, aquelas que o tinham seguido de Galileia falavam dele, das primeiras esperanças, das parábolas contadas por entre os trigais, dos tempos suaves à beira do lago...

Assim eu pensava, debruçado sobre o muro, olhando Jerusalém – quando no terraço surgiu, sem rumor, uma forma envolta em linhos brancos, espalhando um aroma de canela e de nardo. Pareceu-me que dela irradiava um clarão, que os seus pés não pisavam as lajes – e o meu coração tremeu! Mas dentre os pálidos panos uma bênção saiu, grave e familiar:

– Que a paz seja convosco!
Ah! que alívio! Era Gade.
– Que a paz seja contigo!

O essênio parou diante de nós, calado; e eu sentia os seus olhos procurarem o fundo da minha alma, para lhe sondar bem a grandeza e a força. Por fim murmurou, imóvel como uma imagem tumular nas suas grandes vestes brancas:

— A lua vai nascer... Todas as coisas esperadas se estão cumprindo... Agora, dizei! Sentis o coração forte para acompanhar Jesus, e guardá-lo até ao oásis d'Engaddi?

Ergui-me, atirando os braços ao ar, num terror!... Acompanhar o rabi! Ele não jazia pois morto, ligado e perfumado, sob uma pedra, numa horta do Gareb?... Vivia! Ao nascer da lua, entre os seus amigos, ia partir para Engaddi! Agarrei ansiosamente o ombro de Topsius, amparando-me ao seu saber forte e à sua autoridade...

O meu douto amigo parecia enleado numa pesada incerteza:

— Sim, talvez... O nosso coração é forte, mas... Além disso não temos armas!

— Vinde comigo! — acudiu Gade, ardentemente. Passaremos por casa d'alguém que nos dirá as coisas que convém saber, e que vos dará armas!...

Ainda trêmulo, sem me desamparar do sapiente historiador, ousei balbuciar:

— E Jesus?... Onde está?

— Em casa de José de Ramatha, segredou o essênio espreitando em roda como o avaro que fala dum tesouro. Para que nada suspeitasse a gente do Templo, mesmo na presença deles depositamos o rabi no túmulo novo que está no horto de José. Três vezes as mulheres choraram sobre a pedra que segundo os ritos, como sabeis, não fechava inteiramente o túmulo, deixando uma larga fenda por onde se via o rosto do rabi. Alguns serventes do Templo olharam, e disseram: "Está bem". Cada um recolheu à sua morada... Eu entrei pela Porta de Genath, nada mais vi. Mas, apenas anoitecesse, José e outro, fiel inteiramente, deviam ir buscar o corpo de Jesus, e com as receitas que vêm no Livro de Salomão fazê-lo reviver do desmaio em que o deixou o vinho narcotizado e o sofrimento... Vinde pois, vós que o amais também e credes nele!...

Impressionado, decidido, Topsius traçou a sua farta capa; e descemos, num cauto silêncio, pela escada que do terraço levava a um caminho de pedra miúda colado à muralha nova de Herodes.

Longo tempo marchamos na escuridão, guiados pelas roupagens brancas do essênio. Dentre casebres em ruínas, por vezes um cão saltava uivando. Sobre as altas ameias passavam mortiças lanternas de ronda. Depois uma sombra que tossia ergueu-se de sob uma árvore, triste e mole como se saísse da sua sepultura; e roçando o meu braço, puxando a capa de Topsius, rogava-nos através de gemidos e baforadas d'alho que fôssemos dormir ao seu leito que ela perfumara de nardo.

Paramos finalmente diante dum muro, a que uma esteira grossa d'esparto cerrava a entrada. Um corredor que ressumbrava água levou-nos a um pátio rodeado por uma varanda, assente sobre rudes vigas de madeira; o chão mole como lodo abafava o rumor das nossas solas.

Gade, três vezes espaçadas, soltou o grito dos chacais. Nós esperávamos no meio do pátio, à borda dum poço coberto com tábuas; o céu, por cima, guardava a escuridão dura e impenetrável dum bronze. A um canto, enfim, sob a varanda, um clarão vivo de lâmpada surgiu – alumiando a barba negra do homem que a trazia e que lançara sobre a cabeça a ponta dum albornoz pardo de galileu. Mas a luz morreu sob um sopro forte. E o homem, lentamente, na treva, caminhou para nós.

Gade cortou a desolada mudez:

– Que a paz seja contigo, irmão! Estamos prontos.

O homem pousou devagar a lâmpada sobre a tampa do poço, e disse:

– Tudo está consumado.

Gade, estremecendo, gritou:

– O rabi?

O homem atirou a mão para abafar o grito do essênio. Depois, tendo sondado a sombra em redor com olhos inquietos que reluziam como os dum animal do deserto:

– São coisas mais altas do que podemos entender. Tudo parecia certo. O vinho narcotizado fora bem preparado pela mulher de Rosmofim, que é hábil e conhece os simples... Eu tinha falado ao centurião, um camarada a quem salvei a vida na Germânia, na campanha de Públio. E, quando rolamos a pedra sobre o túmulo de José de Ramatha, o corpo do rabi estava quente!

Mas calou-se; e, como se o pátio fechado sob o céu negro não fosse bastante secreto e seguro, tocou no ombro de Gade, e sem um rumor dos pés nus recolheu à escuridão mais densa sob a varanda, até às pedras do muro. Nós, rente a ele e mudos, tremíamos de ansiedade – e eu senti que uma revelação ia passar, suprema e prodigiosa, alumiando os mistérios.

– Ao anoitecer – segredou o homem por fim com um murmúrio triste d'água correndo na sombra – voltamos ao túmulo. Olhamos pela fenda: a face do rabi estava serena e cheia de majestade. Levantamos a pedra, tiramos o corpo. Parecia adormecido, tão belo, como divino, nos panos que o envolviam... José tinha uma lanterna; e levamo-lo pelo Gareb, correndo através do arvoredo. Ao pé da fonte encontramos uma ronda da coorte auxiliar. Dissemos: "É um homem de Jope que adoeceu, e que nós levamos à sua sinagoga". A ronda disse: "Passai". Em casa de

José estava Simeão o essênio, que viveu em Alexandria e sabe a natureza das plantas; e tudo fora preparado, até a raiz do baraz... Estendemos Jesus na esteira. Demos-lhe a beber os cordiais, Chamamo-lo, esperamos, oramos... Mas ai! Sentíamos, sob as nossas mãos, arrefecer-lhe o corpo!... Um instante abriu lentamente os olhos, uma palavra saiu-lhe dos lábios. Era vaga, não a compreendemos... Parecia que invocava seu pai, e que se queixava de um abandono... Depois estremeceu; um pouco de sangue apareceu-lhe ao canto da boca... E, com a cabeça sobre o peito de Nicodemos, o rabi ficou morto!

Gade caiu pesadamente de joelhos, soluçando; e o homem, como se todas as coisas tivessem sido ditas, deu um passo para buscar a sua lâmpada ao poço. Topsius deteve-o, com avidez:

– Escuta! Preciso toda a verdade. Que fizestes depois?

O homem parou junto a um dos pilares de madeira. Depois, alargando os braços na escuridão, e tão perto das nossas faces que eu sentia o seu bafo quente:

– Era necessário, para bem da terra, que se cumprissem as profecias! Durante duas horas José de Ramatha orou, prostrado. Não sei se o Senhor lhe falou em segredo; mas, quando se ergueu, resplandecia todo e gritou: "Elias veio! Elias veio! Os tempos chegaram!". Depois, por sua ordem, enterramos o rabi numa caverna que ele tem, talhada na rocha, por trás do moinho...

Atravessou o pátio, tomou a sua lâmpada. E recolhia lentamente, sem um rumor, quando Gade, erguendo a face, o chamou através dos seus soluços:

– Escuta ainda! Grande é o Senhor, na verdade!... E o outro túmulo, onde as mulheres de Galileia o deixaram, ligado e envolto em panos, com aloés e com nardo?

O homem, sem parar, murmurou, já sumido na treva:

– Lá ficou aberto, lá ficou vazio!...

Então Topsius arrastou-me pelo braço tão arrebatadamente que tropeçávamos no escuro contra os pilares da varanda. Uma porta ao fundo abriu-se, com um brusco estrondo de ferros caídos... E vi uma praça, rodeada de pálidos arcos, triste e fria, com erva entre as fendas das lajes dessoldadas, como numa cidade abandonada. Topsius estacou, os seus óculos faiscavam:

– Teodorico, a noite termina, vamos partir de Jerusalém!... A nossa jornada ao passado acabou... A lenda inicial do cristianismo está feita, vai findar o mundo antigo!

Eu considerei, assombrado e arrepiado, o douto historiador. Os seus cabelos ondeavam agitados por um vento de inspiração. E o que levemente saía dos seus finos lábios retumbava, terrível e enorme, caindo sobre o meu coração:

– Depois d'amanhã, quando acabar o Shabat, as mulheres de Galileia voltarão ao sepulcro de José de Ramatha onde deixaram Jesus sepultado... E encontram-no aberto, encontram-no vazio!... "Desapareceu, não está aqui!...". Então Maria de Magdala, crente e apaixonada, irá gritar por Jerusalém – "Ressuscitou, ressuscitou!". E assim o amor duma mulher muda a face do mundo, e dá uma religião mais à humanidade!

E, atirando os braços ao ar, correu através da praça – onde os pilares de mármore começavam a tombar, sem ruído e molemente. Arquejando, paramos no portão de Gamaliel. Um escravo, tendo ainda nos pulsos pedaços de cadeias partidas, segurava os nossos cavalos. Montamos. Com um fragor[314] de pedras levadas numa torrente, varamos a Porta d'Ouro; e galopamos para Jericó, pela estrada romana de Siquém, tão vertiginosamente que não sentíamos as ferraduras ferir as lajes negras de basalto. Adiante, a capa branca de Topsius torcia-se açoutada por uma rajada furiosa. Os montes corriam aos lados, como fardos sobre dorsos de camelos na debandada dum povo. As ventas da minha égua dardejavam jatos de fumo avermelhado – e eu agarrava-me às clinas, tonto, como se rolasse entre nuvens...

De repente avistamos, alargada, cavada até às serras de Moabe, a planície de Canaã. O nosso acampamento alvejava junto às brasas dormentes da fogueira. Os cavalos estacaram, tremendo. Corremos às tendas: sobre a mesa, a vela que Topsius acendera para se vestir, havia mil e oitocentos anos, morria num fogacho lívido... E derreado da infinita jornada atirei-me para o catre, sem mesmo descalçar as botas brancas de pó...

Imediatamente me pareceu que uma tocha fumegante penetrara na tenda, esparzindo[315] um brilho d'ouro... Ergui-me, assustado. Num largo raio de sol, vindo dos montes de Moabe, o jocundo Potte entrava, em mangas de camisa, com as minhas botas na mão!

Arrojei a manta, arredei os cabelos, para verificar melhor a mudança terrível que desde a véspera se fizera no universo! Sobre a mesa jaziam as garrafas do champanhe com que brindáramos à ciência e à religião. O embrulho da coroa d'espinhos pousava à minha cabeceira. Topsius, no seu catre, em camisola e com um lenço amarrado na testa, bocejava, pondo os óculos de ouro no bico. E o risonho Potte, censurando a nossa preguiça, queria saber se apetecíamos nessa manhã – "tapioca ou café".

---

314. Fragor: estrondo.
315. Esparzir: o mesmo que espargir, espalhar.

Deixei sair deliciosamente do peito um ruidoso, consolado suspiro. E no júbilo triunfal de me sentir reentrado na minha individualidade e no meu século pulei sobre o colchão, com a fralda ao vento, bradei:

– Tapioca, meu Potte! Uma tapioca bem docinha e molezinha, que saiba bem ao meu Portugal!...

IV

Ao outro dia, que fora um radioso domingo, levantamos de Jericó as nossas tendas; e caminhando com o sol para Ocidente, pelo vale de Querite, começamos a romagem de Galileia.

Mas ou fosse que a consoladora fonte da admiração houvesse secado dentro em mim, ou que a minha alma, arrebatada um momento aos cimos da história e batida aí por ásperas rajadas de emoção, não se pudesse já aprazer nestes quietos e ermos caminhos da Síria – senti sempre indiferença e cansaço, do país de Efraim ao país de Zebulom.

Quando nessa noite acampamos em Betel, vinha a lua cheia saindo por trás dos montes negros de Gilead... O festivo Potte mostrou-me logo o chão sagrado em que Jacó, pastor de Bersebá, tendo adormecido sobre uma rocha, vira uma escada que faiscava, fincada a seus pés e arrimada[316] às estrelas, por onde ascendiam e baixavam, entre terra e céu, anjos calados, com as asas fechadas. Eu bocejei formidavelmente e rosnei: "Tem seu chique!...".

E assim rosnando e bocejando, atravessei a terra dos prodígios. A graça dos vales foi-me tão fastidiosa como a santidade das minas. No poço de Jacó, sentado nas mesmas pedras em que Jesus, cansado como eu da calma destas estradas e como eu bebendo do cântaro duma samaritana, ensinara a nova e pura maneira de adorar; nas encostas do Carmelo, numa cela de mosteiro, ouvindo de noite ramalhar os cedros que abrigaram Elias, e gemerem embaixo as ondas, vassalas de Hiram rei de Tiro; galopando com o albornoz ao vento pela planície de Esdrelon; remando docemente no lago de Genesaré, coberto de silêncio e de luz – sempre o tédio marchou a meu lado como companheiro fiel, que a cada passo me apertava ao seu peito mole, debaixo do seu manto pardo...

Às vezes, porém, uma saudade fina e gostosa, vinda do remoto passado, levantava de leve a minha alma, como uma aragem lenta faz a uma cortina muito pesada... E então, fumando diante das tendas, trotando pelo leito seco das torrentes, eu *revia*, com deleite, pedaços soltos dessa antiguidade que me apaixonara – a terma romana onde uma criatura maravilhosa de mitra amarela se ofertava, lasciva e pontifical; o formoso Manassés levando a mão à espada cheia de pedrarias; mercadores, no Templo, desdobrando os brocados de Babilônia; a sentença do rabi

---
316. Arrimada: amparada.

com um traço vermelho, num pilar de pedra, à Porta Judiciária; ruas iluminadas, gregos dançando a *callabida*... E era logo um desejo angustioso de remergulhar nesse mundo irrecuperável. Coisa risível! Eu, Raposo e bacharel, no farto gozo de todos os confortos da civilização – tinha saudade dessa bárbara Jerusalém que habitara num dia do mês de *nissan*, sendo Pôncio Pilatos procurador da Judeia!

Depois estas memórias esmoreciam como fogos a que falta a lenha. Na minha alma só restavam cinzas – e, diante das ruínas do monte Ebal ou sob os pomares que perfumam Siquém a levítica, recomeçava a bocejar.

Quando chegamos a Nazaré, que aparece na desolação da Palestina como um ramalhete pousado na pedra duma sepultura – nem me interessaram as lindas judias por quem se banhou de ternura o coração de santo Antonino. Com a sua cântara vermelha ao ombro, elas subiam por entre os sicômoros à fonte onde Maria, mãe de Jesus, ia todas as tardes, cantando como estas e como estas vestida de branco... O jocundo Potte, torcendo os bigodes, murmurava-lhes madrigais; elas sorriam, baixando as pestanas pesadas e meigas. Era diante desta suave modéstia que santo Antonino, apoiado ao seu bordão, sacudindo a sua longa barba, suspirava: "Oh virtudes claras, herdadas de Maria cheia de graça!". Eu, por mim, rosnava secamente: "Lambisgoias"!

Através de vielas onde a vinha e a figueira abrigam casas humildes, como convém à doce aldeia daquele que ensinou a humildade, trepamos ao cimo de Nazaré, batido sempre do largo vento que sopra das Idumeias. Aí Topsius tirou o barrete saudando essas planícies, esses longes, que decerto Jesus vinha contemplar, concebendo diante da sua luz e da sua graça as incomparáveis belezas do reino de Deus... O dedo do douto historiador ia-me apontando todos os lugares religiosos – cujos nomes sonoros caem na alma com uma solenidade de profecia ou com um fragor de batalha: Esdrelon, Endor, Sulém, Tabor... Eu olhava, enrolando um cigarro. Sobre o Carmelo sorria uma brancura de neve; as planícies da Pereia fulguravam, rolando uma poeira de ouro; o golfo de Khaifa era todo azul; uma tristeza cobria ao longe as montanhas de Samaria; grandes águias torneavam sobre os vales... Bocejando, rosnei:

– Vistazinha catita!

Uma madrugada, enfim, recomeçamos a descer para Jerusalém. Desde Samaria a Ramá fomos alagados por esses vastos e negros chuveiros da Síria que armam logo torrentes rugindo entre as rochas, sob os aloendros[317] em flor; depois, junto à colina de Gibeá onde outrora no seu

---

317. Aloendros: mais conhecidos como espirradeiras, são arbustos venenosos da família das apocináceas.

jardim, entre o loiro e o cipreste, Davi tangia harpa olhando Sião – tudo se vestiu de serenidade e de azul. E uma inquietação engolfou-se em minha alma como um vento triste numa ruína... Eu ia avistar Jerusalém! Mas – qual? Seria a mesma que vira um dia, resplandecendo suntuosamente ao sol de *nissan*, com as torres formidáveis, o Templo cor de ouro e cor de neve, Acre cheia de palácios, Bezeta regada pelas águas d'En-Rogel?...
– *El-Kurds! El-Kurds!* – gritou o velho beduíno, com a lança no ar, anunciando pela sua alcunha muçulmana a cidade do Senhor.

Galopei, a tremer... E logo a vi, lá embaixo, junto à ravina do Cédron, sombria, atulhada de conventos e agachada nas suas muralhas caducas – como uma pobre, coberta de piolhos, que para morrer se embrulha a um canto nos farrapos do seu mantéu.

Bem depressa, transpassada a Porta de Damasco, as patas dos nossos cavalos atroaram[318] o lajedo da rua Cristã; rente ao muro um frade gordo, com o breviário e o guarda-sol de paninho entalados sob o braço, ia sorvendo uma pitada estrondosa. Apeamos no Hotel do Mediterrâneo; no esguio pátio, sob um anúncio das Pílulas Holloway, um inglês, com um quadrado de vidro colado ao olho claro, os sapatões atirados para cima do divã de chita, lia o *Times*; por trás duma varanda aberta, onde secavam ceroulas brancas com nódoas de café, uma goela roufenha vozeava: "*C'est le beau Nicolas, holà!...*". Ah! era esta, era esta, a Jerusalém católica! Depois ao penetrar no nosso quarto, claro e alegre pelo tabique de ramagens azuis, ainda um instante me rebrilhou na memória certa sala, com candelabros d'ouro e uma estátua d'Augusto, onde um homem togado estendia o braço e dizia: "César conhece-me bem!".

Corri logo à janela a sorver o ar vivo da moderna Sião. Lá estava o convento com as suas persianas verdes fechadas, e as goteiras agora mudas nesta tarde de sol e doçura... Entre socalcos[319] de jardins, lá se torciam as escadinhas, cruzadas por franciscanos d'alpercatas, por judeus magros de sujas melenas... E que repouso na frescura destas paredes de cela depois das estradas abrasadas de Samaria! Fui apalpar a cama fofa. Abri o guarda-roupa de mogno. Fiz uma carícia leve ao embrulhinho da camisa da Mary, redondo e gracioso com o seu nastro vermelho, aninhado entre peúgas.[320]

Nesse instante o jocundo Potte entrou a trazer-me o precioso embrulho da coroa d'espinhos, redondo e nítido com o seu nastro vermelho; e alegremente deu-me as novas de Jerusalém. Colhera-as do barbeiro da

---
318. Atroar: fazer barulho, estrondo.
319. Socalcos: trecho mais elevado de um terreno.
320. Peúgas: meias curtas.

Via Dolorosa e eram consideráveis. De Constantinopla viera um *firman*[321] exilando o patriarca grego, pobre velho evangélico, com uma doença de fígado, que socorria os pobres. O senhor cônsul Damiani afirmara na loja de relíquias da rua Armênia, batendo o pé, que antes do dia de Reis, por causa da birra do murro entre os franciscanos e a missão protestante, a Itália tomaria armas contra a Alemanha. Em Belém, na igreja da Natividade, um padre latino numa bulha, ao benzer hóstias, rachara a cabeça dum padre copta com uma tocha de cera... E enfim, novidade mais jubilosa, abrira-se para alegria de Sião, ao pé da Porta de Herodes, deitando sobre o vale de Josafá, um café com bilhares, chamado o Retiro do Sinai!

Subitamente, saudades dolentes do passado, cinzas que me cobriam a alma foram varridas por um fresco vento de mocidade e de modernidade... Pulei sobre o ladrilho sonoro:

– Viva o belo Retiro! A ele! Às iscas! À carambola! Irra! Que estava morto por me refestelar! E depois às mulherinhas!... Põe aí o embrulho da coroa, belo Potte... Isso significa muito bago! Jesus, o que aí a titi se vai babar!... Planta-o em cima da cômoda, entre os castiçais... E logo, depois da comidinha, Pottezinho, para o Retiro do Sinai!

Justamente o sábio Topsius entrava esbaforido, com uma formosa nova histórica! Durante a nossa romagem a Galileia, a Comissão de Escavações Bíblicas encontrara, sob lixos seculares, uma das lápides de mármore que, segundo Josepho e Fílon e os Talmudes, se erguiam no Templo, junto à Porta Bela, com uma inscrição proibindo a entrada aos gentílicos... E ele instava que marchássemos, engolida a sopa, a pasmar para essa maravilha... Um momento ainda me rebrilhou na memória uma porta, bela em verdade, preciosa e triunfal, sobre os seus quatorze degraus de mármore verde de Numídia...

Mas sacudi desabridamente os braços, numa revolta:

– Não quero! – gritei. – Estou farto!... Irra! E aqui lho declaro, Topsius, solenemente: de hoje em diante não torno a ver nem mais um pedregulho, nem mais um sítio de religião... Irra! Tenho a minha dose; e forte, muito forte, doutor!

O sábio, enfiado, abalou com a rabona colada às nádegas.

Nessa semana ocupei-me em documentar e empacotar as relíquias menores que destinava à tia Patrocínio. Copiosas e bem preciosas eram elas – e com devotíssimo lustre brilhariam no tesouro da mais

---

321. *Firman*: palavra persa que significa "decreto" ou "ordem".

orgulhosa Sé! Além das que Sião importa de Marselha em caixotes – rosários, bentinhos, medalhas, escapulários; além das que fornecem no Santo Sepulcro os vendilhões – frascos d'água do Jordão, pedrinhas da Via Dolorosa, azeitonas do monte Olivete, conchas do lago de Genesaré – eu levava-lhe outras raras, peregrinas, inéditas... Era uma tabuinha aplainada por são José; duas palhinhas do curral onde nasceu o Senhor; um bocadinho do cântaro com que a Virgem ia à fonte; uma ferradura do burrinho em que fugiu a Santa Família para a terra do Egito; e um prego torto e ferrugento...

Estas preciosidades, embrulhadas em papéis de cor, atadas com fitinhas de seda, guarnecidas de tocantes dísticos[322] – foram acondicionadas num forte caixote, que a minha prudência fez revestir de chapas de ferro. Depois cuidei da relíquia maior, a coroa de espinhos, fonte de celestiais mercês para a titi – e de sonora pecúnia para mim, seu cavaleiro e seu romeiro.

Para a encaixotar, ambicionei uma madeira preclara e santa. Topsius aconselhava o cedro-do-líbano – tão belo que por ele Salomão fez aliança com Hiram rei de Tiro. O jocundo Potte porém, menos arqueológico, lembrou o honesto pinho-de-flandres benzido pelo patriarca de Jerusalém. Eu diria à titi que os pregos para o pregar tinham pertencido à arca de Noé: que um ermitão os achara miraculosamente no monte Ararat; que a ferrugem que neles deixara o lodo primitivo, dissolvida em água benta, curava catarros... Tramamos estas coisas consideráveis, cervejando no Sinai.

Durante esta atarefada semana, o embrulho da coroa d'espinhos permanecera na cômoda entre os dois castiçais de vidro: foi só na véspera de deixarmos Jerusalém que o encaixotei com carinho. Forrei a madeira de chita azul comprada na Via Dolorosa; fiz fofo e doce o fundo do caixote com uma camada d'algodão mais branco que a neve do Carmelo; e coloquei dentro o adorável embrulho, sem o remexer, como Topsius o arranjara, no seu papel pardo e no seu nastro vermelho – porque estas mesmas dobras do papel vincadas em Jericó, este mesmo nó do nastro atado junto ao Jordão teriam para a senhora dona Patrocínio um insubstituível sabor de devoção... O esguio Topsius considerava estes piedosos aprestes, fumando o seu cachimbo de louça.

– Oh Topsius, que chelpa[323] isto me vai render! E diga lá, amiguinho, diga lá! Então acha que eu posso afirmar à titi que *esta coroa d'espinhos foi a mesma que...*

---

322. Dísticos: estrofes compostas de dois versos.
323. Chelpa: dinheiro.

O doutíssimo homem, por entre o fumo leve, soltou uma solidíssima máxima:
— As relíquias, dom Raposo, não valem pela autenticidade que possuem, mas pela fé que inspiram. Pode dizer à titi que foi a mesma!
— Bendito sejas, doutor!
Nessa tarde, o erudito homem acompanhara aos Túmulos dos Reis à Comissão de Escavações. Eu parti, só, para o horto das Oliveiras — porque não havia, em torno a Jerusalém, lugar de sombra onde mais gratamente em tardes serenas gozasse um pachorrento cachimbo.

Saí pela Porta de Santo Estêvão; trotei pela ponte do Cédron; galguei o atalho entre piteiras até ao murozinho, caiado e aldeão, que cerra o jardim de Getsêmani. Empurrei a portinha verde, pintada de fresco, com a sua aldraba de cobre; e penetrei no pomar onde Jesus ajoelhou e gemeu sob a folhagem das oliveiras. Ali vivem ainda essas árvores santas que ramalharam embaladoramente sobre a sua cabeça fatigada do mundo! São oito, negras, carcomidas pela decrepitude, escoradas com estacas de madeira, amodorradas,[324] já esquecidas dessa noite de *nissan* em que os anjos, voando sem rumor, espreitavam através dos seus ramos as desconsolações humanas do filho de Deus... Nos buracos dos seus troncos estão guardados enxós[325] e podões;[326] nas pontas dos galhos raras e tênues folhinhas, dum verde sem seiva, tremem e mal vivem como os sorrisos dum moribundo.

E em redor que hortazinha caridosamente regada, estrumada com devoção! Em canteiros, com sebes de alfena, verdejam frescas alfaces; as ruazinhas areadas não têm uma folha murcha que lhes macule o asseio de capela; rente aos muros, onde rebrilham em nichos doze apóstolos de louça, correm alfobres[327] de cebolinho e cenoura fechados por cheirosa alfazema... Por que não floria aqui, em tempos de Jesus, tão suave quintal? Talvez a plácida ordem destes úteis legumes calmasse a tormenta do seu coração!

Sentei-me debaixo da mais velha oliveira. O frade guardião, risonho santo de barbas sem fim, regava com o hábito arregaçado os seus vasos de rainúnculos.[328] A tarde caía com melancólico esplendor.

---

324. Amodorradas: prostradas, debilitadas, inativas.
325. Enxós: armadilhas para pequenos roedores.
326. Podões: foices de cabo curto usadas para cortar madeira.
327. Alfobres: viveiros onde se cultivam plantas até que sejam transplantadas.
328. Rainúnculos: plantas da família das ranunculáceas, que possuem raízes tuberosas.

E, enchendo o cachimbo, eu sorria aos meus pensamentos. Sim! Ao outro dia deixaria essa cinzenta cidade, que lá embaixo se agachava entre os seus muros fúnebres, como viúva que não quer ser consolada...

Depois uma manhã, cortando a vaga azul, avistaria a serra fresca de Cintra; as gaivotas da pátria vinham dar-me o grito de boa acolhida, esvoaçando em torno aos mastros; Lisboa pouco a pouco surgia, com as suas brancas caliças, a erva nos seus telhados, indolente e doce aos meus olhos... Berrando "Oh titi, oh titi!", eu trepava as escadas de pedra da nossa casa em Santana; e a titi, com fios de baba no queixo, punha-se a tremer diante da grande relíquia que eu lhe oferecia, modesto. Então, na presença de testemunhas celestes, de são Pedro, de Nossa Senhora do Patrocínio, de são Casimiro e de são José, ela chamava-me "seu filho, seu herdeiro!" E ao outro dia começava a amarelecer, a definhar, a gemer... Oh delícia!

De leve, sobre o muro, entre as madressilvas um pássaro cantou; e mais alegre que ele cantou uma esperança no meu coração! Era a titi na cama, com o lenço negro amarrado na cabeça, apalpando angustiosamente as dobras do lençol suado, arquejando com terror do diabo... Era a titi a espichar, retesando as canelas. Num dia macio de maio metiam-na, já fria e cheirando mal, dentro dum caixão bem pregado e bem seguro. Com tipoias atrás, lá marchava dona Patrocínio para a sua cova, para os bichos.

Depois quebrava-se o lacre do testamento na sala dos damascos, onde eu preparara para o tabelião Justino pastéis e vinho do Porto; carregado de luto, amparado ao mármore da mesa, eu afogava num lenço amarfanhado o escandaloso brilho da minha face; e dentre as folhas de papel selado sentia, rolando com um tinir d'ouro, rolando com um sussurro de searas, rolando, rolando para mim os contos de G. Godinho!. Oh êxtasis!

O santo frade pousara o regador, e passeava com o breviário aberto numa ruazinha de murta. Que faria eu, na minha casa em Santana, apenas levassem a fétida velha, amortalhada num hábito de Nossa Senhora? Uma alta justiça: correr ao oratório, apagar as luzes, desfolhar os ramos, abandonar os santos à escuridão e ao bolor! Sim, todo eu, Raposo e liberal, necessitava a desforra de me ter prostrado diante das suas figuras pintadas como um sórdido sacrista, de me ter recomendado à sua influência de calendário como um escravo crédulo! Eu servira os santos para servir a titi. Mas agora, inefável deleite, ela na sua cova apodrecia; naqueles olhos, onde nunca escorrera uma lágrima caridosa, fervilhavam gulosamente os vermes; sob aqueles beiços, desfeitos em lodo, surgiam enfim sorrindo os seus velhos dentes furados que jamais tinham sorrido... Os contos de G. Godinho eram meus; e libertado da ascorosa senhora, eu já não devia aos seus santos nem rezas nem rosas! Depois, cumprida esta obra de justiça filosófica, corria a Paris, às mulherinhas!

O bom frade, risonho na sua barba de neve, bateu-me no ombro, chamou-me seu filho, lembrou-me que se fechava o Santo Horto e que lhe seria grata a minha esmola... Dei-lhe uma placa; e recolhi regalado a Jerusalém, devagar, pelo vale de Josafá, cantarolando um fado meigo.

Ao outro dia de tarde, tocava o sino a novena na igreja da Flagelação quando a nossa caravana se formou à porta do Hotel do Mediterrâneo, para partirmos de Jerusalém. Os caixões das relíquias iam sobre o macho, entre os fardos. O beduíno, mais encatarroado,[329] abafara-se num ignóbil cachenê[330] de sacristão. Topsius montava outra égua, séria e pachorrenta. E eu, que por alegria pusera uma rosa vermelha ao peito, resmunguei, ao pisarmos pela vez derradeira a Via Dolorosa: "Fica-te, pocilga de Sião!".

Já chegávamos à porta de Damasco quando um grito esbaforido ressoou, no alto da rua, à esquina do convento dos Abissínios:

– Amigo Potte, doutor, cavalheiros!... Um embrulho! Esqueceu um embrulho...

Era o negro do Hotel, em cabelo, agitando um embrulho que logo reconheci pelo papel pardo e pelo nastro vermelho. A camisinha de dormir da Mary! E recordei que com efeito, ao emalar, eu não o vira no guarda-roupa, no seu ninho de peúgas.

Esfalfado, o servo contou que depois de partirmos, varrendo o quarto, descobrira o embrulhinho entre pó e aranhas, detrás da cômoda; limpara-o carinhosamente; e como fora sempre seu afã servir o fidalgo lusitano, abalara, mesmo sem a jaleca...[331]

– Basta! – rosnei eu, seco e carrancudo.

Dei-lhe as moedas de cobre que me atulhavam as algibeiras. E pensava: "Como rolou ele para trás da cômoda?". Talvez o negro atabalhoado que, arrumando, o tirara do seu ninho de peúgas... Pois antes lá permanecesse para sempre, entre o pó e as aranhas! Porque em verdade este pacote era agora audazmente impertinente.

Decerto! Eu amava a Mary. A esperança que em breve na terra do Egito seria apertado pelos seus braços gordinhos ainda me fazia espreguiçar com langor. Mas guardando fielmente a sua imagem no coração,

---

329. Encatarroado: que está cheio de catarro.
330. Cachenê: cachecol.
331. Jaleca: casaco curto.

não necessitava trazer perenemente à garupa a sua camisinha de dormir. Com que direito pois corria esta bretanha[332] atrás de mim, pelas ruas de Jerusalém, querendo instalar-se violentamente nas minhas malas e acompanhar-me à minha pátria? E era essa ideia de pátria que me torturava, enquanto nos afastávamos das muralhas da cidade santa... Como poderia eu jamais penetrar com este pacote lúbrico na casa eclesiástica da tia Patrocínio? Constantemente a titi se encafuava no meu quarto, munida de chaves falsas, áspera e ávida, rebuscando pelos cantos, nas minhas cartas e nas minhas ceroulas... Que cólera a esverdearia se numa noite de pesquisas ela encontrasse estas rendas babujadas[333] pelos meus lábios, fedendo a pecado, com a oferta em letra cursiva "Ao meu portuguesinho valente!".

"Se soubesse que nesta santa viagem te tinhas metido com saias, escorraçava-te como um cão!" Assim o dissera a titi, em vésperas da minha romagem, diante da magistratura e da Igreja. E iria eu, pelo luxo sentimental de conservar a relíquia duma luveira, perder a amizade da velha que tão caramente conquistara com terços, pingos d'água benta e humilhações da razão liberal? Jamais!. E, se não afoguei logo o embrulho funesto na água dum charco, ao atravessarmos as choças de Kolonieh, foi para não revelar ao penetrante Topsius as covardias do meu coração. Mas decidi que mal penetrássemos com a noite nas montanhas de Judá, retardaria o passo à égua, e longe dos óculos do historiador, longe das solicitudes de Potte, arrojaria a um barranco a terrível camisa da Mary, evidência do meu pecado e dano da minha fortuna. E que bem depressa os dentes dos chacais a rasgassem! Bem depressa os chuveiros do Senhor a apodrecessem!

Já passáramos o túmulo de Samuel por trás dos rochedos d'Emaús, já para sempre Jerusalém desaparecera aos meus olhos, quando a égua de Topsius, avistando uma fonte, num vale cavado junto à estrada, deixou a caravana, deixou o dever – e trotou para a água, com impudência e com alacridade. Estaquei, indignado:
– Puxe-lhe a rédea, doutor! Olha que descaro d'égua! Ainda agora bebeu... Não lhe ceda! Puxe mais! Não lhe toque, homem!

Mas debalde o filósofo, com os cotovelos saídos, as pernas esticadas, lhe repuxava bridões[334] e clinas. A cavalgadura abalou com o filósofo.

---

332. Bretanha: tecido muito fino.
333. Babujadas: sujas de baba.
334. Bridões: freios de solípede articulados no meio.

Corri também à fonte, para não abandonar naquele ermo o precioso homem. Era um fio d'água turva, escorrendo duma quelha,[335] sobre um tanque escavado na rocha. Ao pé branquejava, já partida, a grande carcaça dum dromedário. Os ramos duma mimosa, ali solitária, tinham sido queimados por um fogo de caravana. Longe, na espinha escarnada duma colina, um pastor, negro no céu opalino, ia caminhando devagar entre as suas ovelhas com a lança pousada ao ombro. E na sombria mudez de tudo a fonte chorava.

Aquela quebrada era tão deserta que me lembrou deixar ali a desfazer-se, como a ossada do dromedário, o embrulhinho da Mary... A égua do historiador beberava com pachorra. E eu procurava aqui, além, um barranco ou um charco – quando me pareceu que junto da fonte, e misturado ao pranto dela, corria também um pranto humano.

Torneei um penedo que avançava soberbamente como a proa duma galera – e descobri, agachada e refugiada entre as pedras e os cardos,[336] uma mulher que chorava, com uma criancinha no regaço; os seus cabelos crespos espalhavam-se pelos ombros e pelos braços, que os trapos negros mal cobriam; e sobre o filho, que dormia no calor do colo, o seu choro corria, mais contínuo, mais triste que o da fonte, e como se não devesse findar jamais.

Gritei pelo jocundo Potte. Quando ele trotou para nós, agarrando a coronha prateada da sua pistola, supliquei que perguntasse à mulher a causa dessas longas lágrimas. Mas ela parecia entontecida pela miséria; falou surdamente dum casebre queimado, de cavaleiros turcos que tinham passado, do leite que lhe secava... Depois apertou a criança contra a face – e sufocada, sob os cabelos esguedelhados, recomeçou a chorar.

O festivo Potte deitou-lhe uma moeda de prata; Topsius tomou, para a sua severa conferência sobre a Judeia Muçulmana, um apontamento daquele infortúnio. E eu, comovido, procurava na algibeira o meu cobre – quando me recordei que o dera num punhado ao negro do Hotel do Mediterrâneo. Mas tive uma útil inspiração. Atirei-lhe o perigoso embrulho da camisinha da Mary; e a meu pedido o risonho Potte explicou à desventurada que qualquer das pecadoras que habitam junto à Torre de Davi, a gorda Fatmé ou Palmira a Samaritana, lhe daria duas piastras d'ouro por esse vestido de luxo, de amor e de civilização.

Trotamos para a estrada. Atrás de nós a mulher lançava-nos, por entre soluços e beijos ao filho, todas as bênçãos do seu coração; e a nossa

---
335. Quelha: calheira; pequeno cano descoberto.
336. Cardos: plantas espinhosas da família das compostas.

caravana retomou a marcha – enquanto o arrieiro adiante, escarranchado sobre as bagagens, cantava à estrela de Vênus que se erguera esse canto da Síria, áspero, alongado e dolente, em que se fala d'amor, de Alá, duma batalha com lanças, e dos rosais de Damasco...

Ao apearmos de manhã no Hotel de Josafá, na vetusta Jafa – prodigiosa foi a minha surpresa vendo, pensativamente sentado no pátio, com um bojudo turbante branco, o mofino[337] Alpedrinha!... Fiz-lhe ranger os ossos num abraço voraz. E quando Topsius e o jocundo Potte partiram, debaixo do guarda-sol de paninho, a colher novas do paquete que nos devia levar à terra do Egito – Alpedrinha contou-me a sua história, escovando o meu albornoz.

Fora por tristeza que deixara a "Alexandriazinha". O Hotel das Pirâmides, as maletas carregadas tinham já saturado a sua alma dum tédio insondável; e o nosso embarque no *Caimão* para Jerusalém dera-lhe a saudade dos mares, das cidades cheias de história, das multidões desconhecidas... Um judeu de Keshan, que ia fundar uma estalagem em Bagdá com bilhar, aliciara-o para "marcador". E ele, metendo num saco as piastras juntas nas amarguras do Egito, ia tentar essa aventura do progresso junto às águas lentas do Eufrates, na terra de Babilônia. Mas, cansado de acarretar fardos alheios, buscava primeiro Jerusalém, insensivelmente, levado talvez pelo Espírito como o apóstolo, para descansar com as mãos quietas a uma esquina da Via Dolorosa...

– E o cavalheiro recebeu alguns jornais da nossa Lisboa? Gostava de saber como vai por lá a rapaziada...

Enquanto ele assim balbuciava, triste e com o turbante à banda, eu revia risonhamente a terra quente do Egito, a rua clara das Duas Irmãs, a capelinha entre plátanos, as papoilas do chapéu da Mary... E mais agudo me picava outra vez o desejo da minha loira luveira. Que doce grito de paixão nos seus beiços gordinhos, quando uma tarde, queimado pelo sol da Síria e mais forte, eu surgisse diante do seu balcão espantando o gato branco! E a camisinha?... Bem! Contaria que uma noite, junto duma fonte, ma tinham roubado cavaleiros turcos com lanças.

– Dize lá, Alpedrinha! Tem-la visto, a Maricoquinhas? Que tal está? Hein? Rechonchudinha?

Ele baixou o rosto murcho, onde um estranho rubor lhe avivara duas rosas.

---

337. Mofino: infeliz, desafortunado.

— Já não está... Foi para Tebas!
— Para Tebas? Onde há umas ruínas?... Mas isso é no alto Egito! Isso é em cascos de Núbia! Ora essa!... Que foi ela lá fazer?
— Alindar[338] as vistas — murmurou Alpedrinha com desolação.

Alindar as vistas! Só compreendi quando o patrício me contou que a ingrata rosa de York, adorno de Alexandria, fora levada por um italiano de cabelos compridos, que ia a Tebas fotografar as ruínas desses palácios onde viviam face a face Ramsés, rei dos homens, e Amon, rei dos deuses... E Maricoquinhas ia amenizar "as vistas", aparecendo nelas, à sombra austera dos granitos sacerdotais, com a graça moderna do seu guarda-solinho fechado e do seu chapéu de papoilas...

— Que descarada! — gritei eu, varado. — Então com um italiano? E gostando dele? Ou só negócio?... Hein, gostando?
— Babadinha — balbuciou Alpedrinha.

E, com um suspiro, atroou o Hotel de Josafá. Perante este "ai", repassado de tormento e de paixão, relampejou-me n'alma uma suspeita abominável.

— Alpedrinha, tu suspiraste! Aqui há perfídia, Alpedrinha!

Ele baixou a fronte tão contritamente que o turbante lasso rolou nos ladrilhos. E antes que ele o levantasse já eu lhe empolgara com sanha o braço mole.

— Alpedrinha, escarra a verdade! A Maricoquinhas, hein? Também petiscaste?

A minha face barbuda chamejava... Mas Alpedrinha era meridional, das nossas terras palreiras[339] da vanglória e do vinho. O medo cedeu à vaidade — e revirando para mim o bugalho branco do olho:
— Também petisquei!

Sacudi-lhe o braço para longe, cheio de furor e de nojo. Também aquela — com aquele! Oh, a terra! A terra! Que é ela senão um montão de coisas podres, rolando pelos céus com bazófias d'astro?

— E dize lá, Alpedrinha, dize lá, também te deu uma camisa?
— A mim um chambrezinho...

Também a ele — roupa branca! Ri, acerbamente, com as mãos nas ilhargas.

— E ouve lá... Também te chamava "seu portuguesinho valente?".
— Como eu servia com turcos, chamava-me seu "moirozinho catita".

---

338. Alindar: tornar lindo; enfeitar.
339. Palreiras: palradoras.

Ia rebolar-me no divã, rasgá-lo com as unhas, rir sempre, num desesperado desprezo de tudo... Mas Topsius e o risonho Potte apareceram alvoroçados.
– Então?...
Sim, chegara de Esmirna um paquete que levantava nessa tarde ferro para o Egito, e que era o nosso dileto *Caimão*!
– Ainda bem! – gritei, atirando patadas ao ladrilho. – Ainda bem, que estava farto de Oriente!... Irra! Que não apanhei aqui senão soalheiras, traições, sonhos medonhos e botas pelos quadris! Estava farto!

Assim eu bramava, sanhudo.[340] Mas nessa tarde, na praia, diante da barcaça negra que nos devia levar ao *Caimão*, entrou-me n'alma uma longa saudade da Palestina, e das nossas tendas erguidas sob o esplendor das estrelas, e da caravana marchando e cantando por entre as ruínas de nomes sonoros.

O lábio tremeu-me, quando Potte comovido me estendeu a sua bolsa de tabaco d'Alepo:
– Dom Raposo, é o último cigarro que lhe dá o alegre Potte.

E a lágrima rolou por fim quando Alpedrinha, em silêncio, me estendeu os braços magros.

Da barcaça, acocorado sobre os caixões das relíquias, ainda o vi na praia, sacudindo para mim um lenço triste de quadrados – ao lado de Potte que nos atirava beijos, com as grossas botas metidas n'água. E já no *Caimão*, debruçado na amurada, ainda o avistei imóvel sobre as pedras do molhe, segurando com as mãos, contra a brisa salgada, o seu vasto turbante branco.

Desventuroso Alpedrinha! Só eu, em verdade, compreendi a tua grandeza! Tu eras o derradeiro lusíada, da raça dos Albuquerques, dos Castros, dos varões fortes que iam nas armadas à Índia! A mesma sede divina do desconhecido te levara, como eles, para essa terra de Oriente, donde sobem ao céu os astros que espalham a luz e os deuses que ensinam a lei. Somente não tendo já, como os velhos lusíadas, crenças heroicas concebendo empresas heroicas, tu não vais como eles, com um grande rosário e com uma grande espada, impor às gentes estranhas o teu rei e o teu deus. Já não tens deus por quem se combata, Alpedrinha! Nem rei por quem se navegue, Alpedrinha!... Por isso, entre os povos do Oriente, te gastas nas ocupações únicas que compartam a fé, o ideal, o valor dos modernos lusíadas – descansar encostado às esquinas, ou tristemente carregar fardos alheios...

---

340. Sanhudo: raivoso, colérico.

As rodas do *Caimão* bateram a água. Topsius ergueu o seu boné de seda – e gravemente gritou para o lado de Jafa, que escurecia na palidez da tarde, sobre os seus tristes rochedos, entre os seus pomares verde-negros:
– Adeus, adeus para sempre, terra da Palestina!
Eu acenei também com o capacete:
– Adeusinho, adeusinho, coisas de religião!
Afastava-me devagar da amurada quando roçou por mim a longa capa de lustrina duma religiosa; e dentre a sombra pudica do capuz, que se voltou de leve, um fulgor de olhos negros procurou as minhas barbas potentes. Oh maravilha! Era a mesma santa irmã que levara nos seus castos joelhos, através destas águas da Escritura, a camisa imunda da Mary!

Era a mesma! Por que colocava novamente o destino junto a mim, no estreito tombadilho do *Caimão*, este lírio de capela, ainda fechado e já murcho? Quem sabe? Talvez para que ao calor do meu desejo ele reverdecesse, desse flor, e não ficasse para sempre estéril e inútil, tombado aos pés do cadáver de um deus!... E não vinha agora guardada pela outra religiosa, rechonchuda e de luneta! A sorte abandonava-ma indefesa, como a pombinha no ermo.

Rompeu-me então n'alma a fulgurante esperança dum amor de monja mais forte que o medo de Deus, dum seio magoado pela estamenha de penitência caindo, todo a tremer e vencido, entre os meus braços valentes!... Decidi segredar-lhe logo ali: "Oh minha irmãzinha, estou todo lamecha[341] por si!". E inflamado, torcendo os bigodes, caminhei para a doce religiosa, que se refugiara num banco, passando os dedos pálidos pelas contas do seu rosário...

Mas, bruscamente, o tabuado do *Caimão* fugiu sob meus pés ovantes. Estaquei enfiado. Oh miséria! Humilhação! Era a vaga enjoadora... Corri à borda; sujei imundamente o azul do mar de Tiro; depois rolei para o beliche – e só ergui do travesseiro a face mortal quando senti as correntes do *Caimão* mergulharem nas calmas águas onde outrora, fugindo d'Áccio, caíram à pressa as âncoras douradas das galeras de Cleópatra!

E outra vez, estremunhado e esguedelhado, te avistei, terra baixa do Egito, quente e da cor dum leão! Em torno aos finos minaretes voavam as pombas serenas. O lânguido palácio dormia à beira da água entre palmeiras. Topsius sobraçava a minha chapeleira, serrazinando[342] coisas

---

341. Lamecha: que apresenta comportamento tolo por estar enamorado.
342. Serrazinar: falar constantemente sobre o mesmo assunto.

doutíssimas sobre o antigo farol. E a pálida religiosa já deixara o *Caimão*, pomba do ermo escapada ao milhafre[343] – porque o milhafre no seu voo fechara a asa, sordidamente enjoado!

Nessa mesma tarde, no Hotel das Pirâmides, soube com júbilo que um vapor de gado, *El Cid Campeador*, partia de madrugada para as terras benditas de Portugal. Na caleche de riscadinho, só com o douto Topsius, dei o derradeiro passeio nas sombras olorosas do Mahmoudieh. E passei a curta noite numa rua deleitosa. Oh meus concidadãos, ide lá, se apeteceis conhecer os deleites ásperos do Oriente... Os bicos de gás sem globo assobiam largamente, torcidos ao vento; as casas baixas, de pau, são apenas fechadas por uma cortina branca, atravessada de claridade; tudo cheira a sândalo e alho; e mulheres sentadas sobre esteiras, em camisa, com flores nas tranças, murmuram suavemente: "*Eh môssiu! Eh milord!...*". Recolhi tarde, exausto. Ao passar na rua das Duas Irmãs avistei sobre a porta duma loja cerrada a mão de pau, pintada de roxo, que empolgara o meu coração. Atirei-lhe uma bengalada. Este foi o último feito das minhas longas jornadas.

De manhã, o fiel e douto Topsius veio, de galochas, acompanhar-me ao barracão da alfândega. Enlacei-o longamente nos braços trêmulos:

– Adeus, companheiro, adeus! Escreva... Campo de Santana, 47...

Ele murmurou, estreitado comigo:

– Aqueles trinta mil-réis, lá mandarei...

Apertei-o generosamente, para abafar essa explicação de pecúnia. Depois, já com a bota na proa do bote que me ia levar ao *Cid Campeador*:

– Então, posso dizer à titi que a coroazinha de espinhos é a mesma...

Ele ergueu as mãos, solene como um pontífice do saber:

– Pode dizer-lhe em meu nome que foi a mesmíssima, espinho por espinho...

Baixou o bico de cegonha ornado de óculos – e beijamo-nos na face como dois irmãos.

Os negros remaram. Eu levava, pousado sobre os joelhos, o caixote da suprema relíquia. Mas quando o meu bote, a vela, fendia a água azul – passou rente doutro bote lento, levado a remos para o lado do palácio que dormia entre palmeiras. E num relance vi o hábito negro, o capuz descido... Um largo, sequioso olhar, pela vez derradeira, procurou as minhas barbas. De pé, ainda gritei: "Oh filhinha, oh magana!".[344] Mas já o vento me levara. Ela, no seu bote, sumia a face contrita – e sobre o delicado peito que ousara arfar decerto a cruz pesou mais forte, ciumenta e de ferro!

---

343. Milhafre: ave da família dos acipitrídeos.
344. Magana: mulher jovial.

Fiquei mono... Quem sabe? Era aquele talvez em toda a vasta terra o único coração em que o meu poderia repousar, como num asilo seguro... Mas quê! Ela era só monja, eu só sobrinho. Ela ia para o seu deus, eu ia para a minha tia. E quando nestas águas os nossos peitos se cruzavam, e sentindo a sua concordância batiam mudamente um para o outro – o meu barco corria com vela alegre para Ocidente, e o barco que a levava, lento e negro, ia a remos para Oriente... Desencontro contínuo das almas congêneres – neste mundo de eterno esforço e de eterna imperfeição!

V

Duas semanas depois, rolando na tipoia do Pingalho pelo Campo de Santana, com a portinhola entreaberta e a bota estendida para o estribo, avistei entre as árvores sem folhas o portão negro da casa da titi! E, dentro desse duro calhambeque, eu resplandecia mais que um gordo César, coroado de folhagens d'ouro, sobre o seu vasto carro, voltando de domar povos e deuses.

Era decerto em mim o deleite de rever, sob aquele céu de janeiro tão azul e tão fino, a minha Lisboa, com as suas quietas ruas cor de caliça suja, e aqui e além as tabuinhas verdes descidas nas janelas como pálpebras pesadas de langor e de sono.

Mas era sobretudo a certeza da gloriosa mudança que se fizera na minha fortuna doméstica e na minha influência social.

Até aí, que fora eu em casa da senhora dona Patrocínio? O menino Teodorico que, apesar da sua carta de doutor e das suas barbas de Raposão, não podia mandar selar a égua para ir espontar o cabelo à Baixa, sem implorar licença à titi... E agora? O nosso doutor Teodorico, que ganhara no contato santo com os lugares do Evangelho uma autoridade quase pontifical! Que fora eu até aí, no Chiado, entre os meus concidadãos? O Raposito, que tinha um cavalo. E agora? O grande Raposo, que peregrinara poeticamente na Terra Santa, como Chateaubriand, e que pelas remotas estalagens em que pousara, pelas roliças circassianas que beijocara, podia parolar com superioridade na Sociedade de Geografia ou em casa da Benta Bexigosa...

O Pingalho estacou as pilecas.[345] Saltei, com o caixote da relíquia estreitado ao coração... E, ao fundo do pátio triste, lajeado de pedrinha, vi a senhora dona Patrocínio das Neves, vestida de sedas negras, toucada de rendas negras, arreganhando no carão lívido, sob os óculos defumados, as dentuças risonhas para mim!

– Oh, titi!
– Oh, menino!

Larguei o caixote santo, caí no seu peito seco; e o cheirinho que vinha dela a rapé, a capela e a formiga era como a alma esparsa das coisas domésticas que me envolvia, para me fazer reentrar na piedosa rotina do lar.

---

345. Pilecas: cavalos fracos e magros.

– Ai, filho, que queimadinho que vens!...
– Titi, trago-lhe muitas saudades do Senhor...
– Dá-mas todas, dá-mas todas!...
E retendo-me, cingido à dura tábua do seu peito, roçou os beiços frios pelas minhas barbas – tão respeitosamente como se fossem as barbas de pau da imagem de são Teodorico.

Ao lado, a Vicência limpava o olho com a ponta do avental novo. O Pingalho descarregara a minha mala de couro. Então, erguendo o precioso caixote de pinho-de-flandres benzido, murmurei, com uma modéstia cheia de unção:

– Aqui está ela, titi, aqui está ela! Aqui a tem, aí lha dou, a sua divina relíquia, que pertenceu ao Senhor!

As emaciadas, lívidas mãos da hedionda senhora tremeram ao tocar aquelas tábuas que continham o princípio miraculoso da sua saúde e o amparo das suas aflições. Muda, tesa, estreitando sofregamente o caixote, galgou os degraus de pedra, atravessou a sala de Nossa Senhora das Sete Dores, enfiou para o oratório. Eu atrás, magnífico, de capacete, ia rosnando: "Ora vivam! Ora vivam!" – à cozinheira, à desdentada Eusébia, que se curvavam no corredor como à passagem do Santíssimo.

Depois, no oratório, diante do altar juncado de camélias brancas, fui perfeito. Não ajoelhei, não me persignei; de longe, com dois dedos, fiz ao Jesus d'ouro, pregado na sua cruz, um aceno familiar – e atirei-lhe um olhar, muito risonho e muito fino, como a um velho amigo com quem se tem velhos segredos. A titi surpreendeu esta intimidade com o Senhor – e quando se rojou sobre o tapete (deixando-me a almofada de veludo verde) foi tanto para o seu Salvador como para o seu sobrinho que levantou as mãos adorabundas.

Findos os padre-nossos de graças pelo meu regresso, ela, ainda prostrada, lembrou com humildade:

– Filho, seria bom que eu soubesse que relíquia é, para as velas, para o respeito...

Acudi, sacudindo os joelhos:

– Logo se verá. À noite é que se desencaixotam as relíquias... Foi o que me recomendou o patriarca de Jerusalém... Em todo o caso acenda a titi mais quatro luzes, que até a madeirinha é santa!

Acendeu-as, submissa; colocou, com beato cuidado, o caixote sobre o altar; depôs-lhe um beijo chilreado e longo; estendeu-lhe por cima uma esplêndida toalha de rendas... Eu então, episcopalmente, tracei sobre a toalha com dois dedos uma bênção em cruz.

Ela esperava, com os óculos negros postos em mim, embaciados de ternura:

– E agora, filho, agora?

– Agora o jantarinho, titi, que tenho a tripa a tinir...

A senhora dona Patrocínio logo, apanhando as saias, correu a apressar a Vicência. Eu fui desafivelar a maleta para o meu quarto – que a titi esteirara de novo; as cortinas de cassa tufavam, tesas de goma; um ramo de violetas perfumava a cômoda.

Longas horas nos detivemos à mesa – onde a travessa d'arroz-doce ostentava as minhas iniciais, debaixo dum coração e duma cruz, desenhadas a canela pela titi. E, inesgotavelmente, narrei a minha santa jornada. Disse os devotos dias do Egito, passados a beijar uma por uma as pegadas que lá deixara a Santa Família na sua fuga; disse o desembarque em Jafa com o meu amigo Topsius, um sábio alemão, doutor em teologia, e a deliciosa missa que lá saboreáramos; disse as colinas de Judá cobertas de presepes onde eu, com a minha égua pela rédea, ia ajoelhar, transmitindo às imagens e às custódias os recados da tia Patrocínio... Disse Jerusalém, pedra a pedra! E a titi, sem comer, apertando as mãos, suspirava com devotíssimo pasmo:

– Ai que santo! Ai que santo ouvir estas coisas! Jesus! Até dá uns gostinhos por dentro!...

Eu sorria, humilde. E cada vez que a considerava de soslaio, ela me parecia outra Patrocínio das Neves. Os seus fundos óculos negros, que outrora reluziam tão asperamente, conservavam um contínuo embaciamento de ternura úmida. Na voz, que perdera a rispidez silvante, errava, amolecendo-a, um suspiro acariciador e fanhoso. Emagrecera; mas nos seus secos ossos parecia correr enfim um calor de medula humana! Eu pensava: "Ainda a hei de pôr como um veludo".

E, sem moderação, prodigalizava as provas da minha intimidade com o céu.

Dizia: "Uma tarde, no monte das Oliveiras, estando a rezar, passou de repente um anjo...". Dizia: "Tirei-me dos meus cuidados, fui ao túmulo de Nosso Senhor, abri a tampa, gritei para dentro...".

Ela pendia a cabeça, esmagada, ante estes privilégios prodigiosos, só comparáveis aos de santo Antão ou de são Brás.

Depois enumerava as minhas tremendas rezas, os meus terríficos jejuns. Em Nazaré, ao pé da fonte onde Nossa Senhora enchia o cântaro, rezara mil ave-marias, de joelhos à chuva... No deserto, onde vivera são João, sustentara-me como ele de gafanhotos...

E a titi, com baba no queixo:

– Ai que ternura, ai que ternura, os gafanhotinhos!... E que gosto para o nosso rico são João!... Como ele havia de ficar! E olha, filho, não te fizeram mal?

– Se até engordei, titi! Nada, era o que eu dizia ao meu amigo alemão: "Já que a gente veio a uma pechincha destas, é aproveitar, e salvar a nossa alminha...".

Ela virava-se para a Vicência – que sorria, pasmada, no seu pouso tradicional entre as duas janelas, sob o retrato de Pio IX e o velho óculo do comendador G. Godinho:

– Ai Vicência, que ele vem cheinho de virtude! Ai que vem mesmo atochadinho dela!

– Parece-me que Nosso Senhor Jesus Cristo não ficou descontente comigo! – murmurava eu, estendendo a colher para o doce de marmelo.

E todos os meus movimentos (até o lamber da calda) os contemplava a odiosa senhora, venerandamente, como preciosas ações de santidade.

Depois, com um suspiro:

– E outra coisa, filho... Trazes de lá algumas orações, das boas, das que te ensinassem por lá os patriarcas, os fradezinhos?...

– Trago-as de chupeta,[346] titi!

E numerosas, copiadas das carteiras dos santos, eficazes para todos os achaques![347] Tinha-as para tosses, para quando os gavetões das cômodas emperram, para vésperas de loteria...

E terás alguma para câimbras? Que eu às vezes, de noite, filho...

– Trago uma que não falha em câimbras. Deu-ma um monge meu amigo a quem costuma aparecer o Menino Jesus...

Disse – e acendi um cigarro.

Nunca eu ousara fumar diante da titi! Ela detestara sempre o tabaco, mais que nenhuma outra emanação do pecado. Mas agora arrastou gulosamente a sua cadeira para mim – como para um milagroso cofre, repleto dessas rezas que dominam a hostilidade das coisas, vencem toda a enfermidade, eternizam as velhas sobre a terra.

– Hás de ma dar, filho... É uma caridade que fazes!

– Oh, titi, ora essa! Todas! E diga, diga lá... Como vai a titi dos seus padecimentos?

Ela deu um ai, de infinito desalento. Ia mal, ia mal... Cada dia se sentia mais fraca, como se se fosse a desfazer... Enfim já não morria sem aquele gostinho de me ter mandado a Jerusalém visitar o Senhor; e esperava que ele lho levasse em conta, e as despesas que fizera, e o que lhe custara a separação... Mas ia mal, ia mal!

---

346. De chupeta: de primeira.
347. Achaques: doenças sem gravidade.

Eu desviara a face, a esconder o vivo e escandaloso lampejo de júbilo que a iluminara. Depois animei-a, com generosidade. Que podia a titi recear? Não tinha ela agora, "para se apegar", vencer as leis da decomposição natural, aquela relíquia de Nosso Senhor?...

– E outra coisa, titi... Os amiguinhos, como vão?

Ela anunciou-me a desconsoladora nova. O melhor e mais grato, o delicioso Casimiro, recolhera à cama no domingo com as "perninhas inchadas...". Os doutores afirmavam que era uma anasarca...[348] Ela desconfiava duma praga que lhe rogara um galego...

– Seja como for, o santinho lá está! Tem-me feito uma falta, uma falta... Ai filho, nem tu imaginas!... O que me tem valido é o sobrinho, o padre Negrão...

– O Negrão? – murmurei, estranho ao nome.

Ah! eu não conhecia... Padre Negrão vivia ao pé de Torres. Nunca vinha a Lisboa, que lhe fazia nojo, com tanta relaxação... Só por ela, e para a ajudar nos seus negócios, é que o santinho condescendera em deixar a sua aldeia. E tão delicado, tão serviçal... Ai! Era uma perfeição!

– Tem-me feito uma virtude que nem calculas, filho... Só o que ele tem rezado por ti, para que Deus te protegesse nessas terras de turcos... E a companhia que me faz! Que todos os dias o tenho cá a jantar... Hoje não quis ele vir. Até me disse uma coisa muito linda: "Não quero, minha senhora, atalhar expansões". Que lá isso, falar bem, e assim coisas que tocam... Ai, não há outro... Nem imaginas, até regala... É de apetite!

Sacudi o cigarro, secado. Por que vinha aquele padre de Torres, contra os costumes domésticos, comer todos os dias o cozido da titi? Resmunguei com autoridade:

– Lá em Jerusalém os padres e os patriarcas só vêm jantar aos domingos... Faz mais virtude.

Escurecera. A Vicência acendeu o gás no corredor: e como breve chegariam os diletos amigos, avisados pela titi para saudar o peregrino, recolhi ao meu quarto a enfiar a sobrecasaca preta.

Aí, considerando ao espelho a face requeimada, sorri gloriosamente e pensei: "Ah Teodorico, venceste!".

Sim, vencera! Como a titi me tinha acolhido! Com que veneração! Com que devoção!... – E ia mal, ia mal!... Bem depressa eu sentiria, com o coração sufocado de gozo, as marteladas sobre o seu caixão. E

---

348. Anasarca: inchaço causado por infiltração de líquido seroso no tecido subcutâneo.

nada podia desalojar-me do testamento da senhora dona Patrocínio! Eu tornara-me para ela são Teodorico! A hedionda velha estava enfim convencida que deixar-me o seu ouro era como doá-lo a Jesus e aos apóstolos e a toda a Santa Madre Igreja!

Mas a porta rangeu – a titi entrou, com o seu antigo xale de Tonquim pelos ombros. E, caso estranho, pareceu-me ser a dona Patrocínio das Neves doutro tempo, hirta, agreste, esverdeada, odiando o amor como coisa suja, e sacudindo de si para sempre os homens que se tinham metido com saias! Com efeito! Os seus óculos, outra vez secos, reluziam, cravavam-se desconfiadamente na minha mala... Justos céus! Era a antiga dona Patrocínio. Lá vinham as suas lívidas, aduncas mãos, cruzadas sobre o xale, arrepanhando-lhe[349] as franjas, sôfregas de esquadrinhar a minha roupa branca! Lá se cavava, aos cantos dos seus lábios sumidos, um rígido sulco d'azedume!... Tremi; mas visitou-me logo uma inspiração do Senhor. Diante da mala, abri os braços, com candura:

– Pois é verdade!... Aqui tem a titi a maleta que lá andou por Jerusalém... Aqui está, bem aberta, para todo o mundo ver que é a mala dum homem de religião! Que é o que dizia o meu amigo alemão, pessoa que sabia tudo: "Lá isso, Raposo, meu santinho, quando numa viagem se pecou, e se fizeram relaxações, e se andou atrás de saias, trazem-se sempre provas na mala. Por mais que se escondam, que se deitem fora, sempre lá esquece coisa que cheire a pecado!...". Assim mo disse muitas vezes, até uma ocasião diante dum patriarca... E o patriarca aprovou. Por isso, eu cá, é malinha aberta, sem receio... Pode--se esquadrinhar, pode-se cheirar... A que cheira é a religião! Olhe, titi, olhe... Aqui estão as ceroulinhas e as peguinhas. Isso não pode deixar de ser, porque é pecado andar nu... Mas o resto, tudo santo! O meu rosário, o livrinho de missa, os bentinhos, tudo do melhor, tudo do Santo Sepulcro...

– Tens ali uns embrulhos! – rosnou a asquerosa senhora, estendendo um grande dedo descarnado.

Abri-os logo, com alacridade. Eram dois frascos lacrados d'água do Jordão! E muito sério, muito digno, fiquei diante da senhora dona Patrocínio com uma garrafinha do líquido divino na palma de cada mão... Então ela, com os óculos de novo embaciados, beijou penitentemente os frascos; uma pouca da baba do beijo escorreu nas minhas unhas. Depois, à porta, suspirando, já rendida:

---

349. Arrepanhar: apanhar num ímpeto.

– Olha, filho, até estou a tremer... E é destes gostinhos todos!

Saiu. Eu fiquei coçando o queixo. Sim, ainda havia uma circunstância que me escorraçaria do testamento da titi! Seria aparecer diante dela, material e tangível, uma evidência das minhas relaxações... Mas como surgiria ela jamais neste lógico universo? Todas as passadas fragilidades da minha carne eram como os fumos esparsos duma fogueira apagada que nenhum esforço pode novamente condensar. E o meu derradeiro pecado – saboreado tão longe, no velho Egito, como chegaria jamais à notícia da titi? Nenhuma combinação humana lograria trazer ao Campo de Santana as duas únicas testemunhas dele – uma luveira ocupada agora a encostar as papoilas do seu chapéu aos granitos de Ramsés em Tebas, e um doutor encafuado numa rua escolástica, à sombra duma vetusta Universidade da Alemanha, escarafunchando o cisco histórico dos Herodes... E, a não ser essa flor de deboche e essa coluna de ciência, ninguém mais na terra conhecia os meus culpados delírios na cidade amorosa dos Lágidas.

Demais, o terrível documento da minha junção com a sórdida Mary, a camisa de dormir aromatizada de violeta, lá cobria agora em Sião uma lânguida cinta de circassiana ou os seios cor de bronze duma núbia de Koskoro; a comprometedora oferta ao "meu portuguesinho valente" fora despregada, queimada no braseiro; já as rendas se iriam esgaçando no serviço forte do amor; e rota, suja, gasta, ela bem depressa seria arremessada ao lixo secular de Jerusalém! Sim, nada se poderia interpor entre a minha justa sofreguidão e a bolsa verde da titi. Nada, a não ser a carne mesma da velha, a sua carcaça rangente, habitada por uma teimosa chama vital, que se não quisesse extinguir!... Oh fado horrível! Se a titi, obstinada, renitente, vivesse ainda quando abrissem os cravos do outro ano! E então não me contive. Atirei a alma para as alturas, gritei desesperadamente, em toda a ânsia do meu desejo:

– Oh santa Virgem Maria, faze que ela rebente depressa!

Nesse momento soou a grossa sineta do pátio. E foi-me grato reconhecer, depois da longa separação, as duas badaladas curtas e tímidas do nosso modesto Justino; mais grato ainda sentir, logo após, o repique majestoso do doutor Margaride. Imediatamente a titi escancarou a porta do meu quarto, numa penosa atarantação:

– Teodorico, filho, ouve! Tem-me estado a lembrar... Parece-me que para destapar a relíquia é melhor esperar até que se vão logo embora o Justino e o Margaride! Ai, eu sou muito amiga deles, são pessoas de muita virtude... Mas acho que para uma cerimônia destas é melhor que estejam só pessoas d'igreja...

Ela, pela sua devoção, considerava-se pessoa d'igreja. Eu, pela minha jornada, era quase pessoa do céu.

— Não, titi... O patriarca de Jerusalém recomendou-me que fosse diante de todos os amigos da casa, na capela, com velas... É mais eficaz... E olhe, diga à Vicência que me venha buscar as botas para limpar.
— Ai eu lhas dou!... São estas? Estão sujinhas, estão! Já cá te vêm, filho, já cá te vêm!

E a senhora dona Patrocínio das Neves agarrou as botas! E a senhora dona Patrocínio das Neves levou as botas!

Ah, estava mudada, estava bem mudada!... E ao espelho, cravando no cetim da gravata uma cruz de coral de Malta, eu pensava que desde esse dia ia reinar ali, no Campo de Santana, de cima da minha santidade, e que para apressar a obra lenta da morte — talvez viesse a espancar aquela velha.

Foi-me doce, ao penetrar na sala, encontrar os diletos amigos, com casacos sérios, de pé, alargando para mim os braços extremosos. A titi pousava no sofá, tesa, desvanecida, com cetins de festa e com joias. E ao lado, um padre muito magro vergava a espinha com os dedos enclavinhados no peito — mostrando numa face chupada dentes afiados e famintos. Era o Negrão. Dei-lhe dois dedos, secamente:
— Estimo vê-lo por cá...
— Grandíssima honra para este seu servo! — ciciou ele, puxando os meus dedos para o coração.

E, mais vergado o dorso servil, correu a erguer o abajur do candeeiro — para que a luz me banhasse, e se pudesse ver na madureza do meu semblante a eficácia da minha peregrinação.

Padre Pinheiro decidiu, com um sorriso de doente:
— Mais magro!

Justino hesitou, fez estalar os dedos:
— Mais queimado!

E o Margaride, carinhosamente:
— Mais homem!

O onduloso padre Negrão revirou-se, arqueado para a titi como para um sacramento entre os seus molhos de luzes:
— E com um todo d'inspirar respeito! Inteiramente digno de ser o sobrinho da virtuosíssima dona Patrocínio!...

No entanto em torno tumultuavam as curiosidades amigas: "E a saudinha?". "Então, Jerusalém?" "Que tal as comidas?..."

Mas a titi bateu com o leque no joelho, num receio que tão familiar alvoroço importunasse são Teodorico. E o Negrão acudiu, com um zelo melífluo:[350]

---

350. Melífluo: doce, mavioso.

– Método, meus senhores, método!... Assim todos à uma não se goza... É melhor deixarmos falar o nosso interessante Teodorico!...

Detestei aquele "nosso", odiei aquele padre. Por que corria tanto mel no seu falar? Por que se privilegiava ele no sofá, roçando a sórdida joelheira da calça pelos castos cetins da titi? Mas o doutor Margaride, abrindo a caixa de rapé, concordou que o método seria mais profícuo...

– Aqui nos sentamos todos, fazemos roda, e o nosso Teodorico conta por ordem todas as maravilhas que viu!

O esgalgado Negrão, com uma escandalosa privança, correu dentro a colher um copo d'água e açúcar para me lubrificar as vias. Estendi o lenço sobre o joelho. Tossi – e comecei a esboçar a soberba jornada. Disse o luxo do *Málaga*; Gibraltar e o seu morro encarapuçado de nuvens; a abundância das "mesas redondas" com pudins e águas gasosas...

– Tudo à grande, à francesa! – suspirou padre Pinheiro, com um brilho de gula no olho amortecido. – Mas naturalmente, tudo muito indigesto...

– Eu lhe digo, padre Pinheiro... Sim, tudo à grande, tudo à francesa; mas coisas saudáveis, que não esquentavam os intestinos... Belo rosbife, belo carneiro...

– Que não valiam decerto o seu franguinho de cabidela, excelentíssima senhora! – atalhou untuosamente o Negrão, junto do ombro agudo da titi.

Execrei aquele padre! E, remexendo a água com açúcar, decidi em meu espírito que, mal eu começasse a governar ferreamente o Campo de Santana – não mais a cabidela da minha família escorregaria na guela aduladora daquele servo de Deus.

No entanto o bom Justino, repuxando o colarinho, sorria para mim, embevecido. E como passava eu as noites em Alexandria? Havia uma assembleia, onde espairecesse? Conhecia eu alguma família considerada, com quem tomasse uma chávena de chá?...

– Eu lhe digo, Justino... Conhecia. Mas, a falar verdade, tinha repugnância em frequentar casas de turcos... Sempre é gente que não acredita senão em mafoma!... Olhe, sabe o que fazia à noite? Depois de jantar ia a uma igrejinha cá da nossa bela religião, sem estrangeirices, onde havia sempre um Santíssimo d'apetite... Fazia as minhas devoções; depois ia-me encontrar com o alemão, o meu amigo, o lente, numa grande praça que dizem lá os de Alexandria que é muito melhor que o Rocio... Maior e mais abrutada talvez seja. Mas não é esta lindeza do nosso Rocio, o ladrilhinho, as árvores, a estátua, o teatro... Enfim, para meu gosto e para um regalinho de verão prefiro o Rocio... E lá o disse aos turcos!

– E fica-lhe bem ter levantado assim as coisas portuguesas! – observou o doutor Margaride, contente e rufando na tabaqueira. – Direi mais... É ato de patriota... Nem doutra maneira procediam os Gamas e os Albuquerques!

– Pois é verdade... Ia-me encontrar com o alemão; e então para espairecer um bocado, porque enfim uma distração sempre é necessária quando se anda a viajar, íamos tomar um café... Que lá isso, sim! Lá café fazem-no os turcos que é uma perfeição!

– Bom cafezinho, hein? – acudiu padre Pinheiro, chegando a cadeira para mim com interesse sôfrego. – E forte, forte? Bom aroma?

– Sim, padre Pinheiro, de consolar!... Pois tomávamos o nosso cafezinho, depois vínhamos para o hotel, e aí no quarto, com os santos Evangelhos, púnhamo-nos a estudar todos aqueles divinos lugares na Judeia onde tínhamos d'ir rezar... E como o alemão era lente e sabia tudo, eu era instruir-me, instruir-me!... Até ele às vezes dizia: "Você, Raposo, com estas noitadas, vai daqui um chavão...". E lá isso, o que é de coisas santas e de Cristo, sei tudo... Pois, senhores, assim passávamos à luz do candeeiro até às dez, onze horas... Depois chazinho, terço, e cama.

– Sim senhor, noites muito bem gozadas, noites muito frutuosas! – declarou, sorrindo para a titi, o estimável doutor Margaride.

– Ai, isso fez-lhe muita virtude! – suspirava a horrenda senhora. – Foi como se subisse um bocadinho ao céu... Até o que ele diz cheira bem... Cheira a santo.

Modestissimamente, baixei a pálpebra lenta.

Mas Negrão, com sinuosa perfídia, notou que mais proveitoso seria, e de maior unção repassaria as almas – escutar coisas de festas, de milagres, de penitências...

– Estou seguindo o meu itinerário, senhor padre Negrão – repliquei asperamente.

– Como fez Chateaubriand, como fazem todos os famosos autores! – confirmou Margaride, aprovando.

E foi com os olhos nele, como no mais douto, que eu disse a partida de Alexandria numa tarde de tormenta; o tocante momento em que uma santa irmã da caridade (que estivera já em Lisboa e que ouvira falar da virtude da titi) me salvara das águas salgadas um embrulho em que eu trazia terra do Egito, da que pisara a Santa Família; a nossa chegada a Jafa, que, por um prodígio, apenas eu subira ao tombadilho, de chapéu alto e pensando na titi, se coroara de raios de sol...

– Magnífico! – exclamou o doutor Margaride. – E diga, meu Teodorico... Não tinham consigo um sábio guia, que lhes fosse apontando as ruínas, lhes fosse comentando...

— Ora essa, doutor Margaride! Tínhamos um grande latinista, o padre Potte!

Remolhei o lábio. E disse as emoções da gloriosa noite em que acampáramos junto a Ramla, com a lua no céu alumiando coisas da religião, beduínos velando de lança ao ombro, e em redor leões a rugir...

— Que cena! — bradou o doutor Margaride, erguendo-se arrebatadamente. — Que enorme cena! Não estar eu lá! Parece uma destas coisas grandiosas da Bíblia, do *Eurico*! É d'inspirar! Eu por mim, se tal visse, não me continha!... Não me continha, fazia uma ode sublime!

O Negrão puxou a aba do casaco ao facundo magistrado:

— É melhor deixar falar o nosso Teodorico, para podermos todos saborear...

Margaride, abespinhado, franziu as sobrancelhas temerosas e mais negras que o ébano:

— Ninguém nesta sala, melhor que eu, senhor padre Negrão, saboreia o grandioso!

E a titi, insaciável, batendo com o leque:

— Está bem, está bem... Conta, filho, não te fartes! Olha, conta assim uma coisa que te acontecesse com Nosso Senhor, que nos faça ternura...

Todos emudeceram, reverentes. Eu então disse a marcha para Jerusalém com duas estrelas na frente a guiar-nos, como acontece sempre aos peregrinos mais finos e de boa família; as lágrimas que derramara, ao avistar, numa manhã de chuva, as muralhas de Jerusalém; e na minha visita ao Santo Sepulcro, de casaca, com padre Potte, as palavras que balbuciara diante do túmulo, por entre soluços e no meio d'acólitos — "Oh meu Jesus, oh meu Senhor, aqui estou, aqui venho da parte da titi!...".

E a medonha senhora, sufocada:

— Que ternura que faz!... Diante do tumulozinho!...

Então passei o lenço pela face excitada, e disse:

Nessa noite recolhi ao hotel para rezar... E agora, meus senhores, há aqui um pontozinho desagradável...

E contritamente confessei que, forçado pela religião, pelo nome honrado de Raposo, e pela dignidade de Portugal — tivera um conflito no hotel com um grande inglês de barbas.

— Uma bulha! — acudiu com perversidade o vil Negrão, ansioso por empanar o brilho de santidade com que eu deslumbrava a titi. — Uma bulha, na cidade de Jesus Cristo! Ora essa! Que desacato!

Com os dentes cerrados encarei o torpíssimo padre:
– Sim senhor! Um chinfrim!... Mas fique vossa senhoria sabendo que o senhor patriarca de Jerusalém me deu toda a razão, até me bateu no ombro e me disse: "Pois Teodorico, parabéns, você portou-se como um pimpão!". Que tem agora vossa senhoria a piar?
Negrão curvou a cabeça, onde a coroa punha uma lividez azulada de lua em tempo de peste:
– Se sua eminência aprovou...
– Sim senhor! E aqui tem a titi porque foi a bulha!... No quarto ao lado do meu havia uma inglesa, uma herege, que mal eu me punha a rezar, aí começava ela a tocar piano, e a cantar fados e tolices e coisas imorais do Barba Azul dos teatros... Ora imagine a titi, estar uma pessoa a dizer com todo o fervor e de joelhos: "Oh santa Maria do Patrocínio, faze que a minha boa titi tenha muitos anos de vida" – e vir lá de trás do tabique uma voz d'excomungada a ganir: "Sou o Barba Azul, olé! ser viúvo é o meu filé!...". É d'encavacar!... De modo que uma noite, desesperado, não me tenho em mim, saio do corredor, atiro-lhe um murro à porta, e grito-lhe para dentro: "Faz favor d'estar calada, que está aqui um cristão que quer rezar!...".
– E com todo o direito – afirmou o doutor Margaride. – Você tinha por si a lei!
– Assim me disse o patriarca! Pois senhores, como ia contando, grito isto para dentro à mulher, e ia recolher muito sério ao meu quarto, quando me sai de lá o pai, um grande barbaças, de bengalório na mão... Eu fui muito prudente: cruzei os braços e, com bons modos, disse-lhe que não queria ali escândalos ao pé do túmulo de Nosso Senhor, e o que desejava era rezar em sossego... E vai que me há de ele responder? Que se estava a... Enfim, nem eu posso repetir! Uma coisa indecente contra o túmulo de Nosso Senhor... E eu, titi, passa-me uma oura pela cabeça, agarro-o pelo cachaço...
– E magoaste-o, filho?
– Escavaquei-o, titi!
Todos aclamaram a minha ferocidade. Padre Pinheiro citou leis canônicas autorizando a fé a desancar a impiedade. Justino, aos pulos, celebrou esse John Bull[351] desmantelado a sólida murraça lusitana. E eu, excitado pelos louvores como por clarins d'ataque, bradava de pé, medonho:

---

351. John Bull: personificação do Reino da Grã-Bretanha criada em 1712.

– Lá impiedades diante de mim, não! Arrombo tudo, esborracho tudo... Em coisas de religião sou uma fera!

E aproveitei esta santa cólera para brandir, como um aviso, diante do queixo sumido do Negrão, o meu punho cabeludo e pavoroso. O macilento e esgrouviado servo de Deus encolheu. Mas nesse instante a Vicência entrava com o chá, nas pratas ricas de G. Godinho.

Então os diletos amigos, com a torrada na mão, romperam em ardentes encômios:[352]

– Que instrutiva viagem! É como ter um curso!

– E que belo bocadinho de noite aqui se tem passado!... Qual são Carlos! Isto é que é gozar!

– E como ele conta! Que fervor! Que memória!...

Lentamente o bom Justino, com a sua chávena fornecida de bolos, acercara-se da janela, como a espreitar o céu estrelado; e dentre as franjas das cortinas os seus olhinhos luzidios e gulosos chamavam-me confidencialmente. Fui, trauteando o *Bendito*; ambos mergulhamos na sombra dos damascos; e o virtuoso tabelião, roçando o lábio pelas minhas barbas:

– Oh amiguinho, e de mulheres?

Eu confiava no Justino. Segredei para dentro do seu colarinho:

– De se deixarem lá os miolos, Justininho!

As suas pupilas faiscaram como as de um gato em janeiro; a xícara ficou-lhe tremelicando na mão.

E eu, pensativo, repenetrando na luz:

– Sim, bonita noite... Mas não são aquelas estrelinhas santinhas que nós víamos lá no Jordão!...

Então padre Pinheiro, tomando aos goles cautelosos a sua chalada, veio timidamente bater-me no ombro... Lembrara-me eu, nessas santas terras, com tantas distrações, do seu frasquinho d'água do Jordão?...

– Oh padre Pinheiro, pois está claro!... Trago tudo! E o raminho do monte Olivete para o nosso Justino... E a fotografia para o nosso Margaride... Tudo!

Corri ao quarto, a buscar essas doces "lembrancinhas" da Palestina. E ao regressar sustentando pelas pontas um lenço repleto de devotas preciosidades, estaquei por trás do reposteiro ao sentir dentro o meu nome... Suave gozo! Era o inestimável doutor Margaride que afiançava à titi, com a sua tremenda autoridade:

---

352. Encômios: elogios; gabos.

— Dona Patrocínio, eu não lho quis dizer diante dele... Mas isto agora é mais do que ter um sobrinho e um cavalheiro! Isto é ter, de casa e pucarinho,[353] um amigo íntimo de Nosso Senhor Jesus Cristo!...
Tossi, entrei. Mas a senhora dona Patrocínio ruminava um escrúpulo ciumento. Não lhe parecia delicado para Nosso Senhor (nem para ela) que se repartissem estas relíquias mínimas antes de lhe ser entregue a ela, como senhora e como tia, na capela, a grande relíquia...
— Porque saibam os meus amigos — anunciou ela com o seu chatíssimo peito impando[354] de satisfação — que o meu Teodorico trouxe-me uma santa relíquia, com que eu me vou apegar nas minhas aflições, e que me vai curar dos meus males!
— Bravíssimo! — gritou o impetuoso doutor Margaride. — Com que, Teodorico, seguiu-se o meu conselho? Esgaravataram-se esses sepulcros?... Bravíssimo! É de generoso romeiro!
— É de sobrinho, como já o não há no nosso Portugal! — acudiu padre Pinheiro junto ao espelho, onde estudava a língua saburrenta...[355]
— É de filho, é de filho! — proclamava o Justino, alçado na ponta dos botins.
Então o Negrão, mostrando os dentes famintos, babujou esta coisa vilíssima:
— Resta saber, cavalheiros, de que relíquia se trata.
Tive sede, ardente sede do sangue daquele padre! Trespassei-o com dois olhares mais agudos e faiscantes do que espetos em brasa:
— Talvez vossa senhoria, se é um verdadeiro sacerdote, se atire de focinho para baixo a rezar, quando aparecer aquela maravilha!...
E voltei-me para a senhora dona Patrocínio, com a impaciência de uma nobre alma ofendida que carece de reparação:
— É já, titi! Vamos ao oratório! Quero que fique tudo aqui assombrado! Foi o que disse o meu amigo alemão: "Essa relíquia, ao destapar-se, é de ficar uma família inteira azabumbada!...".[356]
Deslumbrada, a titi ergueu-se de mãos postas. Eu corri a prover-me dum martelo. Quando voltei, o doutor Margaride, grave, calçava as suas luvas pretas... E atrás da senhora dona Patrocínio, cujos cetins faziam no sobrado um ruge-ruge[357] de vestes de prelado, penetramos no corredor onde o grande bico de gás silvava dentro do seu vidro

---

353. De casa e pucarinho: em grande intimidade.
354. Impar: ofegar.
355. Saburrenta: que apresenta um muco que se forma devido à má digestão.
356. Azabumbada: surpresa, perturbada.
357. Ruge-ruge: rugido; som provocado pelas vestes que roçam no chão.

fosco. Ao fundo a Vicência e a cozinheira espreitavam com os seus rosários na mão.

O oratório resplandecia. As velhas salvas de prata, batidas pelas chamas das velas de cera, punham no fundo do altar um brilho branco de glória. Sobre a candidez das rendas lavadas, entre a neve fresca das camélias – as túnicas dos santos, azuis e vermelhas, com o seu lustre de seda, pareciam novas, especialmente talhadas nos guarda-roupas do céu para aquela rara noite de festa... Por vezes o raio duma auréola tremia, despedia um fulgor, como se na madeira das imagens corressem estremecimentos de júbilo. E na sua cruz de pau-preto, o Cristo, riquíssimo, maciço, todo d'ouro, suando ouro, sangrando ouro, reluzia preciosamente.

– Tudo com muito gosto! Que divina cena! – murmurou o doutor Margaride, deliciado na sua paixão de grandioso.

Com piedosos cuidados coloquei o caixote na almofada de veludo; vergado, rosnei sobre ele uma *Ave*; depois, ergui a toalha que o cobria, e com ela no braço, tendo escarrado solenemente, falei:

– Titi, meus senhores... Eu não quis revelar ainda a relíquia que vem aqui no caixotinho, porque assim mo recomendou o senhor Patriarca de Jerusalém... Agora é que vou dizer... Mas antes de tudo, parece-me bem a pelo[358] explicar que tudo cá nesta relíquia, papel, nastro, caixotinho, pregos, tudo é santo! Assim por exemplo os preguinhos... são da arca de Noé... Pode ver, senhor padre Negrão, pode apalpar! São os da arca, até ainda enferrujados... É tudo do melhor, tudo a escorrer virtude! Além disso quero declarar diante de todos que esta relíquia pertence aqui à titi, e que lha trago para lhe provar que em Jerusalém não pensei senão nela, e no que Nosso Senhor padeceu, e em lhe arranjar esta pechincha...

– Comigo te hás de ver sempre, filho! – tartamudeou[359] a horrenda senhora, enlevada.

Beijei-lhe a mão, selando este pacto de que a magistratura e a Igreja eram verídicas testemunhas. Depois, retomando o martelo:

– E agora, para que cada um esteja prevenido e possa fazer as orações que mais lhe calharem, devo dizer o que é a relíquia...

Tossi, cerrei os olhos:

– É a coroa d'espinhos!

Esmagada, com um rouco gemido, a titi aluiu sobre o caixote, enlaçando-o nos braços trêmulos... Mas o Margaride coçava pensativa-

---
358. A pelo: a propósito.
359. Tartamudear: gaguejar; falar com dificuldade.

mente o queixo austero; Justino sumira-se na profundidade dos seus colarinhos; e o ladino Negrão escancarava para mim uma bocaça negra, donde saía assombro e indignação! Justos céus! Magistrados e sacerdotes evidenciavam uma incredulidade – terrível para a minha fortuna!

Eu tremia, com suores – quando padre Pinheiro, muito sério, convicto, se debruçou, apertou a mão da titi a felicitá-la pela posição religiosa a que a elevava a posse daquela relíquia. Então, cedendo à forte autoridade litúrgica de padre Pinheiro, todos, em fila, numa muda congratulação, estreitaram os dedos da babosa senhora.

Estava salvo! Rapidamente, ajoelhei à beira do caixote, cravei o formão na fenda da tampa, alcei o martelo em triunfo...

– Teodorico! Filho! – berrou a titi, arrepiada, como se eu fosse martelar a carne viva do Senhor.

– Não há receio, titi! Aprendi em Jerusalém a manejar estas coisinhas de Deus!...

Despregada a tábua fina, alvejou a camada d'algodão. Ergui-a com terna reverência; e ante os olhos extáticos surgiu o sacratíssimo embrulho de papel pardo, com o seu nastrinho vermelho.

– Ai que perfume! Ai! ai, que eu morro! – suspirou a titi a esvair-se de gosto beato, com o branco do olho aparecendo por sobre o negro dos óculos.

Ergui-me, rubro de orgulho:

– É à minha querida titi, só a ela, que compete, pela sua muita virtude, desembrulhar o pacotinho!...

Acordando do seu langor, trêmula e pálida, mas com a gravidade dum pontífice, a titi tomou o embrulho, fez mesura aos santos, colocou-o sobre o altar; devotamente desatou o nó do nastro vermelho; depois, com o cuidado de quem teme magoar um corpo divino, foi desfazendo uma a uma as dobras do papel pardo... Uma brancura de linho apareceu... A titi segurou-a nas pontas dos dedos, repuxou-a bruscamente – e sobre a ara, por entre os santos, em cima das camélias, aos pés da cruz – espalhou-se, com laços e rendas, a camisa de dormir da Mary!

A camisa de dormir da Mary! Em todo o seu luxo, todo o seu impudor, enxovalhada pelos meus abraços, com cada prega fedendo a pecado! A camisa de dormir da Mary! E pregado nela por um alfinete, bem evidente ao clarão das velas, o cartão com a oferta em letra encorpada: "Ao meu Teodorico, meu portuguesinho possante, em lembrança do muito que gozamos!". Assinado "M. M."... A camisa de dormir da Mary!

Mal sei o que ocorreu no florido oratório! Achei-me à porta, enrodilhado na cortina verde, com as pernas a vergar, num desmaio. Estalando, como achas atiradas a uma fogueira, eu sentia as acusações do Negrão bradadas contra mim junto à touca da titi: "Deboche! Escárnio! Camisa de prostituta! Achincalho[360] à senhora dona Patrocínio! Profanação do oratório!". Distingui a sua bota arrojando furiosamente para o corredor o trapo branco. Um a um, entrevi os amigos perpassarem, como longas sombras levadas por um vento de terror. As luzes das velas arquejavam, aflitas. E, ensopado em suor, entre as pregas da cortina, percebi a titi caminhando para mim, lenta, lívida, hirta, medonha... Estacou. Os seus frios e ferozes óculos trespassaram-me. E através dos dentes cerrados cuspiu esta palavra:

– Porcalhão!

E saiu.

Rolei para o quarto, tombei no leito, esbarrondado.[361] Um rumor d'escândalo acordara o casarão severo. E a Vicência surgiu diante de mim, enfiada, com o seu avental branco na mão:

– Menino! Menino! A senhora manda dizer que saia imediatamente para o meio da rua, que o não quer nem mais um instante em casa... E diz que pode levar a sua roupa branca e todas as suas porcarias!

Despedido!

Ergui a face mole da travesseira de rendas. E a Vicência, atontada, torcendo o avental:

– Ai, menino! Ai, menino! Se não sai já para a rua, a senhora diz que manda chamar um polícia!

Escorraçado!

Atirei os pés incertos para o soalho. Mergulhei na algibeira uma escova de dentes; topando nos móveis, procurei as chinelas que embrulhei num número da *Nação*. Sem reparo, agarrei dentre as malas um caixote com bandas de ferro – e em ponta de botins desci a escada da titi, encolhido e rasteiro, como um cão tinhoso vexado da sua tinha.

Mal transpus o pátio, a Vicência, cumprindo as ordens sanhudas da titi, bateu-me nas costas com o portão chapeado de ferro – desprezivelmente e para sempre!

Estava só na rua e na vida! À luz dos frios astros contei na palma o meu dinheiro. Tinha duas libras, dezoito tostões, um duro espanhol e cobres... E então descobri que a caixa, apanhada tontamente entre as

---

360. Achincalho: humilhação, rebaixamento.
361. Esbarrondado: malogrado; desmoronado.

malas, era a das relíquias menores. Complicado sarcasmo do destino! Para cobrir meu corpo desabrigado – nada mais tinha que tabuinhas aplainadas por são José, e cacos de barro do cântaro da Virgem! Meti no bolso o embrulho das chinelas; e, sem voltar os olhos turvos à casa de minha tia, marchei a pé, com o caixote às costas, na noite cheia de silêncio e d'estrelas, para a Baixa, para o Hotel da Pomba d'Ouro.

Ao outro dia, descorado e misérrimo à mesa da Pomba, remexia uma sombria sopa de grão e nabo – quando um cavalheiro, de colete de veludo negro, veio ocupar o talher fronteiro, junto duma garrafa d'água de Vidago, duma caixa de pílulas e dum número da *Nação*. Na sua testa, imensa e arqueada como um frontão de capela, torciam-se duas veias grossas; e sob as ventas largas, enegrecidas de rapé, o bigode era um tufo curto de pelos grisalhos, duros como cerdas d'escova. O galego, ao servir-lhe o nabo e grão, rosnou com estima: "Ora seja bem aparecidinho o senhor Lino!".

Ao cozido este cavalheiro, abandonando a *Nação* onde percorrera miudamente os anúncios, pousou em mim os olhos amarelentos de bílis e baços, e observou que estávamos gozando desde os Reis um tempinho d'apetite...

– De rosas – murmurei com reserva.

O senhor Lino entalou mais o guardanapo para dentro do colarinho lasso:

– E vossa senhoria, se não é curiosidade, vem das províncias do norte?

Passei vagarosamente a mão pelos cabelos:

– Não, senhor... Venho de Jerusalém!

D'assombrado o senhor Lino perdeu a garfada de arroz. E, depois de ter ruminado mudamente a sua emoção, confessou que lhe interessavam muito todos esses lugares santos porque tinha religião, graças a Deus! E tinha um emprego, graças também a Deus, na Câmara Patriarcal...

– Ah, na Câmara Patriarcal! – acudi eu. – Sim, muito respeitável... Eu conheci muito um patriarca... Conheci muito o senhor patriarca de Jerusalém. Cavalheiro muito santo, muito catita... Até nos ficamos tratando de "tu"!

O senhor Lino ofereceu-me da sua água de Vidago – e conversamos das terras, da Escritura.

– Que tal Jerusalém, como lojas?...

– Como lojas?... Lojas de modas?

– Não, não! – atalhou o senhor Lino. Quero dizer lojas de santidade, de reliquiarias, de coisinhas divinas...
– Sim... Menos mau. Há o Damiani na Via Dolorosa que tem tudo, até ossos de mártires... Mas o melhor é cada um esquadrinhar, escavar... Eu nessas coisas trouxe maravilhas!

Uma chama de singular cobiça avivou as pupilas amareladas do senhor Lino, da Câmara Patriarcal. E de repente, com uma decisão d'inspirado:

– Andrezinho, a pinguinha de Porto... Hoje é bródio![362]

Quando o galego pousou a garrafa, com a sua data traçada à mão num velho rótulo de papel almaço – o senhor Lino ofertou-me um cálice cheio.

– À sua!
– Com a ajuda do Senhor!... À sua!

Por cortesia, rilhado o queijo, convidei aquele homem, que graças a Deus tinha religião, a entrar no meu quarto e admirar as fotografias de Jerusalém. Ele aceitou, com alvoroço; mas, apenas transpôs a porta, correu sem etiqueta e gulosamente ao meu leito – onde jaziam espalhadas algumas das relíquias que eu desencaixotara essa manhã.

– O cavalheiro aprecia? – indaguei, desenrolando uma vista do monte Olivete, e pensando em lhe ofertar um rosário.

Ele revirava em silêncio, nas mãos gordas e de unhas roídas, um frasco d'água do Jordão. Cheirou-o, pesou-o, chocalhou-o. Depois, muito sério, com as veias entumecidas na vastíssima fronte:

– Tem atestado?

Estendi-lhe a certidão do frade franciscano, garantindo como autêntica e sem mistura a água do rio batismal. Ele saboreou o venerando papel. E entusiasmado:

– Dou quinze tostões pelo frasquinho!

Foi, no meu intelecto de bacharel, como se uma janela se abrisse e por ela entrasse o sol! Vi inesperadamente, ao seu clarão forte, a natureza real dessas medalhas, bentinhos, águas, lascas, pedrinhas, palhas, que eu considerara até então um lixo eclesiástico esquecido pela vassoura da filosofia! As relíquias eram *valores*! Tinham a qualidade onipotente de *valores*! Dava-se um caco de barro – e recebia-se uma rodela d'ouro!... E, iluminado, comecei insensivelmente a sorrir, com as mãos encostadas à mesa como a um balcão de armazém:

---

362. Bródio: festança.

– Quinze tostões por água pura do Jordão! Boa! Em pouca conta tem vossa senhoria o nosso são João Batista... Quinze tostões! Chega a ser impiedade!... Vossa senhoria imagina que a água do Jordão é como água do Arsenal? Ora essa!... Três mil-réis recusei eu a um padre de Santa Justa, esta manhã, aí, ao pé dessa cama...

Ele fez saltar o frasco na palma gorda, considerou, calculou:

– Dou quatro mil-réis.

– Vá lá, por sermos companheiros na Pomba!

E quando o senhor Lino saiu do meu quarto, com o frasco do Jordão embrulhado na *Nação*, eu, Teodorico Raposo, achava-me fatalmente, providencialmente, estabelecido vendilhão de relíquias!

Delas comi, delas fumei, delas amei, durante dois meses, quieto e aprazido na Pomba d'Ouro. Quase sempre o senhor Lino surdia de manhã no meu quarto, de chinelos, escolhia um caco do cântaro da Virgem ou uma palhinha do presépio, empacotava na *Nação*, largava a pecúnia e abalava assobiando o *De profundis*. E evidentemente o digno homem revendia as minhas preciosidades com gordo provento – porque bem depressa, sobre o seu colete de veludo preto, rebrilhou uma corrente d'ouro.

No entanto, muito hábil e fino, eu não tentara (nem com súplicas, nem com explicações, nem com patrocínios) amansar as beatas iras da titi e repenetrar na sua estima. Contentava-me em ir à igreja de Santana, todo de negro, com um ripanço. Não encontrava a titi, que tinha agora de manhã no oratório missa do torpíssimo Negrão. Mas lá me prostrava, batendo contritamente no peito, suspirando para o sacrário – certo que, pelo Melchior sacristão, as novas da minha devoção inalterável chegariam à hedionda senhora.

Muito manhoso, também não procurei os amigos da titi – que deviam prudentemente partilhar as paixões da sua alma para lograrem os favores do seu testamento; assim poupava embaraços angustiosos a esses beneméritos da magistratura e da Igreja. Sempre que encontrava padre Pinheiro ou doutor Margaride, cruzava as mãos dentro das mangas, baixava os olhos, evidenciando humildade e compunção. E este retraimento era decerto grato aos amigos, porque uma noite, topando o Justino perto da casa da Benta Bexigosa, o digno homem segredou junto da minha barba, depois de se ter assegurado da solidão da rua:

– Ande-me assim, amiguinho!... Tudo se há de arranjar... Que ela por ora está uma fera... Oh diabo, aí vem gente!

E abalou.

No entanto, por intermédio do Lino, eu vendilhava relíquias. Bem depressa porém, recordado dos compêndios de *Economia política*, refleti que os meus proventos engordariam se, eliminando o Lino, eu mesmo me dirigisse ousadamente ao consumidor pio.

Escrevi então a fidalgas, servas do Senhor dos Passos da Graça, cartas com listas e preços de relíquias. Mandei propostas d'ossos de mártires a igrejas de província. Paguei copinhos d'aguardente a sacristãs para que eles segredassem a velhas com achaques – "Pra coisas de santidade não há como o senhor doutor Raposo, que vem fresquinho de Jerusalém!...". E bafejou-me a sorte. A minha especialidade foi a água do Jordão, em frascos de zinco, lacrados e carimbados com um coração em chamas; vendi desta água para batizados, para comidas, para banhos; e durante um momento houve um outro Jordão, mais caudaloso e límpido que o da Palestina, correndo por Lisboa, com a sua nascente num quarto da Pomba d'Ouro. Imaginativo, introduzi *novidades* rendosas e poéticas: lancei no comércio com eficácia o pedacinho da bilha com que Nossa Senhora ia à fonte; fui eu que acreditei na piedade nacional "uma das ferraduras do burrinho em que fugira a Santa Família". Agora quando o Lino de chinelos batia à porta do meu quarto, onde as medas de palhinhas do presépio alternavam com as pilhas de tabuinhas de são José, eu entreabria uma fenda avara e ciciava:

– Foi-se... Esgotadinho!... Só para a semana... Vem-me aí um caixotinho da Terra Santa...

As veias frontais do capacíssimo homem inchavam numa indignação de intermediário espoliado.

Todas as minhas relíquias eram acolhidas com o mais forte fervor – porque provinham do Raposo, fresquinho de Jerusalém. Os outros reliquistas não tinham esta esplêndida garantia duma jornada à Terra Santa. Só eu, Raposo, percorrera esse vastíssimo depósito de santidade. Só eu de resto sabia lançar na folha sebácea de papel que autenticava a relíquia – a firma floreada do senhor Patriarca de Jerusalém.

Mas bem cedo reconheci que esta profusão de reliquilharia saturara a devoção do meu país! Atochado, empanturrado de relíquias, este católico Portugal já não tinha capacidade – nem para receber um desses raminhos secos de flores de Nazaré, que eu cedia a cinco tostões!

Inquieto, baixei melancolicamente os preços. Prodigalizei, no *Diário de Notícias*, anúncios tentadores – "Preciosidades da Terra Santa, em conta, na Tabacaria Rego, se diz...". Muitas manhãs, com um casacão eclesiástico e um cachenê de seda disfarçando a minha barba, assaltei à porta das igrejas velhas beatas; oferecia pedaços da túnica da

Virgem Maria, cordéis das sandálias de são Pedro; e rosnava com ânsia, rojando-me[363] pelos manteletes e pelas toucas: "Baratinhos, minha senhora, baratinhos... Excelentes para catarros!...".

Já devia uma carregada conta na Pomba d'Ouro; descia as escadas sorrateiramente, para não encontrar o patrão; chamava com sabujice ao galego – "Meu André, meu catitinha...".

E punha toda a minha esperança num renovamento da fé! A menor notícia de festa de igreja me regozijava como um acréscimo de devoção no povo. Odiava ferozmente os republicanos e os filósofos que abalam o catolicismo – e portanto diminuem o valor das relíquias que ele instituiu. Escrevi artigos para a *Nação*, em que bradava: "Se vos não apegais aos ossos dos mártires, como quereis que prospere este país?". No café do Montanha dava murros sobre as mesas: "É necessário religião, caramba! Sem religião nem o bifezinho sabe!". Em casa da Benta Bexigosa ameaçava as raparigas, se elas não usassem os seus bentinhos e os seus escapulários, de não voltar ali, de ir à casa da dona Adelaide!... A minha inquietação pelo "pão de cada dia" foi mesmo tão áspera que de novo solicitei a intervenção do Lino – homem de vastas relações eclesiásticas, parente de capelães de convento.

Outra vez lhe mostrei o meu leito juncado de relíquias. Outra vez lhe disse, esfregando as mãos: "Vamos a mais negócio, amiguinho! Aqui tenho sortimento fresco, chegadinho de Sião!".

Mas, do digno homem da Câmara Patriarcal, só colhi recriminações acerbas...[364]

– Essa léria não pega, senhor! – gritou ele, com as veias a estalar de cólera na fronte esbraseada. Foi vossa senhoria que estragou o comércio!... Está o mercado abarrotado, já não há maneira de vender nem um cueirinho do Menino Jesus, uma relíquia que se vendia tão bem! O seu negócio com as ferraduras é perfeitamente indecente... Perfeitamente indecente! É o que me dizia noutro dia um capelão, primo meu: "São ferraduras demais para um país tão pequeno!...". Quatorze ferraduras, senhor! É abusar! Sabe vossa senhoria quantos pregos, dos que pregaram Cristo na cruz, vossa senhoria tem impingido, todos com documentos? Setenta e cinco, senhor!... Não lhe digo mais nada... Setenta e cinco!

E saiu, atirando a porta com furor, deixando-me aniquilado.

Venturosamente, nessa noite, encontrei o Rinchão em casa da Benta Bexigosa, e recebi dele uma considerável encomenda de relíquias.

---

363. Rojar: arrastar; rastejar.
364. Acerbas: ácidas; cruéis.

O Rinchão ia desposar uma menina Nogueira, filha da senhora Nogueira, rica beata de Beja e rica proprietária de porcos; e ele "queria dar um presente catita à carola da velha, tudo coisinhas da cartilha e do Santo Sepulcro". Arranjei-lhe um lindo cofre de relíquias (aí coloquei o meu septuagésimo sexto prego) ornado das minhas graciosas flores secas de Galileia. Com a generosa pecúnia que me deu o Rinchão paguei à Pomba d'Ouro; e tomei prudentemente um quarto na casa de hóspedes do Pitta, à travessa da Palha.

Assim diminuía a minha prosperidade.

O meu quarto agora era nos altos, no quinto andar, com um catre de ferro, e uma poltrona vetusta cujo miolo de estopa fétida rompia entre a chita esgaçada. Como único ornato pendia sobre a cômoda, num caixilho enfeitado de borlas, uma litografia de Cristo crucificado, a cores; nuvens negras de tormenta rolavam-lhe aos pés; e os seus olhos claros, arregalados, seguiam e miravam todos os meus atos, os mais íntimos, mesmo o delicado aparar dos calos.

Havia uma semana que, assim instalado, farejava Lisboa à busca do pão incerto, com botas a que se começava a romper a sola, quando uma manhã o André da Pomba d'Ouro me trouxe uma carta que lá fora deixada na véspera, com a marca "urgente". O papel tinha tarja preta: o sinete era de lacre negro. Abri, tremendo. E vi a assinatura do Justino.

> Meu querido amigo. É meu penoso dever, que cumpro com lágrimas, participar-lhe que sua respeitável tia e minha senhora inesperadamente sucumbiu...

Caramba! A velha rebentara!

Ansiosamente saltei através das linhas, tropeçando sobre os detalhes – "congestão dos pulmões [...] sacramentos recebidos [...] todos a chorar [...] o nosso Negrão! [...]". E empalidecendo, num suor que me alagava, avistei, ao fim da lauda, a nova medonha:

> Do testamento da virtuosa senhora, consta que deixa a seu sobrinho Teodorico o óculo que se acha pendurado na sala de jantar...

Deserdado!

Agarrei o chapéu, corri aos encontrões pelas ruas até ao cartório do Justino, a São Paulo. Achei-o à banca, com uma gravata de luto e a pena atrás da orelha, comendo fatias de vitela sobre um velho *Diário de Notícias*.

– Com quê, o óculo...? – balbuciei, esfalfado, arrimado à esquina duma estante.
– É verdade. O óculo! – murmurou ele, com a boca atulhada.
Fui tombar, quase desmaiado, sobre o canapé de couro. Ele ofereceu-me vinho de Bucelas. Bebi um cálice. E passando a mão trêmula sobre a face lívida:
– Então dize lá, conta lá tudo, Justininho...
O Justino suspirou. A santa senhora, coitadinha, deixara-lhe duas inscrições de conto... E de resto dispersara no seu testamento as riquezas de G. Godinho do modo mais incoerente e mais perverso. O prédio do Campo de Santana e quarenta contos de inscrições para o Senhor dos Passos da Graça. As ações da Companhia do Gás, as melhores pratas, a casa de Linda-a-Pastora para o Casimiro, que já se não mexia, moribundo. Padre Pinheiro recebia um prédio na rua do Arsenal. A deliciosa quinta do Mosteiro, com o seu pitoresco portão de entrada onde se viam ainda as armas dos condes de Lindoso, as inscrições de crédito público, a mobília do Campo de Santana, o Cristo d'ouro – para o padre Negrão. Três contos de réis e o relógio para o Margaride. A Vicência tivera as roupas de cama. Eu – o óculo!
– Para ver o resto de longe! – considerou filosoficamente o Justino, dando estalinhos nos dedos.
Recolhi à travessa da Palha. E durante horas, em chinelas, com os olhos chamejantes, revolvi o desejo desesperado de ultrajar o cadáver da titi – cuspindo-lhe sobre o carão lívido, esfuracando com uma bengala a podridão do seu ventre. Chamei contra ela todas as cóleras da natureza. Pedi às árvores que recusassem sombra à sua sepultura! Pedi aos ventos que sobre ela soprassem todos os lixos da terra! Invoquei o demônio: "Dou-te a minha alma se torturares incansavelmente a velha!". Gritei com os braços para as alturas: "Deus, se tens um céu, escorraça-a de lá!". Planeei quebrar a pedradas o mausoléu que lhe erguessem... E decidi escrever comunicados nos jornais contando que ela se prostituía a um galego, todas as tardes, no sótão, d'óculos negros e em fralda!
Esfalfado de a odiar – adormeci densamente.
Foi o Pitta que me acordou, ao anoitecer, entrando com um longo embrulho. Era o óculo. Mandava-mo o Justino, com estas palavras amigas: "Aí vai a modesta herança!".
Acendi uma vela. Com áspera amargura tomei o óculo, abri a vidraça – e olhei por ele, como da borda duma nau que vai perdida nas águas. Sim, muito sagazmente o afirmara Justino, a asquerosa Patrocínio deixava-me o óculo com rancoroso sarcasmo – para *eu ver através*

dele o resto da herança! E eu *via*, apesar da escura noite, nitidamente *via* o Senhor dos Passos sumindo os maços de inscrições dentro da sua túnica roxa; o Casimiro tocando com as mãos moribundas os lavores das pratas, espalhadas sobre o seu leito; e o vilíssimo Negrão, de casaco de cotim e galochas, passeando regalado à beira d'água, sob os olmos do Mosteiro! E eu ali, com o óculo!

Eu ali para sempre, na travessa da Palha, possuindo na algibeira dumas calças com fundilhos setecentos e vinte – para me debater através da cidade e da vida! Com um urro atirei o óculo, que foi rolando até junto da chapeleira onde eu guardava o capacete de cortiça da minha jornada em Terra Santa. Ali estavam, esse capacete e esse óculo, emblemas das minhas duas existências – a de esplendor e a de penúria! Havia meses, com aquele capacete na nuca, eu era o triunfante Raposo, herdeiro da senhora dona Patrocínio das Neves, remexendo ouro nas algibeiras, e sentindo em torno, perfumadas e à espera de que eu as colhesse, todas as flores da civilização! E agora, com o óculo, eu era o pelintríssimo Raposo de botas cambadas, sentindo em roda, negros e prontos a ferirem-me, todos os cardos da vida... E tudo isto, por quê? Porque um dia, na estalagem duma cidade da Ásia, se tinham trocado dois embrulhos de papel pardo!

Não houvera jamais zombaria igual da sorte! A uma tia beata, que odiava o amor como coisa suja e só esperava, para me deixar prédios e pratas, que eu, desdenhando saias, lhe rebuscasse em Jerusalém uma relíquia – trazia a camisa de dormir duma luveira! E num impulso de caridade, destinado a cativar o céu, atirava como pingue esmola a uma pobre em farrapos, com o filho faminto chorando ao colo – um galho cheio d'espinhos!... Oh Deus, dize-me tu! Dize-me tu, oh demônio! Como se fez, como se fez esta troca de embrulhos – que é a tragédia da minha vida?

Eles eram semelhantes no papel, no formato, no nastro!... O da camisa jazia no fundo escuro do guarda-fato;[365] o da relíquia campeava sobre a cômoda, glorioso, entre dois castiçais. E ninguém lhes tocara: nem o jocundo Potte; nem o erudito Topsius; nem eu! Ninguém com mãos humanas, mãos mortais, ousara mover os dois embrulhos. Quem os movera então? Só alguém com mãos invisíveis!

Sim, havia alguém, incorpóreo, todo-poderoso – que por ódio trocara miraculosamente os espinhos em rendas, para que a titi me deserdasse e eu fosse precipitado para sempre nas profundas sociais!

---

365. Guarda-fato: armário móvel no qual se guardam roupas.

E quando assim esbravejava, esguedelhado – encontrei frigidamente cravados em mim e mais abertos, como gozando a derrota da minha vida, os olhos claros do Cristo crucificado, dentro do seu caixilho com borlas...

– Foste tu! – gritei, de repente iluminado e compreendendo o prodígio. – Foste tu! Foste tu!

E, com os punhos fechados para ele, desafoguei fartamente os queixumes, os agravos do meu coração:

– Sim, foste tu que transformaste ante os olhos devotos da titi a coroa de dor da tua lenda – na camisa suja da Mary!... E por quê? Que te fiz eu? Deus ingrato e variável! Onde, quando gozaste tu devoção mais perfeita? Não acudia eu todos os domingos, vestido de preto, a ouvir as missas melhores que te oferta Lisboa? Não me atochava eu todas as sextas-feiras, para te agradar, de bacalhau e de azeite? Não gastava eu dias, no oratório da titi, com os joelhos doridos, rosnando os terços da tua predileção? Em que cartilhas houve rezas que eu não decorasse para ti? Em que jardins desabrocharam flores com que eu não enfeitasse os teus altares?

E arrebatado, arrepiando os cabelos, repuxando as barbas, eu clamava ainda, tão perto da imagem que as baforadas da minha cólera lhe embaciavam o vidro:

– Olha bem para mim!... Não te recordas de ter visto este rosto, estes pelos, há séculos, num átrio de mármore, sob um velário, onde julgava um pretor de Roma? Talvez te não lembres! Tanto dista dum deus vitorioso sobre o seu andor a um rabi de província amarrado com cordas!... Pois bem! Nesse dia de *nissan*, em que não tinhas ainda confortáveis lugares no céu e na bem-aventurança a distribuir aos teus fiéis; nesse dia, em que ainda te não tornaras para ninguém fonte de riqueza e esteio de poder; nesse dia, em que a titi e todos os que hoje se prostram a teus pés te teriam apupado como os vendilhões do Templo, os fariseus e a populaça d'Acre; nesse dia, em que os soldados que hoje te escoltam com charangas, os magistrados que hoje encarceram quem te desacate ou te renegue, os proprietários que hoje te prodigalizam ouro e festas d'igreja – se teriam juntado com as suas armas e os seus códigos e as suas bolsas, para obterem a tua morte como revolucionário, inimigo da ordem, terror da propriedade; nesse dia, em que tu eras apenas uma inteligência criadora e uma bondade ativa, e portanto considerado pelos homens sérios como um perigo social – houve em Jerusalém um coração que espontaneamente, sem engodo no céu, nem terror do inferno, estremeceu por ti. Foi o meu!... E agora persegues-me. Por quê?...

Subitamente, oh maravilha! Do tosco caixilho com borlas irradiaram trêmulos raios, cor de neve e cor d'ouro. O vidro abriu-se ao meio com o fragor faiscante de uma porta do céu. E de dentro o Cristo no seu madeiro, sem despregar os braços, deslizou para mim serenamente, crescendo até ao estuque do teto, mais belo em majestade e brilho que o sol ao sair dos montes.

Com um berro caí sobre os joelhos; bati a fronte apavorada no soalho. E então senti esparsamente pelo quarto, com um rumor manso de brisa entre jasmins, uma voz repousada e suave:

– Quando tu ias ao alto da Graça beijar no pé uma imagem, era para contar servilmente à titi a piedade com que deras o beijo; porque jamais houve oração nos teus lábios, humildade no teu olhar que não fosse para que a titi ficasse agradada no seu fervor de beata. O deus a que te prostravas era o dinheiro de G. Godinho; e o céu para que teus braços trementes se erguiam, o testamento da titi... Para lograres nele o lugar melhor fingiste-te devoto sendo incrédulo; casto sendo devasso; caridoso sendo mesquinho; e simulaste a ternura de filho tendo só a rapacidade[366] de herdeiro... Tu foste ilimitadamente o *hipócrita*! Tinhas duas existências: uma ostentada diante dos olhos da titi, toda de rosários, de jejuns, de novenas; e longe da titi, sorrateiramente, outra, toda de gula, cheia da Adélia e da Benta... Mentiste sempre; e só eras verdadeiro para o céu, verdadeiro para o mundo quando rogavas a Jesus e à Virgem que rebentassem depressa a titi. Depois resumiste esse laborioso dolo duma vida inteira num embrulho, onde acomodaras um galho, tão falso como o teu coração; e com ele contavas empolgar definitivamente as pratas e prédios de dona Patrocínio! Mas noutro embrulho parecido trazias pela Palestina, com rendas e laços, a irrecusável evidência do teu fingimento... Ora justiceiramente aconteceu que o embrulho que ofertaste à titi e que a titi abriu foi aquele que lhe revelava a tua perversidade! E isto prova-te, Teodorico, a *inutilidade da hipocrisia*.

Eu gemia sobre as tábuas. A voz sussurrou, mais larga, como o vento da tarde entre as ramas:

– Eu não sei quem fez essa troca dos teus embrulhos, picaresca e terrível; talvez ninguém; talvez tu mesmo! Os teus tédios de deserdado não provêm dessa mudança de espinhos em rendas; mas de viveres duas vidas, uma verdadeira de iniquidade, outra fingida de santidade. Desde que contraditoriamente eras do lado direito o devoto Raposo e do lado esquerdo o obsceno Raposo, não poderias seguir muito tempo, junto da titi, mostrando só o lado, vestido de casimiras de domingo, onde resplandecia a virtude; um dia fatalmente chegaria em que ela, espantada,

---

366. Rapacidade: avidez de quem deseja tirar proveito.

visse o lado despido e natural onde negrejavam as máculas do vício... E aí está por que eu aludo, Teodorico, à *inutilidade da hipocrisia*.

De rojo eu estendia abjetamente os lábios para os pés do Cristo, transparentes, suspensos no ar, com pregos que despediam trêmulas radiâncias de joia. E a voz passou sobre mim, cheia e rumorosa, como a rajada que curva os ciprestes:

– Tu dizes que eu te persigo! Não. O óculo, isso a que chamas "profundas sociais" são obra das tuas mãos; não obra minha. Eu não construo os episódios da tua vida; assisto a eles e julgo-os placidamente... Sem que eu me mova, nem intervenha influência sobrenatural, tu podes ainda descer a misérias mais torvas, ou elevar-te aos rendosos paraísos da terra e ser diretor dum banco... Isso depende meramente de ti, e do teu esforço de homem... Escuta ainda! Perguntavas-me, há pouco, se eu me não lembrava do teu rosto... Eu pergunto-te agora se não te lembras da minha voz... Eu não sou Jesus de Nazaré, nem outro deus criado pelos homens... Sou anterior aos deuses transitórios: eles dentro em mim nascem; dentro em mim duram; dentro em mim transformam; dentro em mim se dissolvem; e eternamente permaneço em torno deles e superior a eles, concebendo-os e desfazendo-os, no perpétuo esforço de realizar fora de mim o Deus absoluto que em mim sinto. Chamo-me a consciência; sou neste instante a tua própria consciência refletida fora de ti, no ar e na luz, e tomando ante teus olhos a forma familiar sob a qual tu, mal-educado e pouco filosófico, estás habituado a compreender-me... Mas basta que te ergas e me fites, para que esta imagem resplandecente de todo se desvaneça.

E ainda eu não levantara os olhos – já tudo desaparecera!

Então, transportado como perante uma evidência do sobrenatural, atirei as mãos ao céu e bradei:

– Oh meu Senhor Jesus, Deus e filho de Deus, que te encarnaste e padeceste por nós...

Mas emudeci... Aquela inefável voz ressoava ainda em minha alma, mostrando-me a inutilidade da hipocrisia. Consultei a minha consciência, que reentrara dentro de mim, e bem certo de não acreditar que Jesus fosse filho de Deus e duma mulher casada de Galileia (como Hércules era filho de Júpiter e duma mulher casada da Argólida) – cuspi dos meus lábios, tornados para sempre verdadeiros, o resto inútil da oração.

Ao outro dia, casualmente, entrei no jardim de São Pedro d'Alcântara – sítio que não pisara desde os meus anos de latim. E mal dera alguns passos, entre os canteiros, encontrei o meu antigo Crispim, filho de Telles Crispim & Cia., com fábrica de fiação à Pampulha – camarada que não avistara desde o meu grau de bacharel. Era este o louro Crispim, que outrora no colégio dos Isidoros me dava beijos vorazes no corredor, e me escrevia à noite bilhetinhos prometendo-me caixas com penas d'aço. Crispim velho morrera; Telles, rico e obeso, passara a visconde de São Telles; e este meu Crispim agora era a firma.

Trocado um ruidoso abraço, Crispim & Cia. notou pensativamente que eu estava "muitíssimo feio". Depois invejou a minha jornada à Terra Santa (que ele soubera pelo *Jornal das Novidades*) e aludiu, com amigável regozijo, à "grossa maquia que me devia ter deixado a senhora dona Patrocínio das Neves...".

Amargamente mostrei-lhe as minhas botas cambadas. Paramos num banco, junto duma trepadeira de rosas; e aí, no silêncio e no perfume, narrei a camisa funesta da Mary, a relíquia no seu embrulho, o desastre no oratório, o óculo, o meu quarto miserável na travessa da Palha...

– De modo, Crispinzinho da minh'alma, que aqui me encontro sem pão!

Crispim & Cia., impressionado, torcendo os bigodes louros, murmurou que em Portugal, graças à Carta e à religião, todo o mundo tinha uma fatia de pão; o que a alguns faltava era o queijo.

– Ora o queijo dou-to eu, meu velho! – ajuntou alegremente a firma, atirando-me uma palmada ao joelho. – Um dos empregados do escritório lá na Pampulha começou a fazer versos, a meter-se com atrizes... E muito republicano, achincalhando as coisas santas... Enfim, um horror, desembaracei-me dele! Ora tu tinhas boa letra. Uma conta de somar sempre saberás fazer... Lá está a carteira do homem, vai lá, são vinte e cinco mil-réis, sempre é o queijo!...

Com duas lágrimas a tremerem-me nas pestanas abracei a firma. Crispim & Cia. murmurou outra vez, com uma careta de quem sente um gosto azedo:

– Irra! Que estás muitíssimo feio!

Comecei então a servir com desvelo a fábrica de fiação à Pampulha; e todos os dias à carteira, com mangas de lustrina, copiava cartas na minha letra de belas curvas e alinhava algarismos num vasto livro de caixa... A firma ensinara-me a "regra de três", e outras habilidades. E como, de sementes trazidas por um vento casual a um torrão desaproveitado, rompem inesperadamente plantas úteis que prosperam – das lições da firma brotaram, na minha inculta natureza de bacharel em leis, aptidões consideráveis para o negócio da fiação. Já a firma dizia, compenetrada, na Assembleia do Carmo:

– Lá o meu Raposo, apesar de Coimbra e dos compêndios que lhe meteram no caco, tem dedo para as coisas sérias!

Ora num sábado d'agosto, à tarde, quando eu ia fechar o livro de caixa, Crispim & Cia. parou diante da minha carteira, risonho e acendendo o charuto:
– Ouve lá, ó Raposão, tu a que missa costumas ir?
Silenciosamente, tirei a minha manga de lustrina.
– Eu pergunto isto – ajuntou logo a firma, porque amanhã vou com minha irmã à Outra Banda, a uma quinta nossa, a Ribeira. Ora se tu não estás muito apegado a outra missa, vinhas à de Santos, às nove, íamos almoçar ao Hotel Central, e embarcávamos de lá para Cacilhas. Estou com vontade que conheças minha irmã!...
Crispim & Cia. era um cavalheiro religioso que considerava a religião indispensável à sua saúde, à sua prosperidade comercial, e à boa ordem do país. Visitava com sinceridade o Senhor dos Passos da Graça, e pertencia à Irmandade de São José. O empregado, cuja carteira eu ocupava, tornara-se-lhe sobretudo intolerável por escrever no *Futuro*, gazeta republicana, folhetins louvando Renan e ultrajando a eucaristia. Eu ia dizer a Crispim & Cia. que estava tão apegado à missa da Conceição Nova, que outra não me podia saber bem... Mas lembrei a voz austera e salutar da travessa da Palha! Recalquei a mentira beata que já me sujava os lábios – e disse, muito pálido e muito firme:
– Olha, Crispim, eu nunca vou à missa... Tudo isso são patranhas...[367] Eu não posso acreditar que o corpo de Deus esteja todos os domingos num pedaço de hóstia feita de farinha. Deus não tem corpo, nunca teve... Tudo isso são idolatrias, são carolices... Digo-te isto rasgadamente... Podes fazer agora comigo o que quiseres. Paciência!
A firma considerou-me um momento mordendo o beiço:
– Pois olha, Raposo, calha-me essa franqueza!... Eu gosto de gente lisa... O outro velhaco, que estava aí a essa carteira, diante de mim dizia: "Grande homem, o papa!". E depois ia para os botequins e punha o santo padre de rastos... Pois acabou-se! Não tens religião, mas tens cavalheirismo... Em todo o caso, às dez no Central para o almocinho, e a vela depois para a Ribeira!
Assim eu conheci a irmã da firma. Chamava-se dona Jesuína, tinha trinta e dois anos e era zarolha. Mas, desde esse domingo de rio e de campo, a riqueza dos seus cabelos ruivos como os d'Eva, o seu peito sólido e suculento, a sua pele cor de maçã madura, o riso são dos seus dentes claros – tornavam-me pensativo, quando à tardinha, com o meu charuto, eu recolhia à Baixa pelo Aterro, olhando os mastros das faluas...

---

367. Patranhas: enganos; histórias falsas.

Fora educada nas Salésias: sabia geografia e todos os rios da China, sabia história e todos os reis de França; e chamava-me "Teodorico Coração de Leão", por eu ter ido à Palestina. Aos domingos agora eu jantava na Pampulha: dona Jesuína fazia um prato d'ovos queimados; e o seu olho vesgo pousava, com incessante agrado, na minha face potente e barbuda de Raposão. Uma tarde ao café, Crispim & Cia. louvou a família real, a sua moderação constitucional, a graça caridosa da rainha. Depois descemos ao jardim; e andando dona Jesuína a regar, e eu ao lado enrolando um cigarro, suspirei e murmurei junto ao seu ombro: "Vossa excelência, dona Jesuína, é que estava a calhar para rainha, se cá o Raposinho fosse rei!". Ela, corando, deu-me a última rosa do verão.

Em vésperas de Natal, Crispim & Cia. chegou à minha carteira, pousou galhofeiramente[368] o chapéu sobre a página do livro de caixa que eu enegrecia de cifras, e cruzando os braços, com um riso de lealdade e estima:

— Então com quê, rainha, se o Raposinho fosse rei...? Ora diga lá o senhor Raposo. Há aí dentro desse peito amor verdadeiro à mana Jesuína?

Crispim & Cia. admirava a paixão e o ideal. Eu ia já dizer que adorava a senhora dona Jesuína como a uma estrela remota... Mas recordei a voz altiva e pura da travessa da Palha! Recalquei a mentira sentimental que já me enlanguescia o lábio – e disse corajosamente:

— Amor, amor, não... Mas acho-a um belo mulherão: gosto-lhe muito do dote; e havia de ser um bom marido.

— Dá cá essa mão honrada! – gritou a firma.

Casei. Sou pai. Tenho carruagem, a consideração do meu bairro, a comenda de Cristo. E o doutor Margaride, que janta comigo todos os domingos de casaca, afirma que o Estado, pela minha ilustração, as minhas consideráveis viagens e o meu patriotismo – me deve o título de barão do Mosteiro. Porque eu comprei o Mosteiro. O digno magistrado uma tarde, à mesa, anunciou que o horrendo Negrão, desejando arredondar as suas propriedades em Torres, decidira vender o velho solar dos condes de Lindoso.

— Ora aquelas árvores, Teodorico – lembrou o benemérito homem –, deram sombra à senhora sua mamã. Direi mais: as mesmas sombras cobriram seu respeitabilíssimo pai, Teodorico!... Eu por mim, se tivesse a

---

368. Galhofeiramente: debochadamente.

honra de ser um Raposo, não me continha, comprava o Mosteiro, erguia lá um torreão com ameias!
Crispim & Cia. disse, pousando o copo:
– Compra, é coisa de família, fica-te bem.
E, numa véspera de Páscoa, assinei no cartório do Justino, com o procurador do Negrão, a escritura que me tornava enfim, depois de tantas esperanças e de tantos desalentos, o senhor do Mosteiro.
– Que faz agora esse maroto desse Negrão? – indaguei eu do bom Justino, apenas saiu o agente do sórdido sacerdote.
O dileto e fiel amigo deu estalinhos nos dedos. O Negrão pechinchava! Herdara tudo do padre Casimiro, que lá tinha o seu corpo no Alto de São João e a sua alma no seio de Deus. E agora era o íntimo do padre Pinheiro que não tinha herdeiros, e que ele levara para Torres, "para o curar". O pobre Pinheiro lá andava, mais chupado, empanturrando-se com os tremendos jantares do Negrão, deitando a língua de fora diante de cada espelho. E não durava, coitado! De sorte que o Negrão vinha a reunir (com exceção do que fora para o Senhor dos Passos, que não podia tornar a morrer, esse!) o melhor da fortuna de G. Godinho.
Eu rosnei, pálido:
– Que besta!
– Chame-lhe besta, amiguinho!... Tem carruagem, tem casa em Lisboa, tomou a Adélia por conta...
– Que Adélia?
– Uma de boas carnes, que esteve com o Eleutério... Depois esteve muito em segredo com um basbaque, um bacharel, não sei quem...
– Sei eu.
– Pois essa! Tem-na por conta o Negrão, com luxo, tapete na escada, cortinas de damasco, tudo... E está mais gordo. Vi-o ontem, vinha de pregar... Pelo menos disse-me que "saía de São Roque esfalfado de dizer amabilidades a um diabo dum santo!". Que o Negrão às vezes é engraçado. E tem bons amigos, lábia, influência em Torres... Ainda o vemos bispo!
Recolhi à minha família, pensativo. Tudo o que eu esperara e amara (até a Adélia!) o possuía agora legitimamente o horrendo Negrão!... Perda pavorosa! E que não proviera da troca dos meus embrulhos, nem dos erros da minha hipocrisia.
Agora, pai, comendador, proprietário, eu tinha uma compreensão mais positiva da vida; e sentia bem que fora esbulhado[369] dos contos

---

369. Esbulhado: privado; espoliado.

de G. Godinho simplesmente por me ter faltado no oratório da titi – a coragem d'afirmar!

Sim! Quando em vez duma coroa de martírio aparecera, sobre o altar da titi, uma camisa de pecado – eu deveria ter gritado, com segurança: "Eis aí a relíquia! Quis fazer a surpresa... Não é a coroa de espinhos. É melhor! É a camisa de Santa Maria Madalena! Deu-ma ela no deserto!...".

E logo o provava com esse papel, escrito em letra perfeita: "Ao meu portuguesinho valente, pelo muito que gozamos...". Era essa a carta em que a santa me ofertava a sua camisa. Lá brilhavam as suas iniciais – "M. M."! Lá destacava essa clara, evidente confissão – "o muito que gozamos": o muito que eu gozara em mandar à santa as minhas orações para o céu, o muito que a santa gozara no céu em receber as minhas orações!

E quem o duvidaria? Não mostram os santos missionários de Braga, nos seus sermões, bilhetes remetidos do céu pela Virgem Maria, sem selo? E não garante a *Nação* a divina autenticidade dessas missivas, que têm nas dobras a fragrância do paraíso? Os dois sacerdotes, Negrão e Pinheiro, cônscios do seu dever, e na sua natural sofreguidão de procurar esteios para a fé oscilante – aclamariam logo na camisa, na carta e nas iniciais um miraculoso triunfo da Igreja! A tia Patrocínio cairia sobre o meu peito, chamando-me "seu filho e seu herdeiro". E eis-me rico! Eis-me beatificado! O meu retrato seria pendurado na sacristia da Sé. O papa enviar-me-ia uma bênção apostólica, pelos fios do telégrafo.

Assim ficavam saciadas as minhas ambições sociais. E quem sabe? Bem poderiam ficar também satisfeitas as ambições intelectuais que me pegara o douto Topsius. Porque talvez a ciência, invejosa do triunfo da fé, reclamasse para si esta camisa de Maria de Magdala como documento arqueológico... Ela poderia alumiar escuros pontos na história dos costumes contemporâneos do Novo Testamento – o feitio das camisas na Judeia no primeiro século, o estado industrial das rendas da Síria sob a administração romana, a maneira de abainhar entre as raças semíticas... Eu surgiria, na consideração da Europa, igual aos Champollions, aos Topsius, aos Lepsius, e outros sagazes ressuscitadores de passado. A academia logo gritaria – "A mim, o Raposo!". Renan, esse heresiarca[370] sentimental, murmuraria – "Que suave colega, o Raposo!". Sem demora se escreveriam sobre a camisa da Mary

---

370. Heresiarca: fundador de seita herética; autor de heresia.

sábios, ponderosos livros em alemão, com mapas da minha romagem em Galileia... E eis-me aí benquisto pela Igreja, celebrado pelas universidades, com o meu cantinho certo na bem-aventurança, a minha página retida na história, começando a engordar pacificamente dentro dos contos de G. Godinho!
    E tudo isto perdera! Por quê? Porque houve um momento em que me faltou esse descarado heroísmo d'afirmar, que, batendo na terra com pé forte, ou palidamente elevando os olhos ao céu – cria, através da universal ilusão, ciências e religiões.

Este livro foi impresso pela Paym
em fonte Minion Pro sobre papel Norbrite 66,6 g/m²
para a Via Leitura no verão de 2019.